U0452346

你的骄傲

Ni De Jiao Ao

○一世安 著○

花山文艺出版社

图书在版编目（CIP）数据

你的骄傲/一世安著. —石家庄：花山文艺出版社，2017.12
ISBN 978-7-5511-1761-6

Ⅰ.你… Ⅱ.一… Ⅲ.长篇小说-中国-当代 Ⅳ.I247.5

中国版本图书馆 CIP 数据核字（2017）第 271368 号

书　　名：**你的骄傲**
著　　者：一世安
责任编辑：李　爽
责任校对：李　伟
出版发行：花山文艺出版社　（邮政编码：050061）
　　　　　（河北省石家庄市友谊北大街 330 号）
销售热线：0311-88643221/29/31/32/26
传　　真：0311-88643225
印　　刷：三河市金泰源印务有限公司
经　　销：新华书店
开　　本：700×1000　1/16
印　　张：18
字　　数：270 千字
版　　次：2018 年 2 月第 1 版
　　　　　2018 年 8 月第 2 次印刷
书　　号：ISBN 978-7-5511-1761-6
定　　价：32.00 元

（版权所有　翻印必究·印装有误　负责调换）

目录

001　第一章　你的凛神

016　第二章　电子竞技比考大学还累

036　第三章　看那小子的样子，就牙疼

049　第四章　换我来Carry吧

067　第五章　特别的生日礼物

078　第六章　那是我所有的梦想

107　第七章　谁都不能欺负夏二霜

123　第八章　住我家对门

147　第九章　你的电影

173　第十章　你的小号

187　第十一章　学分是命根

200　第十二章　坚强如你

213　第十三章　你的队服

228　第十四章　背叛是啥，能吃吗？

240　第十五章　思绪凌乱

254　第十六章　我有儿子了

263　第十七章　他是你替补

276　第十八章　王者决赛

第一章 你的凛神

"老夏,我觉得凛神一定是喜欢你。"

"老夏,上次我去找你,凛神就站在你旁边看着你操作,一举一动都特别'苏',尤其冷着一张脸喷你的时候。"

"老夏,我真羡慕你,要是能被凛神怼一次,真是单身一辈子都值了。"

手机屏幕频频亮起,夏霜霜一局人机游戏结束,终于抽空拿过手机,点开冯媛发来的微信。

看到最后一句时,她侧了侧眼,纪寒凛就坐在旁边的位子上,戴着耳机,眉头微拧,手指飞快地敲击着键盘。忽然间,手停下,夏霜霜知道,那是一局结束的信号,果然,屏幕上显示硕大的"胜利"两个字。

又是胜利,夏霜霜转头看了眼自己的电脑屏幕,"失败"两个血红的大字快要戳瞎她的双目。

纪寒凛扯下耳机,随手扔在桌上,看了一眼夏霜霜的战绩,薄唇动了动:"又输了?"

"嗯。"夏霜霜埋头应了一声,半点底气都没有。

"你不适合这行,你还是应该靠脸吃饭。"纪寒凛面无表情,看着夏霜霜。

"凛、凛哥……"想到冯媛发来的微信,关于她说的纪寒凛喜欢自己这件事,夏霜霜脸红了一红,磕磕巴巴地问道,"你、你为什么……突然夸我漂亮?"

难道是刚刚纪寒凛被自己唯美的侧颜秒杀了?

什么高冷、什么大神,还不是跪服在自己的盛世美颜之下?

"人机都能打成这样，如果我是你，干脆把脸再养大点，以后打比赛直接就靠脸滚键盘好了。"话毕，纪寒凛又把耳机戴回来，一脸不想听夏霜霜辩驳的样子。鼠标轻轻一点，他重新开了一局《神话再临》。

夏霜霜："……"

手机又振了。

"老夏，你有没有想过，如果你没有入电竞的坑……算了，别想了，那样你就不会认识凛神了。那太可惜了。"

夏霜霜看着纪寒凛，愤恨地在手机上敲回去几个字："那可真是太他妈好了。"

一个月前的夏霜霜，还不知道电子竞技是什么。虽然，她现在对电子竞技的认知，也还只局限在：被许汎怼、被林恕安慰、被郑楷调戏，以及……被纪寒凛嘲讽。

她之所以入坑电竞，还得从她们学校新来的那个校长说起。新官上任三把火，新校长是个有体育背景的，忍受了多年教育体系对体育的忽视，一心决定扬眉吐气，思来想去，终于，想了个绝世良策——凡是Z大学生，必修一门体育课程并通过，才能获得毕业证书。

一时间，还在四六级及格线上苦命挣扎的诸位学渣纷纷山呼万岁，感叹新校长真乃教育体系的肱骨，唯独……夏霜霜如遭天劫，仿佛被天雷劈中。

夏霜霜是个标准的学霸，长得好看还有才华，全身上下处处都是优点，唯独体育是个软肋，倒不是因为学习耽误的，就是天生没那个命。800米别人跑两圈了，她一圈都走不完。立定跳远别人手一甩飞出去两米，她手长脚长，却连个身高的距离都跳不到。游泳就更不用提了，哪怕儿童区的水位，她都能呛水。

她觉得，自己要完。

从小一起长大的好闺密冯媛在隔壁学校文学系念书，陪着夏霜霜骂了这万恶的政策三个小时后，给她提了意见。那时候她们正在一个夜市摊上吃小龙虾，夏天的风微热，冯媛多喝了两杯，酒劲已经有点上头，她一只手捏着玻璃杯，摇摇晃晃地，说道："我记得在哪儿看到过新闻，说是国家体育总局已经正式批准,将电子竞技正式列入什么体育竞赛项目。你们学校不是有专门开设电竞专业吗?肯定可以选这门课的。"

"电子竞技是什么?"夏霜霜托腮,一脸的求知若渴,"听起来就很刺激,会不会很难啊?!"

"电子竞技,不就是打游戏吗?有什么难的?别忘了你还有着俄罗斯方块40行竞速20.08秒的纪录啊!再说了,你那个大脑的计算能力,是一般人能比的吗?"冯媛又喝了一大口酒,继续说道,"你想想咱班原来那帮网瘾少年,成天被老师抓着骂,被家长追着打,考试都不及格,还能上什么游戏天梯排行榜呢。我听说,现在随便做个什么游戏主播还是解说,都日进斗金,年薪百万。你说,你堂堂正正一个学霸,这方面能差?再说了,那玩意儿也不靠体力。这是一道送分题啊!"冯媛喝得多,整个人说话都浮夸了起来,伸手拍了拍坐在她们隔壁桌那人的背:"兄弟,你说是不是?"

那人微弯的脊背一震,然后点了点头,低沉好听的声音传来:"是。"

夏霜霜被那副好嗓子惊艳了,想伸头过去看看那男人的长相,却正赶上老板娘拎了一大盆龙虾的打包袋过来。

男人拎过打包袋,走了。

夏霜霜于是收了心思,伸手从盆里拿了只小龙虾出来,刚拧了虾壳,头顶忽然传来声音:"你朋友说得很对,电子竞技一点都不难,我觉得你完全可以试试。"

单纯善良不做作的夏霜霜自然没听出那人话里头的揶揄和嘲讽,她回头看的时候,那男人已经转身走了,路灯昏黄,拉出一道长长的影子,清瘦甚至有些孤独,渐行渐远。

她还在心里感叹了会儿,这年头,连个吃虾路人都这么善良,真是人间处处有温情。

直到……她在电竞班,遇见纪寒凛。

那天是第一次上课,夏霜霜深谙一个好学生给师长留下好印象的行为准则,早早地就去了电竞教室,坐在了第一排正中间的位子。

令她意外的是,她到教室的时候,靠窗的位置上已经坐了一个男生,侧脸轮廓清晰,一头短发十分利落,穿了一套运动服,戴着耳机,眼睛只盯着屏幕手指飞快地在键盘上敲击着。

窗外是一大片草地，日光正好，照在他的头发上，泛起丝丝金色的光线。

如果冯媛本尊在此，一定会感慨这位小哥甚是英俊。但夏霜霜眼下感觉十分紧迫，并没有欣赏帅哥的心情，她脑海中的第一个念想就是：看来，平时分的竞争很是激烈啊！

临近上课，同学们陆续走进教室，看见夏霜霜那张明媚朝气的女人脸的时候，都愣了。

电子竞技教室里，居然有女生？！

反正网瘾少年的眼里只有游戏，遂都拣了靠后的位子坐。只有一个，一身都是价值不菲的名牌，从善如流地坐到夏霜霜旁边，和他一起的男生便坐在他一旁的位子上。

那人长得帅气，却由内而外透着股玩世不恭的痞气，他歪着脑袋，笑嘻嘻地自我介绍："妹子，我叫郑楷，你叫什么名字？"

"夏霜霜。"夏霜霜淡淡一笑，她长得好看，平时被搭讪的次数也不少，早已练就一副对"登徒子"的冷漠无情。

"真是个好听的名字啊！"郑楷的目光一眨不眨地盯着夏霜霜，"你姓夏，一定是夏天生的吧？！"

夏霜霜："……"

坐在他一旁的那位有点看不下去了，轻咳一声："楷哥，也可能人家爸爸姓夏。"

"哦，对哦！"郑楷见由姓名展开讨论到约人出去的套路已经无法施展，只好介绍道，"他是我室友，叫林恕，不用理他。对了，你一个女孩子，怎么会选电竞专业？"

"选什么专业，不是应该只和能力有关吗？"夏霜霜挑了挑眉毛。

郑楷恍然大悟，点了点头："原来是个高手。"

夏霜霜不置可否。

"小夏，咱俩微信扫个码呗，以后我天天给你朋友圈自拍点赞！"郑楷迫不及待地掏出手机。

"我不自拍……"

"天哪！小夏你竟然不自拍！我更好奇你朋友圈里发什么了！来，扫一扫！"

靠窗坐着的那个男生转过头，冷哼一声，

一个白眼很直接地飞了过来。

郑楷不爽，拍了桌子就起来，走到那人身边："许沨同学，关你什么事儿，我跟小夏说话，碍着你了？还是你看人家漂亮，也起了心思？"

许沨偏头，冷冷地看了郑楷一眼，目光又移到夏霜霜脸上："我只喜欢打得过我的女人……"

郑楷嘴角抽了抽："直接说你不喜欢女人不就得了……"

这时，纪寒凛推门走了进来，他的身材十分完美，身高190厘米，当年一度有人想拉他去做模特，面如刀刻，眉目清俊，鼻梁高挺，皮肤瓷白，眼眶下浮了一层乌青，大概是熬夜所致，他半眯着眼，一脸没睡醒的样子，揉了揉头发。

环顾了教室一圈后，他坐到了夏霜霜旁边。

上课铃声响起，一位白发戴着学究眼镜的老教授走了进来。夏霜霜一愣，之前不是说电竞专业很小众吗？难道已经大众到这位老教授都玩上了？

老教授走上讲台，试了试音："给你们上课的老师今天有事，我来帮他代一节课。"老教授推了推学究眼镜。

"我这个人呢，是很民主的，大家可以自由组队，5个人一组。"老教授四下看了看，很快做出决断，"嗯，好，那就同一排的组成一个战队吧！"

全班："……"

夏霜霜左右看了一下，觉得自己可能要完。刚刚那点破事都能吵起来，以后还能愉快地打游戏吗？！

"每个战队选出一个队长，以后就由队长负责向老师汇报训练情况。"教授把凳子支开，坐下，继续说道，"下边你们自由讨论选出队长！"

夏霜霜目光猥琐地看了一圈自己组的4位队友，作为一个菜鸟，虽然专业课上她是学霸，但对于电竞，她根本就是学酥，实在不敢造次，只好低着头，沉默着不说话。

最怕，空气中突然的安静。

倒是刚刚那个嫌弃郑楷勾搭夏霜霜的靠窗男生许沨先开了口:"队长我来当,以后你们听我的。"

郑楷一哂:"凭什么啊?你钱多?"一脸"天凉了,王氏企业该倒闭了"的不屑感。

许沨眼高于顶,眼风扫了郑楷:"不凭什么。"

林恕赶忙劝他俩:"一个队长的名分而已,你们俩别争了,不如各退一步?"

夏霜霜也附和:"就是,不就一个队长的名分嘛,加上自己,也就只能管5个人,还是咱们这样乱凑的5个人,顶多算是一段露水姻缘,下了课指不定都碰不上,有什么可争的意义呢?"

郑楷托腮看着夏霜霜:"小夏,我听你的,我不争。"

纪寒凛没说话,只抱着手臂,好整以暇地看着夏霜霜,嘴角微微一弯。

许沨瞬间就转了炮火,对着林恕道:"我说就你这个性,玩什么电竞?"

林恕不急不恼:"我之前帮我们班的人选完课,就只剩电竞可以选了……"

还……真是个老好人啊!

一直沉默的纪寒凛突然开口了,他动了动唇,说:"我叫纪寒凛,寒风凛冽的寒凛。"

在座的各位十分不解,他为什么要在这个时候突然做自我介绍。

夏霜霜则突然震惊了,这、这嗓音……不就是那晚那位神秘龙虾男吗?

纪寒凛唇角勾了勾,道:"我有个建议,十分公平,谁能写出寒凛的'凛'字,谁就当队长。"

话毕,他在笔记本上唰唰几笔,然后,收笔,将笔记本推到桌子正中间,"好了,我写完了。从现在起,我是队长。"

众人:"……"

许沨瞬间炸了,拍案而起,怒道:"你套路我?"

纪寒凛很冷静,抬头目光直视许沨,道:"我不喜欢被人管。"

"谁还喜欢被人踩在头上?solo一把?谁赢谁当队长,怎么样?"许沨胸有成竹。

纪寒凛唇角微微一弯:"也好。"

"干脆再赌大点,输了的叫爸爸!"许沨增加赌注。

夏霜霜以前没在电竞圈混过,没想到他们玩得都这么大,居然还要叫爸爸!那她以后厉害了,别人岂不是要叫她……妈妈?!

纪寒凛看了许沨一眼:"不用。"

许沨一脸"你怕了爸爸"的得意神色。

"我没有你这么没出息的儿子。"

众人:"……"

两人迅速地开了一把,登录了游戏《神话再临》。

《神话再临》是北极熊游戏公司新出的一款诚意之作,沿用 MOBA 类游戏的一贯风格,又在英雄属性中融合了中国古代神话传说特色,加之皮肤制作精良,引起国内外广泛关注,一时间风靡全球,并成为第一个入主国际赛事的国产游戏。

纪寒凛的是个新号,没什么等级,一块破青铜立在旁边,名字也很简单,叫"Lin"。许沨的那个号,ID 就是"Solo",是黄金色,头像旁边还挂了一颗女人最爱的硕大的钻石。

"竟然是 Solo?"夏霜霜似乎听出林恕话里的赞叹,于是压低嗓音问他:"solo 是谁?"

林恕开始给夏霜霜科普,道:"半年前,《神话再临》搞了个比赛,有团体也有个人的。Solo 就是当时个人项目的第三名,碾压一众天梯排行榜上的专业选手。据说,当时就有俱乐部看中他,要挖他去打职业赛,可惜最后没成。现在个人赛事都在减少,主要都是团体项目了,像 Solo 这种只擅长单打独斗的要是心态不改,是没法打配合的,早晚都会被淘汰的。"

"我靠!"郑楷突然发出一声惊叹,"这就结束了?!"

夏霜霜急忙去看电脑屏幕,其实刚刚纪寒凛和许沨在打什么,她一点都看不懂。两个人的英雄头上不断蹦出的红色、绿色数字明明熟悉又亲切,但是,红光、绿光、黄光闪来闪去……她却压根没搞明白那两人到底在干啥。

但好歹,中文字,她还是认识的。

纪寒凛面前的电脑屏幕上,写着大大的红光闪闪的"胜利"两个字。

而此时,许沨脸色煞白,表情万分震惊。

"太快了吧？"林恕感叹，一边又很善意地给夏霜霜解释，"大神的对决，一般都会持续很久的。Solo 竟然这么快就输了？"

纪寒凛眉梢抬了抬，一脸倦容，问："怎么，还想看慢点的？"

三人皆不敢让不可一世的许沨再遭受一次凌辱，一起拼命摆手："不用、不用……"

"嗯。"纪寒凛抬手摁了摁眉心，鼠标轻轻一点，"刚刚的对战视频我保存了，你们以后闲得没事就拿出来看看，当作学习的教材。"话毕，又补充道，"我的打法，做学习的教材。"

于是许沨的脸更白了……

余下三位再度同频率点头："好的，好的……"

老教授巡视到他们这里，慈祥地点了点头，欣慰地道："战队的队员都相处得很愉快嘛！"

战队于是就这么随便地成立了，队长于是就这么不严肃地当选了。

第二节课开始，大家就要上机实战操作训练了。

建立战队需要花费相应的游戏币，价格甚至不菲，纪寒凛的是个新号，账号钱包空无一物。郑楷大手一挥："我之前充了十万，买皮肤换着玩儿。这辣鸡游戏，连钱都用不掉，还有得多，队长，我转给你。"

"嗯。"纪寒凛认可道，并不跟郑楷客气。

夏霜霜知道打游戏一般都会花钱买装备买皮肤，前阵子一个大火的抽卡游戏，冯媛就把大半年的生活费都砸进去了，跑到她这里来蹭泡面。

"泡面好吃吗？"

"不好吃。但你不懂，玩游戏嘛，不做最厉害最强的那个还玩个屁？"

"你考试的时候为什么只想到及格就好？多一分还浪费？"

冯媛嘿嘿一笑："花钱能抽到卡，最多只能买到重修的机会，不一样，体验完全不一样！"

夏霜霜想到这里，不由得嘴角微微抽了抽，心中感叹，土豪就是土豪啊……一个竞技游戏也这么"氪金"。

"哦，还有，以后不用叫我队长。"纪寒凛冷着一张脸，接受了郑楷——"P.B"的好友申请，点了收钱，"叫我凛哥好了，这样出了这道门，也方便你们尊称我。"

队员："……"

"JS战队，自己加。"纪寒凛把申请一个个点过通过，"P.B、solo、nok，还有一个呢？"

"我、我。"夏霜霜举手，"等我一下！我创建一个账号。"

是的，夏霜霜，是一个连《神话再临》账号都没有的菜鸟。

叫什么好呢？夏霜霜略加思索，就在键盘上敲下几个字母。

郑楷忽然笑了起来，说道："哈哈哈，凛哥，我们这个战队刚建就有陌生人来加啊！b-e-a-u-t-y，Beauty，哈哈哈哈还不如叫二狗子顺口呢？不会是个妹子……吧？"

话音一顿，看见夏霜霜尴尬地点了点头："是我……"

林恕："……"

郑楷："……"

"电子竞技，需要自信。"纪寒凛评价道。

夏霜霜粲然一笑，用力点了点头，纪寒凛补充道："但盲目的，不可以。"

夏霜霜："……"

这个纪寒凛，对自己意见很大？

五个人先排了一把排位赛，虽然之前没有一起打过，不过有纪寒凛和许沨两个大牛在，即使没有默契，虐个菜应该还是妥妥地。

夏霜霜刚刚已经被各种长相的英雄给闪花了眼，她悄声问一旁的林恕："这个怎么选？"

林恕："你刚玩这个游戏，选个好上手的，就选……"

纪寒凛："最好看的那个。"

郑楷："……"

林恕："……"

许沨："……"

"哦。"夏霜霜依言选了一个外观最美艳的妲己。

纪寒凛："我打ADC。"

许沨看了纪寒凛一眼，像是咽下很大一口气，才说："我走中路。"

第一章　你的凛神

郑楷晃了晃鼠标，一脸的跃跃欲试："正好，我习惯走上路。"

林恕："那我打野……"

夏霜霜："……"

为什么他们说的每一个字分开她都能懂，但是连起来她就完全不知道是怎么回事呢？！

夏霜霜后仰了些，小指头戳了戳林恕："你们在说什么？"

林恕十分耐心地讲解道："战场分三路，上中下，各走一条。ADC就是团战中的主要物理输出，是战队的核心。打野就是抓野怪增强经济发育，赚金币，然后在商店买装备，还要四处游走，哪里缺人就补上。"

夏霜霜点点头："那我干吗呢？好像你们已经把事情都做完了啊？"

林恕看了看夏霜霜："还缺个辅助。"

"你看家。"纪寒凛将林恕的话打断了。

"辅助，就是看家？看家……很重要？"夏霜霜好学地问道。

"很重要。"纪寒凛肯定地道。

既然队长都已经这么说了，其余三位自然也就没什么意见，附和道："重要、重要……"

刚排进来的那队五个人，游戏还没开始就疯狂地在公屏上打字。

iPhone233s：我靠，我看到谁了！solo？

macbook很贵：solo？就是那个第一季全明星赛第三的大手子？

一只大鸡腿：要不我们直接投降吧？

一只小鸡腿：开局100秒才能投降，你忘了吗？对面的大神，能不能让我们的比分不要输得太难看？

郑楷愉快地敲字。

P.B：朋友，你经历过绝望吗？

纪寒凛眸光一闪，唇角微微勾起，像是在笑。

夏霜霜百无聊赖，一边点开技能解释，一边在老家闲逛。而队友实在太过给力，就连一个小兵都没漏掉，她每次释放技能，都是"没有目标"。

比分到13∶0的时候，对面团灭，五个人都躺尸地在冰凉的地板上打字。

iPhone233s：这Beauty是傻×吧？全程挂机？你们还一个战队？顺手

帮举报了啊,不用谢,我们都是红领巾。

夏霜霜有点绝望,她真的已经差劲到连对手都看不下去,以至于要帮队友举报了吗?

夏霜霜也不傻,认真看了一局比赛,自然知道"看家"什么的都是谎话,她问:"凛哥,你刚刚说让我看家,很重要,是骗我的,对吗?"

"你不送人头,对我方就很重要。"

夏霜霜:"……"

郑楷和林恕均向她投去同情的目光,而许泂觉得遇上这么个猪队友,压根懒得看她。

第二局开局,夏霜霜还是选了妲己。上一局她已经看过妲己技能的使用CD和造成的伤害,心里已经有一套最优的打法,可以把伤害叠加到最大,唯一的问题是,如何有效地在一群人堆在一起的时候,把技能给精准地扔出去。

夏霜霜对自己的操作,其实没什么信心。

游戏开始后,夏霜霜也跟着跑出老家。

纪寒凛蓦然开口:"你干吗?"

"离家出走!"夏霜霜十分气愤,她也是战队的一员啊,凭什么她什么都不用做,就能白白上分?

"看到那些草丛了吗?钻进去。"纪寒凛指挥着夏霜霜,"不要出来。"

"为什么?"夏霜霜不满地反驳,"我为什么不能光明正大地和对手刚正面?!"

"正因为我们四个都是刚正面,所以需要你在背后阴他们。"纪寒凛顿了顿,"这是战术。你目前这个层次,不懂。"

说得似乎并不是没有道理……

夏霜霜依言在草丛里蹲了一整局游戏,对手都没有出现在她的攻击范围内过,就被队友给解决了……

也许,是自己蹲的位置不对?夏霜霜反思,下次蹲得远一点,搞不好能捡漏。

对面临走的时候在公屏上打字。

电竞霍建华:666,4打5,还这么6,真服气。

电竞吴彦祖：那个挂机装不存在的 Beauty 是妹子吗？搞得我都想变成妹子，求大神带上分啊！嘤嘤嘤！

电竞全智贤：小学生放假这么早？

夏霜霜哪怕看不懂他们是什么意思，也能看懂中文字。

"他们嘲讽我！"夏霜霜愤怒得不行，在公屏上噼里啪啦打了一长段文字，还没有发出去，公屏上就新出了一行白色小字。

Lin：是我让她这么打的。

好像，忽然就气消了？夏霜霜把刚刚敲出来喷对面的字又一个个都删掉，重新敲了一排字上去。

Beauty：虽然现在的我还是个新手，还很弱，你们可以嘲讽我无能，但是能不能不要挂性别上来？这跟我是不是妹子有什么关系。况且，也有很厉害的妹子啊！

夏霜霜手一顿，问："有没有很厉害的妹子？"

林恕轻轻道："Sweet，国内第一职业女选手。"

"嗯。"夏霜霜轻轻应了一声，全然没有注意到坐在她旁边的那位，手微微颤了颤。

Beauty：那个 Sweet 就很厉害啊！况且，就算我是个男孩子，我就不可以游戏打得差了吗？！

"退了。"纪寒凛说。

"什么？"夏霜霜反问。

"对面的，退了。你说的豪言壮语，他们一个字也没看到。"

夏霜霜："……"

一个下午过去了，夏霜霜先是从送不出去人头，再到成功地从生疏地送人头，晋级成熟练地送人头。每次她跑出纪寒凛等人的视线范围后就会被群殴，想躲又会被对方的技能锁住，根本跑不掉，她心里急还气，想摔鼠标又觉得确实是自己技不如人，心里的火越烧越旺……

但好在，JS 战队原本排名就靠后，匹配到的队伍也比较菜。加上其他四位的存在，JS 战队的排名就一路扶摇直上。

"你放学后别走。"夏霜霜盯着纪寒凛，咬牙切齿地道。

郑楷和林恕交换了一个眼神:"这是要约架啊……"

于是,下课铃一响,他们三个就各自找理由跑了。

"纪寒凛。"夏霜霜叫他。

"有事?"纪寒凛连头都懒得抬,只盯着电脑屏幕,手里的操作也没慢下来。

"你那天晚上说电子竞技一点都不难,让我试试……"夏霜霜握了握拳,鼓起勇气,"你是故意的吧?"

"你一个堂堂正正的学霸,网瘾少年都能上天梯排行榜,这对你来说是送分题。"纪寒凛一字一句地道,"这些话虽然不是你说的,但你心里就是这么想的。"

"那你也没必要故意针对我吧?你一个下午都在晾着我,好歹我们是队友啊!就算只有两个学期,也总有要并肩作战的时候吧!"夏霜霜据理力争,甚至想以情动人。

纪寒凛终于停下手里的动作,转头看夏霜霜:"事实上,我完全可以再申请一个新号,代替你的存在。"他顿了顿,"你明白我的意思。"

明白,就是有她夏霜霜和没她夏霜霜,对纪寒凛来说是一样的。

"我明白!但是,纪寒凛,我也请你明白,我对你的意义和你对我的意义来说,是一样的!我夏霜霜绝对不会让你看扁的!"夏霜霜丢下一堆豪言壮语,抓起书包,生气地离开了教室。

纪寒凛看着夏霜霜离去的背影,摇了摇头,心说:"难道我对她而言,也是一个笑话?"

回到寝室的夏霜霜义愤填膺地给冯媛发微信,把前因后果都讲了一遍。

夏天一点都不热:早知道电竞这么难,我宁愿淹死一百次也要学会游泳啊!扔铅球也可以啊!800米我感觉自己能跑10个!

全世界第一可爱:天哪!我觉得那个纪寒凛好帅啊!你俩有戏!

夏天一点都不热:?

全世界第一可爱:你光是打字,我都能脑补出他怼你的时候冷漠无情禁欲高冷又腹黑毒舌的样子了!这可是小说里的男一标配啊!

夏天一点都不热：你不觉得以上几个词互相矛盾？这种风格集中在一个人身上，只能是精分吧？

全世界第一可爱：你不懂我们搞文学创作的！艺术家很难懂的！就像我根本不懂你说的那些很美妙的数学定理一样。

夏天一点都不热：本来就很美。可是，我现在该怎么办？

全世界第一可爱：老夏，我觉得你是自己太作了！居然敢这么跟一个大神说话，这跟我在你面前放话说自己数学考试分数一定能超过你，有什么区别？

仔细一想，确实是这么个逻辑，夏霜霜恨不得以头抢地。

夏天一点都不热：我当时为什么要那么冲动……

全世界第一可爱：这个简单！老夏，你想象一下，以前班上想跟你借作业抄的人，都是怎么跪舔你的？

夏霜霜握着手机，用心地想了想，难道，她要请纪寒凛吃饭、看电影，帮他做值日，以及……去游乐场坐旋转木马和抓娃娃？

这也太……况且，自己好像还没有他的联系方式吧？

不光是纪寒凛的，他们战队似乎都没有彼此的联系方式……

真是个冷漠的战队啊！

手机一振，"全宇宙第一英俊"请求添加你为好友。

夏霜霜有点茫然，平时加她的人不少，朋友圈光分组就分了十几个，朋友圈定向发送给固定群组看，让她累得不行。

夏天一点都不热：？

全宇宙第一英俊：小夏，是我！你楷楷哥！

真是说谁谁到，怕什么来什么。

夏天一点都不热：你怎么会有我的微信的？

全宇宙第一英俊：开玩笑，你楷楷哥我是什么人，谁的联系方式搞不到？

夏霜霜忽然间福至心灵，立马敲字过去，你有凛哥……又不想做得太明显，遂补上，许泗、林恕的名字。

夏天一点都不热：你有凛哥、许泗、林恕的微信吗？我想都加一下，以后好联络。

郑楷飞快地推了两张名片过来，是许沨和林恕的。

全宇宙第一英俊：凛哥的微信还真没有，别说微信，电话都没有找到。我还是今天才知道他这么号人物，竟然还是我们计算机学院的，高我们两届，当初刚入学就休学了两年，本来该叫学长的，这下算是跟我们同级了。现在他一个人住一间寝室，连个室友都没有，得多寂寞啊！你看他现在说话那么毒，我估计都是憋出来的病。

夏天一点都不热：休学？两年？

全宇宙第一英俊：是啊，具体原因谁也不清楚。不过，能严重到休学的，不就那么几个理由吗？一来家里穷，交不起学费；二来身体不好，随时没命；三就是家中突遭变故，要靠他回去撑着。反正，不会是什么好事。

夏霜霜握着手机，忽然有些迷茫，脑补出一场年度大戏来：纪寒凛家境贫寒又身体孱弱，好不容易勤工俭学考上大学，家中突遭变故不得不休学两年回家料理各项事宜，简直比韩剧女一还要惹人怜爱。于是，她胸腔中那颗圣母心忽然闪亮起来：纪寒凛都这么惨了，脾气古怪一点也是情有可原，以后能忍则忍，甚至给他一些关怀，让他知道什么叫春天般的温暖，以春风化雨的姿态感化他一颗已经处于半黑化的心。

当然，夏霜霜很快就发现，自己完全是一颗圣母心错付了。

第一章 你的凛神

第二章　电子竞技比考大学还累

夏霜霜从容地打开某宝，准备斥巨资200块给纪寒凛买点零食。她其实有仔细想过，一个还有闲钱吃小龙虾的人，必定不属于家境贫寒、捉襟见肘的情况，那么只有余下两种了。无论哪种，都比是个穷鬼更令人悲伤。都说美好的食物可以治愈心灵，夏霜霜觉得，哪怕是治不好，也能填饱肚子，好歹算种安慰。

然而，她并不知道纪寒凛喜欢吃什么。那就买自己喜欢的吧！夏霜霜下了决定，这样即使买错了都省了退货！

夏霜霜喜滋滋地为自己选购了一整箱的零食。货到得很快，原本选修课定的是周二和周四的下午三节课，于是，第二次上课的时候，夏霜霜就抱着一大箱子零食去了教室。

她到的时候，纪寒凛已经在打游戏了。

战队已经分好，因此，上课的座位也就固定了。她径自走到纪寒凛旁边，把一箱零食重重地放在桌子上，要知道，以她这种体格，把这么大的箱子从寝室搬运过来，路上可是歇了十几趟的。

夏霜霜做了一会儿"心理建设"，才开口："凛哥，你饿不饿？"

纪寒凛转过头，深褐色的眸子直视她，一言不发，看得夏霜霜头皮都发了麻。她只好继续说道："我买了点吃的，不是特意给你买的，是团队精神文明建设用的，你要是饿了，就自己拿。"她把箱子抱起来，蹲下身子弯腰低头，塞到纪寒凛的桌子下面，"我放这里了哦！"

"你所谓的团队建设，就是吃？"纪寒凛挑眉，"别放在我桌子下面，碍事。"

"不会啊。"夏霜霜解释道,"我昨天搁我寝室桌子下也没挡着啊。"

"我腿长。"

夏霜霜:"……"

而后排早到的网瘾少年们纷纷窃窃私语。

"呵呵,果然电竞圈里面那些乱七八糟的女粉,都是压根不看操作只看脸的颜控。"

"我就说嘛,好好一个电竞班,突然冒出个女人来,好看是好看,可惜是个纯花痴,没脑子,无操作。"

"居然用肮脏邪恶的爱情来亵渎我们纯洁的电子竞技!跑这么神圣的地方追男人来了!"

"我仿佛听见有人在说我坏话!"蹲在桌子下的夏霜霜气急,想爬上来辩解,瞬间忘了自己此刻正在桌子下待着,猛地一下站起来,砰的一声,后脑勺重重地撞在桌子上。"好痛!"夏霜霜疼得眼泪都出来了,顺手就环住了一旁的一条大腿。

甚至,她还用力地捏了一把以转移痛感。

于是,夏霜霜分明感觉到,那条大腿,僵了一僵。

好像……抱住的,是纪寒凛纪大佬的大腿?!

"确实没什么脑子。"纪寒凛冷静自持的声音传来,他斜睨抱着自己大腿的那个生物一眼,她一只手还揉着后脑勺,一双眼睛宛若含着春水,委屈巴巴的样子。

"还不上来?"

夏霜霜乖乖地应了一声:"哦。"

上来的时候,还顺手从箱子里捞了包薯片出来。

她坐回自己的位子上,沿着锯齿把袋子撕开,小心翼翼地送到纪寒凛跟前,"凛哥,吃一片?"

"呵。"纪寒凛轻呵一声,夏霜霜最怕他这副样子,让她想起那些年被体育老师支配的恐惧。

"你是想胖死我,好继承我的游戏账号?"纪寒凛眉梢微抬,闲闲地看她。

纪寒凛整个人都散发着"生人勿近"的气场,但似乎到夏霜霜这里就发生了质变，成功转变为"我要怼你"的气场。眼下，夏霜霜感觉他的"我要怼你"气场正在大开。

她缩了缩手："黄瓜味的薯片，宇宙第二好吃，小龙虾排第一！"

"那你为什么不直接啃黄瓜和土豆？"

夏霜霜："……"

这能一样吗？！

"你吃不吃？不吃我自己吃了！"白吃白喝还对着人嘲讽，圣母心也会生气啊！

纪寒凛伸手把袋子拿过去，又伸手拿了片薯片出来咔嚓咔嚓咬掉了。

"你不怕我谋夺你的游戏账号？"夏霜霜一双眼睛亮晶晶的，仿佛纪寒凛吃了她的黄瓜味薯片就是一种莫大的恩赐。

"我不会胖。"纪寒凛顿了顿，"我的身材很棒。"

"怎么吃都吃不胖"这种全天下女生都想拥有的技能，你用得着无时无刻炫耀吗？

夏霜霜笑了笑，进入正题："其实，我有一个不成熟的小心愿，你什么都不用做就可以帮我实现，你愿意吗？"

"你的心愿就不能有出息点？"

咔嚓咔嚓。

"我就想，待会儿放学了，你要是不走，还留着打游戏的话，我能在边上看着吗？"夏霜霜举手发誓，"我绝对不会吵到你的！我一定安静如鸡。"

"为什么不看其他人的？"

咔嚓咔嚓。

"当然是因为你最厉害啦！"夏霜霜脸上攒着笑容，"谁拜师不找武林第一高手呢？"

其实是，全班好像除了大佬你，谁没有点班级娱乐活动啊？

"哦，那你看吧。"纪寒凛顿了顿，嘱咐道，"不要分心。"

夏霜霜："不会的不会的，我做事一向都是很认真的，你就是在我旁边跳广场舞，我也能镇定自如地写完一整套卷子。"

"我的侧脸很帅。"

夏霜霜："……"

这人是不是有毒？！

夏霜霜坐了回去，打开电脑登录游戏，刚进入游戏界面，一排连续登录奖励就陆续弹出来。夏霜霜麻木地一个个点过去，于是，混在其中的一个游戏邀请也就被她给顺手点掉了。

"你拒绝我？"旁边男人的气压有点低，夏霜霜有些不知为何，目光移到他电脑上。

"Beauty 拒绝了你的游戏邀请。"

夏霜霜慌了，刚刚手忙脚乱一通乱点就跟查看广告邮件一样，居然失手点掉了纪寒凛的游戏邀请？

夏霜霜弯腰从箱子里捞出一瓶凉茶，第一次充满男友力地拧开瓶盖，捧到纪寒凛跟前，十分虔诚："凛哥……我刚刚手脚快了点，以为都是系统消息，没有想到竟然错失了你这么一颗沧海遗珠。您大人大量，喝口凉茶压压火？"

纪寒凛瞥了夏霜霜一眼，伸手拿了块薯片咔嚓咔嚓咬掉："那你邀请我吧，双排一把。"

这是来自大佬的主动示好，夏霜霜狗腿地点头笑了笑，立马转身回去进了排位赛，然后在好友列表找到"Lin"给他发去组队邀请。

"Lin 拒绝了你的游戏邀请。"

夏霜霜惊诧地看了旁边人一眼，那人慢悠悠地点了几下鼠标，一脸的无所谓，道："哦，我刚刚没有准备好。"

夏霜霜简直想摔桌子，这么大个人，为什么内心可以幼稚得跟幼儿园大班小朋友一样？

纪寒凛的游戏邀请再次发来，夏霜霜飞快地点了接受，旁边的大佬似乎心满意足地抬了抬眉梢。

夏霜霜正襟危坐，进入游戏后，率先抢了妲己这个英雄。

"还选妲己？"纪寒凛问。

"嗯。"夏霜霜一脸考试满分，想跟老师要小红花的求奖励模样看着纪寒凛，"我昨天做了功课，妲己这个角色虽然前期伤害低，但是发育好的话，后期伤害还是很高的。"

"用不着。"纪寒凛盯着电脑屏幕,根据队友和对面的阵容,开始挑选预设装备。

"啊?"夏霜霜有点迷茫。

"这局没有后期。"这几个字从纪寒凛嘴里吐出来之后,夏霜霜朝天翻了个白眼,终于想明白以前冯媛不管拿什么题目来问她,她都一秒解开时,冯媛满脸生无可恋的出处了。

游戏倒数开始后,四个英雄纷纷从自家泉水跑了出去,只剩下夏霜霜有些不知所措,在泉水边来回走了两圈。

"跟着我走。"纪寒凛跟夏霜霜说。

夏霜霜看了眼小地图,怯怯地问:"你走的上路,我是不是还是去下路比较好?"

纪寒凛转头,幽幽地看了夏霜霜一眼,那眼神仿佛打了一整套寒冰神掌,夏霜霜觉得自己整个人都凉透了。

夏霜霜:"但是我还是觉得跟着你比较好,不然我一个人走下路会迷路。"

(无辜躺枪的下路:我这么笔直,你说你会迷路?!)

纪寒凛又把头转了回去,夏霜霜于是一路小跑地追在纪寒凛身后。兵线推过来的时候,纪寒凛就在前面扫空,夏霜霜有些无奈,只好蹲在草丛里数小地图上还有几只野怪没被打。

因为夏霜霜没有输出,此时,夏霜霜那一队的"经济"已经落后对面一截了。

有队友在公屏上打字。

电竞哈士奇:我说,妲己,你是 Lin 的跟宠吗?不会看看下路?两个人一起待在上路是准备演二人转?

Lin:我俩演,你出门票?

纪寒凛一脸"我疯起来,连队友都杀"的冷漠表情在键盘上敲字。

夏霜霜看着屏幕上的字,有点尴尬:"要不,我还是去下路?我感觉这样有点坑队友啊。"

纪寒凛抿着唇,手速并不减,好像突然到了一个节点,他眉头一松:"过来,收人头。"

"啊？"于是，夏霜霜就看见对面妲己冲到自家的防御塔下，被纪寒凛砍到只剩一层血皮。

纪寒凛一个减速的技能丢出去，对面妲己的快速逃跑就仿佛慢动作播放，夏霜霜立马锁定对面妲己，一个平A扔过去。

"First Blood"的声音在耳机内响起。

夏霜霜抬头看了眼右上角的KDA统计：1/0/0。

[KDA：杀人（Kill）/死亡（Death）/助攻（Assist）]

夏霜霜之前没少在游戏里听见纪寒凛他们收获这样的游戏音效，可……这是她第一次听见这样的声音是属于自己所操作的英雄的。一种莫名的兴奋和冲动涌上心头，比在全校表彰大会上拿到特等奖学金还要令人激动。

"我的！"夏霜霜激动地从凳子上蹦起来，"我的！！是我的！！！"

甚至想"尬舞"一段来表达内心的喜悦。

终于明白，为什么冯媛考试考个60分都能请她出去撸串大肆庆祝了。这种在学霸看来微不足道的成绩，对学渣来说，简直就是具有战略性意义啊！

为了诱敌深入的纪寒凛此时血量也不多，于是点了回城，顺便点开经济面板看了一眼。

"嗯。很好，打出233点伤害。"纪寒凛评价道。

夏霜霜收敛了笑容，如果她刚刚没有算错，纪寒凛的输出应该是她的20倍以上……再一看纪寒凛的KDA记录：0/0/1……

两个人的记录分明应该换一下的……

于是，刚刚那种张扬的成就感忽然就蒙上了一层羞耻感。

"我觉得，这个击杀是我的一个污点。"夏霜霜想和纪寒凛好好谈谈，"凛哥，你不用因为怕我被人嘲讽就特意把人头让给我，我可以靠自己，哪怕战斗结束全是助攻。"

纪寒凛褐色的瞳眸转深："好，我的不让给你，我们去抢别人的。"

夏霜霜："……"

这种迷之变态却让人十分欣赏是怎么回事？！

夏霜霜于是就跟在纪寒凛身后满场跑，纪寒凛果然对这个游戏的每个细节都掌握得很清楚，哪个时刻该站在哪里一个平A吃一个人头，他都计算得

第二章 电子竞技比考大学还累

刚刚好。

而夏霜霜则跟在他身后，不断地在脑海中计算他所输出的伤害和承受的伤害，每次他都能从对方的魔爪下成功逃脱，并且带着她速度偷塔和抢大龙。甚至在战斗过程中更换装备属性，需要去扛伤害的时候他就卖掉爆发装备换肉装，需要爆发输出就换掉肉装买爆发装备，连金钱都算得几乎不差。

夏霜霜真的是服气了。

当然，她也没少收益，跟在纪寒凛身后也学了点皮毛，最优的装备选择她还是能计算出来的。只是在英雄技能的适应性下，她的灵活性和操作性跟他完全没得比。

路阻且长啊！

而她也在这种奇怪的骚操作的带领下，收割了数个人头。

对方水晶在战斗开始12分钟后爆掉，胜利的字眼出现在夏霜霜的电脑屏幕上，点击确认后，一个"MVP"赫然跳出到她面前。

Most Valuable Player！最佳选手！

虽然夏霜霜心里清楚这个MVP得之不武，但还是有点小激动。

毕竟是第一次呢！

她弯腰从箱子里拿出一包瓜子来："凛哥，我们嗑包瓜子庆祝一下我成为MVP吧！"

纪寒凛："嗯。也顺便庆祝一下我拿了20个助攻。"

夏霜霜："……"

组队的队友明显尝到甜头，刚刚那头电竞哈士奇留在结算页面不肯走，飞快地向纪寒凛发来好友申请。

"电竞哈士奇请求加您为好友：大神！求带装×！求带上分！求带腾飞！"

纪寒凛通过了他的好友申请，然后在对话频道敲字。

Lin：这局游戏应该教会你一个做人的道理。

夏霜霜忽然觉得纪寒凛整个人都高大起来，身上仿佛发着光，自认为他会说出什么"莫欺少年穷，少女也不行。不要看不起任何一个努力前进的人。你相信命运吗？命运是要去抗争的"这种齁得要死的甜腻鸡汤。

Lin：打狗也要看主人。

然后，他面无表情、从容地将电竞哈士奇拉到黑名单里去了。

夏霜霜："……"

为什么自己莫名其妙地就成了纪寒凛的狗？是为了呼应哈士奇那句"Beauty 你是 lin 的跟宠吗"？

郑楷进教室的时候，觉得坐在第一排最中间的那两位有一种迷之和谐，甚至透露出一股诡异的感觉。为什么那个腹黑纪可以和清纯无敌的小夏嗑同一包瓜子？

往深处想，或许是奸情也不一定。

他走到夏霜霜旁边坐下，凑近了问她："小夏，你跟腹黑面瘫气氛很融洽啊？"

"刚刚我们双排。"夏霜霜嘿嘿一笑，"我是 MVP！"

郑楷一脸惊诧，不由得感叹："凛哥，你受累了啊？"

"应该的。"纪寒凛挪了挪腿，"优秀的人，总是会累一点。"

夏霜霜偷偷跟郑楷炫耀："我凭本事抢的人头！也是有点厉害的！"

郑楷一面"嗯嗯嗯你厉害、凛哥厉害，你们两个双剑合璧最厉害"，一面登录了《神话再临》。

"咦？小夏，有人在公共频道骂你……和凛哥？"

"不会吧？！"夏霜霜嗑了粒瓜子，"我这个人向来没有黑点啊？"感觉旁边的男人微微动了动，她立马补充道，"凛哥这种高风亮节、清风朗月的男子，怎么可能会被人刷小喇叭骂呢？你肯定看错了，骂的是'高仿号'吧？"

郑楷凑近了点看屏幕："没错啊，是 Beauty 和 Lin 啊，是个叫电竞哈士奇的发的，说 Lin 是猥琐狗，你是大坏蛋……"

"大、大坏蛋？"夏霜霜感觉头皮发麻，"为什么感觉像是娇嗔？"

"大概是游戏频道屏蔽了脏话吧？所以只有用……大坏蛋来骂你了……"

"嗯。看来游戏屏蔽脏话真的很有必要。"夏霜霜赞叹道。

"小郑，你解决一下。"仿佛一个大佬吆喝自家手下去拿个外卖一样随便。纪寒凛说完，整个身子都靠在椅背上，一脸舒坦享受的模样。

郑楷笑眯眯地点了点头："好嘞！"

然后，夏霜霜就看见郑楷买了一百个黄金喇叭，刷了一百个置顶：wuli Lin&Beauty 是最棒的！

有钱，是真的好！

这一节课，依旧是上次的老教授来代课。理由还是，正经的电竞老师有事，来不了。

夏霜霜觉得自己仿佛修了一门假课。

老教授依然戴着他的老花镜坐在讲台上看报纸，仿佛让他平静地看一群鲜活的小崽子们打游戏是一道要折寿的命题，只能眼不见为净。

于是，教室内的气氛便恢复到男生寝室开黑时的氛围，众人皆是甘之如饴，唯独 JS 战队的诸位，气氛有些尴尬。

毕竟是拿过 MVP 的人了，夏霜霜仿佛觉得自己已经脱胎换骨，对这个游戏有了全新的认知，她弱弱地开口："这次我可不可以单挑一路，等我不行的时候你们再补上？"想了想又补充道，"我会表现得很厉害的！"

在座的各位队友只有林恕善意地点头："好啊！"

可问题是，一个打野说的"好啊"有什么用？他让出一整个野区，也让不出一座防御塔。

夏霜霜有点泄气，坐得笔直的身子都松垮下去。

"行啊。"纪寒凛突然答道，"我下路让你，刚好可以解放下双手。"

夏霜霜眼睛都发亮了："真的吗，凛哥？"

郑楷赶忙接上话茬儿："凛哥，你要不要再深思熟虑下？"话毕，扯了扯许沨的袖子，许沨盯了一眼郑楷扯他袖子的手，郑楷被那如刀的眼神刺到，赶忙松手。

"这么打法的话，我去给她打辅助算了。"许沨说道。

"成啊。"纪寒凛摁了摁手腕，"那我去中路。"

许沨："……"我为什么好像又被套了？明明是纪寒凛那个心机 boy 让出下路，为什么最后我的中路没了？

为时晚矣，纪寒凛已经一马当先地占领了他心爱的中路，这让他很是绝望。

一局比赛结束，夏霜霜不功不过，表现得至少比挂机时的状态好。

夏霜霜似乎尝到了甜头，开始常驻下路，不肯挪动分毫，这让一直待在草丛里感悟人生的许沨只得去了林恕的野区砍两头野怪聊以自慰。

好不容易挨过无所事事的三节课，下课铃一响，许沨就踩着老教授的脚后跟跑出了教室，仿佛要将一下午的屈辱都释放。

而郑楷则立马拨了个电话出去，也不知道是给他的第几任现女友，约了晚上去东湖边吃饭，然后做一些奇奇怪怪的事情后，去看日出……

林恕也收拾书包，要去给班委搬砖。

一教室的人渐渐走空了，只留下了夏霜霜和纪寒凛两个。

"凛哥，你饿不饿？"夏霜霜问，"要不，咱俩叫个外卖吧？"

"行，简单点就好。"纪寒凛捏了捏手腕，"就叫那家'紫虾蚬子'吧，随便点几份小龙虾就成。"

夏霜霜将信将疑地打开外卖 APP，找到纪寒凛所说的那家店。

一个配送费都要 20 块的外卖！这是一个人生遭受过挫折的人能干出来的事儿吗？

还简单点就好，随便点几份。

真是一点对 RMB 的敬畏之心都没有！

但夏霜霜很快就屈服了，因为她翻了翻那家店里的点评和实拍图片。我的妈！这么诱人的图片，甚至隔着手机屏幕都能闻到香味，为什么她这么晚才发现这家店的存在？

大意了！

她飞快地下单，瞬间觉得 20 块的外卖费都因为美食的存在而变得毫不重要！

于是，在等待外卖的寂寞时光中，一只吃货看着另一只吃货打了一把排位赛。

夏霜霜拿着本子和笔埋头记录纪寒凛的操作和计算伤害。

一局下来，夏霜霜已经记满了三页纸。

纪寒凛斜眼扫了一下她本子上密密麻麻的数字和图案，甚至看出了甲骨文一般的研究价值。他把本子拿过来，指着一个画了两条大粗腿以及一个刻度尺和箭头的图片，问道："这个是什么？"

"是技能简笔画啊！"夏霜霜认真地解释道，"立定跳远，就是你刚刚用的纣王的三技能！"

纪寒凛第一次觉得无话可说："那叫天降正义。"

"哦……"夏霜霜拿笔画了画，"可是你不觉得那个动作，很像立定跳远吗？"

纪寒凛在脑海中过了一下这个英雄的技能动作，原地起跳、高空落下、一个金钟罩罩在敌人身上，确实……有那么点像……

"行了，算你理解能力满分，那这个……"纪寒凛又指了指另外一张图，上面画了一个火把和一个水柱，旁边打了个问号，"这个又是什么意思？"

"哦，我是觉得这个技能克制是不是有问题？对面一个火球过来，我方明明采用了冰冻技术，为什么对方的火球还能对我方的冰柱产生减速效果？"

纪寒凛再度陷入无奈："你把这游戏当七个葫芦娃来玩的？"

好在，外卖及时送达，将一场即将更加深入的"尬聊"化解于无形。

打开包装盒，热气腾腾的小龙虾出现在眼前，红艳艳的虾壳，照得两个人的眼睛都开始发亮。两人十分默契地坐下，然后开始进行剥虾比赛。

"凛哥，我们俩是一起吃过小龙虾的人了！"夏霜霜喝了一大口可乐，道。

"怎么？"纪寒凛飞快地剥了个小龙虾，蘸了少许醋，塞进嘴里。打游戏犀利的人，剥虾的速度都异于常人！

"这要是在古代，就是过命的交情了！几乎可以拜把子，同年同月同日死了！"夏霜霜又喝了一大口可乐，义薄云天。

"我不要。"纪寒凛凉凉地道，"我才不要和你一起死，听起来像是殉情。"

夏霜霜："……"这人为什么这么有能耐，总能把天聊死？

"我发现这个紫虾蚬子的组合套餐很好吃啊！"夏霜霜吃了一大口虾，转移纪寒凛是否应当为自己殉情的话题。

"他们家有个至尊宝，也不错。还有个月光宝盒，三层，全是不同口味的虾。"纪寒凛点到即止，却馋得夏霜霜的眼睛都放光了。

夏霜霜的手突然慢了下来："可惜，紫霞仙子最后都没有等到她的至尊宝。"

"……"纪寒凛很茫然，为什么他们明明在吃虾，而眼前的少女忽然就开始讲述起你侬我侬的爱情故事来？

"我就是觉得很难过,至尊宝是紫霞眼中的盖世英雄,却是普通人眼里的凤凰男。牛魔王才是真正意义上的高富……丑吧?强娶紫霞那段分明就是现代版的霸道总裁爱上我,古代版的腹黑王爷恋上我。可是,紫霞还是爱至尊宝,只爱至尊宝。然而,至尊宝再也不会是紫霞心里的至尊宝,他留给她的,只是一个幻影。"

"你……到底想说什么?"纪寒凛忍不住发问。

"我觉得,我们应该再点一份至尊宝,让紫霞来和他团聚。"她拿过手机,飞快地下单,"生同衾死同穴,真是感人的爱情。"

"……"这真是纪寒凛看过的一个吃货最卖力的表演。

一顿晚饭吃得很愉快,纪寒凛当然不知道,夏霜霜这么卖力地点餐,其实还是耍了点小心机的,她不过就是想把他拖在身边久一点,好多看看实战的操作。

"凛哥。"夏霜霜凑过去,"你能用一把妲己吗?我想看看'别人家的妲己'是什么样子的。"

纪寒凛:"你跟妲己杠上了?"

夏霜霜:"对啊,既然我都已经选了妲己了,当然是尽力做到最好,等妲己用得得心应手了,然后再换别的英雄玩啊!没有半途而废,遇到困难就退缩的道理。你做一道题,发现不会做,难道不会努力查资料、上网搜索,想各种办法和思路,来把它解开吗?"

"不会。"纪寒凛用鼠标选中英雄妲己,面无表情,"我会选择直接跳过这道麻烦的题目。"他顿了顿,才说,"你以为谁都像你一样死脑筋?"

夏霜霜反驳:"这不是死脑筋,是有始有终!"

纪寒凛看了夏霜霜一眼:"我可去你的吧!"

游戏开始,夏霜霜不再反驳,只一双大眼直勾勾地盯着纪寒凛的双手和电脑屏幕。她发现,纪寒凛的出装顺序和网络上的大神的出装有很大区别,她之前记录的大神出装都是先选择护甲、加速靴子之类,出于保命考虑。而纪寒凛则不是,他一上来就选择可以增加伤害量的攻击装备,于是,在相同时间内,他获得的经济收入就会比别人高。加之他犀利的走位配合,升级速度几乎是别人的1.2倍,在开始的时候就完美地压制了对面的发育。

而这一切，都源于他对自己操作的自信和肯定。换作夏霜霜，敌方还没近身，离她有两座防御塔的距离，她都能吓到回城。

这就是大神和渣渣的差距，于是，这更加坚定了夏霜霜要多操练的决心，也更加坚定了她投喂纪寒凛的决心！

于是，之后的半个多月里，夏霜霜总是会来电竞教室偶遇纪寒凛，而每次，无一例外地，他都坐在自己的位子上，打着游戏。而这时的夏霜霜，恰好提了两杯奶茶过来，和纪寒凛来几把双排。

当然，活了十八年的夏霜霜，做了十多年学霸的夏霜霜，当了十八年"别人家孩子"的夏霜霜，从来没有想过，有朝一日，她会被人摁在电脑前面打游戏。

没错，摁！

然而，眼前这种境遇，纯粹是她自找的。

事情的前情就是，一直有故旷课的那位选修课老师唐问，终于来给他们上课了。于是，老教授光荣退休，荣归故里，离开的那节课，他连看报纸嘴角都是带着甜蜜微笑的。

唐问戴着一副金丝眼镜，薄薄的镜片后是一双摄人心魄的眸子，全身上下一派书生气息，谁也想不到，他曾是知名战队LPK战队的数据分析师。他们倒是不清楚学校花了多大价钱请了这么一位圈子里的大佬过来，反正，学校的电竞专业是有专门的俱乐部支持的，也算是为俱乐部选拔后备军。

唐问一来，就带了好消息，至少对夏霜霜来说是好消息。

"《神话再临》预备在线下搞一次高校联赛。Z市的预选赛就定在我们学校的体育馆，两个月后正式比赛，每个学校有两个队伍的名额。我负责这次本校的报名，有兴趣的可以来我这里登记。我们会在一个月后先在校内进行选拔。"后排的已经跃跃欲试，纷纷举手报名。

纪寒凛一脸兴趣缺缺的样子，JS战队其他几位也都是一脸毫无兴趣。

比赛什么的，参加就要拿第一啊！有夏霜霜在，怎么拿第一？拿不到第一，参加什么比赛？

几位均陷入这样的思维循环中，当然，除了夏霜霜。她的想法十分朴实，只想拿到学分而已，这种赛事又不是什么奥林匹克数学竞赛，她去就必然能拿一等奖的，不去，不去。

唐问扶了扶眼镜，眸光从纪寒凛身上扫过，然后快速移开："如果能在这次预选赛中拿到名次并进入决赛，学校会额外奖励一个学分，可以抵扣毕业必修学分。毕竟，这场赛事，学校领导是十分重视的。"

在这么长一段话中，夏霜霜十分精准地切中要害，"额外奖励一个学分"！她整个人仿佛一瞬间被打了鸡血，完全忘记了"决赛"二字的重要性，激动地从凳子上跳起来，"我、我、我……"她看到唐问质询的目光，"我们！我们战队也报名！"

唐问嘴角微微一勾，看了纪寒凛一眼，如果夏霜霜没有看错，那一眼，竟然有一种战斗胜利的炫耀感。

夏霜霜当然顾不得细究这些微表情，她又不是FBI搞侦查的。眼下，最重要的是，她要先安抚好在座的各位队友，他们的心情一定比她本人还要复杂。

林恕倒是先开了口："霜霜，你是真的很想拿这个学分吗？"

"想。"夏霜霜诚恳地道，"真的很想。"

"嗯。"林恕点了点头，"我尽最大的努力帮你。"

夏霜霜简直想要感谢天、感谢地、感谢阳光照射着大地了！

转头去看郑楷的时候，他正在微信里和自己的现女友满篇骚话："小夏，不是我打击你。我们学校毕竟是有专业的电竞选手的，还有外校的那些。整个Z市藏龙卧虎，我们这种业余的，在他们手底下，讨不到好。"

"不会啊！我觉得你们很厉害，你们都很厉害。"她顿了顿，继续说道，"我也会很努力的！"

"算了。"郑楷抬眼看了下夏霜霜，看到她那副踌躇满志的样子，略有些不忍心，"行吧，一日游就一日游呗，少陪女朋友一天，她也不会跑……"

许沨忽然就站起来了，仿佛机关枪一样开始扫射："你们都有病吧？就夏霜霜那个水准？去高端局玩自黑？"

"怎么就自黑了？距比赛还有两个月，你们考前三天突击预习都能过考试，我日练夜练两个月，凭什么就不能进预选赛？！"夏霜霜据理力争。

"行啊。"许沨说道，"你要是能在下节课的时候，爬到铂金段位，我就跟你打。"

铂金段位……夏霜霜看了一眼自己倔强的青铜排位，忽然感觉前途一片灰暗。

她和铂金之间隔了整整一个白银加黄金的赛位，仅仅一天半的时间，她至少得赢二十场以上才能升到铂金段位啊，这还是在不考虑输局的情况。单凭她自己，仿佛是个不可能完成的任务。

不知为何，她本能地朝纪寒凛投去哀求的目光，那眼神中，还藏了一丝名为"渴望"的情愫，像是在家孤独地待了三天，终于等到主人回家的宠物狗，那摇尾乞怜的样子，真是让人难以拒绝。毕竟，当初也是他一时起了邪念，把这个无辜的小姑娘坑进了这个圈子。不然，此时此刻，她可能正在操场上撒欢跑圈呢。

纪寒凛点了点头，表示愿意带夏霜霜，并因此，收获了来自其他三人崇敬的目光。

《神话再临》的排位赛讲究级别匹配，也就是说，只有级别在同一段位的才能匹配互相打比赛。所以，从一开始的倔强青铜升级到白银，相对来说是比较容易的。然而越往上，遇到的对手段位就越高，技术性和操作性也就越强，升级段位也就相对慢了下来。夏霜霜在纪寒凛的陪伴下，没日没夜地打了一整天的游戏，无数次想要睡过去，又强撑着保持清醒。

她高考的时候都是 10 点前就睡觉的早睡宝宝，没想到，电子竞技比考大学还累。

"你要不要睡会儿？"纪寒凛打着哈欠问。

"不要，我不困。"夏霜霜拼命守护防御塔，"凛哥，你也别困，助我渡劫，我一辈子都感谢你！"

纪寒凛一个 Q 键，击杀一个人头："这个学分对你这么重要？"

夏霜霜晃了晃脑袋："之前觉得这个学分很重要，现在觉得拿到铂金段位很重要，虽然都是一个学分衍生出来的意义，但似乎就是有哪里不同。"她顿了顿，用力眨了眨眼睛，想保持清醒，"也许是不想输，也许是不想丢脸，也许是……"她深深地吸了口气，"不想让你们失望。"

她笑了笑，看在纪寒凛眼中，那个笑容疲惫却很美，教室的日光灯照在她头上，她的头发有点乱，几根不听话的杂毛在脑后翘起来，再加上外面林立的树影和斑驳的月光，他忽然就明白了，自己为什么总觉得夏霜霜有一种亲切和熟悉感。

太像自家养的二货哈士奇了！

他伸手去抚了抚，夏霜霜恍然转头，对上纪寒凛那堪称慈父的眼神。

夜晚，沉醉而静谧，总是让人有一些旖旎的遐想，夏霜霜的心跳不自觉地快了起来，耳机里忽然传来队友诈尸一般的呼喊："我靠！ADC和辅助是一起挂机了吗？！不会是睡着了吧？你们醒醒，不要睡过去啊！战场需要你们，请求支援啊！喂喂喂？打野和上路稳住啊！我们能赢！"

夏霜霜立马扶住耳机，转过头去，对着键盘一通手忙脚乱地瞎操作。

纪寒凛则看着她那副蠢兮兮的二哈样子，不由自主地弯了弯嘴角。

"凛哥！凛哥！兵线清一下！"夏霜霜喊他，纪寒凛这才回过神来，收了心思，继续战斗。

两人忙了一个通宵，决定各自回去补觉，睡醒了下午再继续，为了保证体力，两人便一起去食堂吃了个早餐。

两人站在点菜区时均是睡眼惺忪，俨然昨夜大干一场的模样，引来打饭阿姨神色暧昧的打量。

夏霜霜被盯得不自在了，端了盘子就走，刚坐下，就看见了熟人——班长谭琳爽。

她立马满脸通红地低下头，明明自己清白坦荡，但好像做了什么不得了的事情一样，拼命地喝了几大口稀饭掩饰。

"怎么，是我见不得人，还是你见不得人？"纪寒凛剥了鸡蛋，白嫩嫩的蛋白弹出来。他轻轻咬了一口，问。

"是我，是我的锅。"夏霜霜吃了口咸菜，"我们那个班长，十分耿直和板正，她要是觉得咱俩的事儿是真的，那在她那儿就假不了。"

"我俩什么事儿？"纪寒凛一哂，"通宵打游戏？这事儿犯法？"

他话音刚落，一道阴影就映在餐桌上："夏霜霜？"

夏霜霜抬头："班长。"

"你男朋友啊？"谭琳爽朝纪寒凛那处挑了挑眉毛。

"不是，不是的。"夏霜霜赶忙辩解，"我们俩，是一个战队的队友，不是你以为的那种关系。"

"五点！这可是五点！正常人这个时候该醒过来吗？不是男女朋友，这个点儿，一起来吃早饭？还一个战队的队友，我和江浩还是同学呢，怎么不见着他跟我一起吃早饭？！我说你们现在这些小情侣，撒狗粮不分昼夜了，是不是？"

江浩乃是高夏霜霜他们一级的同系学长，数学系系草，无数少女的梦中情郎，尤其是谭琳爽心中的。

"我吃饱了。"纪寒凛猛然站起来，对着夏霜霜，头一回这么温柔，道，"二霜，我先回去睡了，下午别忘了……"然后，就端着空盘子，走了。

"二霜，我的妈！"谭琳爽望着纪寒凛的背影，由衷地感叹，"这昵称还真是甜得让人发齁啊，不行了，不行了，我仿佛还没有吃就饱了。"

夏霜霜一脸茫然，二霜这种带攻击性的、侮辱性的、嘲讽性的称呼，真的是昵称吗？！哪里就甜得发齁了！

果然，不出一天，全班同学都知道了，夏霜霜有了一个可以在早上5点就起床陪她吃早饭的真爱男友，不由得令班级一半以上的男生都陷入了失恋的恐慌。

而在纪寒凛累死累活地终于把她拖到铂金段位后，许沨看了一眼睡眼蒙胧的夏霜霜，有些不可置信："真的是铂金？不会是请了代打吧？"

纪寒凛冷笑道："我很贵的，我不卖。"

"嘻嘻嘻……"夏霜霜傻笑。

"……"许沨无言以对，被残酷的现实打败了，只得遵守承诺，每个周末都来教室进行战队训练。

其他两位也都是按时到场。

大部分情况下，许沨都是一张冷漠脸，尽量克制着自己不说话，但有的时候也会被夏霜霜的骚操作气到，忍不住开骂："夏霜霜你黑眼圈影响你视力了？看不见对面残血，不会补一刀？"

"夏霜霜你干吗？看到兵线不会清一清，你过马路让行人呢？"

"夏霜霜我怀疑你的铂金是系统bug吧？我要举报你。"

郑楷稍微好脾气一点："小夏，你没事儿多看看小地图。然后，你就会发现，你啥也看不出来……"

倒是林恕从来不急不恼："霜霜，我看你发育不行，我这边野怪给你留了，我去对面野区扫扫漏网之野。"

都说一个打野肯把自己的野怪让给你，那一定是真爱了。

夏霜霜觉得，林恕简直就是天使，有一颗圣母般的善良内心。

纪寒凛似乎已经习惯了夏霜霜的表演，每次喊团战的时候，他都会提前十秒，等其他三位到齐了，问："凛哥，怎么不开团？"

"没看见有人腿短吗？"

嗯，说的就是夏霜霜。

而夏霜霜则是："我靠、我靠！对面追我！我闪现交了！我大招交了！集合、集合！我要死了！算了，不用集合了，我已经狗带了。"

总之，JS战队的训练似乎不是什么正经训练，而是"如何以最快最有效的方式嘲讽夏霜霜"的训练。

计划的每周训练时间固定在两个下午，风霜雨雪雷打不动。每次结束，许汎都是最先跑的那个。剩下两位也是不肯多待，一个要过夜生活，一个要给班委搬砖。

唯独夏霜霜，仿佛考试不及格被老师留堂、在教室被盯着写作业的小学生一样，而纪寒凛就是那个忧国忧民忧心升学率的班主任。

于是，就有了夏霜霜被纪寒凛摁在电脑前打游戏的现状。

一个月，说长不长，说短也不算短了，而夏霜霜也成功从一个一毛钱电竞都不懂的菜鸡，成功转型为一个可以跟队友满嘴骚话的业余电竞选手。

不是说，当你学会如何花样喷队友的时候，你就已经成功了一半吗？

夏霜霜打法倾向于稳健，是除了战队打野之外第二夙的存在，有的时候看着另外三路的激进样子，她也会很不爽地开腔："我说，几位大爷，这是个推塔游戏，不是杀人游戏。猥琐发育懂不懂？这么喜欢杀人游戏怎么不去狼人杀？"

几句话说得大家心服口服，然后纷纷无视她，继续杀人……

校级选拔赛如期而至，全校23支队伍，除了几队凑数玩票之外，其他的都是准备充分，毕竟，现在电竞十分热门，在这种选拔赛中表现优异，很有可能就被某俱乐部看中，签约进青训队，一路打上去，总有机会进一队，上更高层次的比赛，遇更高层次的对手。

于是，夏霜霜他们的形势略有些严峻。

但也不知道是不是上天眷顾，前几场的淘汰赛抽签中他们抽到的都是青铜水平的队伍，JS战队四位队友以九一开的实力压着对面暴打，而夏霜霜则以二八开的实力被对面暴打。细心的观众会发现，只要数学过得去，都能知道，JS战队晋级了8强。

真的很强。

唯一让夏霜霜略感尴尬的是冯媛，看台上坐的都是一圈纪寒凛的颜粉，三三两两地还坐了几个郑楷的现任以及前任们。而冯媛则带来很大的应援牌，上面写着"Beauty必胜"，形象仿佛一个孤胆英雄一样坐在看台上。

围观群众对冯媛的夸张行为表示不解，连夏霜霜也来劝她："老冯，你这太夸张了，只是校级选拔赛，你搞这么大个应援牌子，我会膨胀得以为自己在打KPL了。"

冯媛一边嗑瓜子一边扶着应援牌："早晚都要给你做的嘛，反正你会一路赢上去的，早做早享受。"

纪寒凛单手插在口袋里，斜靠着墙，摸了摸眉梢："你们的友谊已经使你盲目到这个地步了？"

冯媛的眼睛都亮了："凛神！你打得真好！你一定可以成功晋级拿冠军的！"

夏霜霜："……"

说好的友谊使人盲目呢？

4强争夺赛定在周日，在此之前，JS战队的训练也进行了加强。

虽然大家没有明确说出想进四强的愿望，嘴上说着"哎呀一个校级的四强而已，进不进都没有什么啦""哦，赢了也没有奖金，输了也不会赔钱，随意打啦"，但身体都很诚实地端坐在电脑前训练操作。似乎，也有一点点对胜利的渴望。

夏霜霜的计算能力确实异于常人，和她对线哪怕不看经济面板，她也能估算出对面的经济和技能CD，然后以十分猥琐的方式掐时间暴打对面。虽然

KDA依旧平平，但好歹不再是轻易送人头或者毫无裨益的存在了。

但是她的操作手法仍有欠缺，连招是她的短板，于是纪寒凛就让她一个人天天练补兵。

夏霜霜："凛哥，我现在走在校园里，看到草丛都条件反射地想躲进去……要不就会感觉随时会蹦出两个人来把我一套带走。"

纪寒凛："很好。这说明，你离网瘾少女不远了。"

夏霜霜："……"

回忆至此，夏霜霜只觉得一阵脑仁疼。

想赢的心就像学渣想考第一，但总是被班主任留下来开小灶的话，也会精神崩溃。

回完冯媛微信，夏霜霜放下手机，对纪寒凛说道："凛哥，我还有个作业要交，先回去了。"

"嗯。"纪寒凛应允，"下午我还有场篮球赛，晚上就不过来了，你自己练习。"

夏霜霜眼前一亮，仿佛班主任在说，我晚上有点私事不过来监督你了，你自己自觉写作业，满满的都是可以自由活动的愉悦。

"好啊！凛哥，你放心吧！我一定会认真练习的！即使你不在旁边盯着！"

才怪！

第三章　看那小子的样子，就牙疼

夏天一点都不热：老冯，晚上老地方见，好好撮一顿，为我短短一天的自由之身！

全世界第一可爱：老夏，你这么快就逃离凛神的控制了？

夏天一点都不热：是的！班主任终于有别的事情可干了！愉快，开心！N(*≧▽≦*)n！

夏霜霜把手机收回口袋，就看见教室外头挤了几个女孩子，兴奋地团在一起。

"看到了吗？看到了吗？就是那个纪寒凛啊！是不是很帅？我是不是没有骗你们？"

"啊啊啊！我的心脏仿佛不会跳了，他是不是转过头来了，他是不是在看我？啊啊啊，我要死了，我要死了！"

"我的妈，真是帅惨了，好想给他生猴子！"

"你们这帮女人，为什么要抢我老公？"

夏霜霜："……"

这种情况也不是第一次见了，自从半个月前，纪寒凛在图书馆的一张白衬衫搭牛仔裤的照片被传到校内网上，他就火了，并以比病毒还快的繁殖速度，迅速火遍网络，被冠以"最帅图书馆男神"的称号，以至于冯嫒都听到风声，特意跑来他们学校，围观凛神。

——"长得帅的人，看书的样子都这么迷人。"

——"把他的头像印在微积分教材上，我能看十遍。"

——"楼上的,你是看十遍封面吧?233333333……"

网上的评论大抵如上,皆是称赞纪寒凛颜值高、学习好……

当然,夏霜霜那天也在图书馆,还恰好碰见了纪寒凛,他是借了本书,也确实摊开看了,但五分钟后,他就拿起了手机,开始打游戏。

"凛哥,你不是说,你要补考之前的课程,这是我特意帮你找的参考教材啊。"夏霜霜压低嗓音,顶住四面八方窥视的压力问道。

"不是翻开了吗?"纪寒凛瞥了夏霜霜一眼。

夏霜霜:"你根本没看啊!"

纪寒凛:"这是一种古老的仪式。你不懂。"

夏霜霜:"……"

夏霜霜那一帮后知后觉的室友在某个午后才发现夏霜霜竟然和纪寒凛一起从电竞教室出来,他们俩居然认识!于是,室友们开始缠着她要凛神的联系方式。

"霜儿,你帮我们要个手机号码嘛!"

"对对对,微信扫个码就行。"

"再不济,QQ邮箱也好啊!"

夏霜霜嘴角抽了抽,翻了个白眼:"你这和直接要QQ号有什么区别?"

三位都不说话了。

夏霜霜见不得她们这样,只好补充道:"不是我不给你们追求爱情的机会,实在是,我现在跟人家也不熟。我们就一起上课,虽然也有小半个月,但是我没他的联系方式,莫名其妙要去,显得我很猥琐,而且他这个人很膨胀,我要是问他要手机号,他铁定以为是我想追他……"

于是,收获了室友一堆"哼,凛神才不是你说的这样的人呢!""夏霜霜你这个心机girl,我看你就是喜欢凛神想一人占有吧?""夏霜霜你就说吧,你是不是喜欢人家?"

喜欢……喜欢个鬼啊?!她是有斯德哥尔摩综合征吗?喜欢一个宛如班主任一样盯着自己打游戏的男人?

于是,为了证明自己真的并不想尝试,她鼓起勇气,去问纪寒凛要联系方式。

情形大致如下：

夏霜霜："凛哥，你有微信吗？"

纪寒凛："你觉得我是从原始社会魂穿来的？"

厉害了，魂穿都知道。

夏霜霜："那你能把微信号给我下吗？"

纪寒凛："你想要？"

夏霜霜："不是我想要，是我的室友……们。"

纪寒凛："呵呵，一般当一个人说'我有一个朋友'的时候，其实说的就是她自己。同理。"

夏霜霜："真的不是我。"

纪寒凛："那没有。"

夏霜霜："好的，是我。"

纪寒凛："你不是有我游戏好友吗？"

夏霜霜："……"

话都说到这份上了，夏霜霜得是脸皮有城墙厚才会继续追问吧？

对这样一个男人，除了绝望，她生不出别的情绪来。

夏霜霜绕过那一堆随时会冲进教室把纪寒凛扑倒的狂野女人，往宿舍楼走去，忽然接到一通电话，屏幕上方显示几个大字——班长大人。

似乎有一种不祥的预感。

班长："霜霜，下午咱们学院跟计算机学院有一场篮球赛，虽然只是一场友谊赛，但是你也要记得过来给咱们学院加油啊。"

夏霜霜："大人，我想休息一下午……最近实在太累了。"

班长："我们学院的女生本来就不多，普遍都是歪瓜裂枣，虽然这样就把我自己骂进去了，我也不愿意承认，但这就是事实。打篮球的那几个就靠你这一道靓丽的风景线来鼓舞士气呢，你必须得来，为了集体的荣誉。"

夏霜霜揉了揉太阳穴："那好……我来,两点是吧？我先回去睡一觉……"

睡醒后的夏霜霜再度接到班长的电话。

班长:"霜霜,你过来了没?"

"在路上、在路上了……"夏霜霜一边收拾背包,一边飞快地穿上鞋子跑出寝室。

班长:"那就很好。你去超市拎一箱矿泉水过来,这边忘记带过来了。"

"一箱……"夏霜霜感到绝望,就她的体格,那可是一箱矿泉水啊!

"好……那我可能到得晚一点……"

"没事,反正现在江浩还不渴。"

夏霜霜:"……"

夏霜霜挂了电话,去超市扛了一箱矿泉水,在前往体育场的道路上,徐徐前行。

突然身后传来一声汽车鸣笛,她本能地往旁边让了让,那喇叭的声音依旧在身后响着,她转过头去,就看见郑楷坐在一辆十分骚包的跑车里。他朝她喊:"小夏,你去哪儿?怎么拎这么重的东西,我送你?"

夏霜霜此时已经快要脱力,也顾不得跟郑楷客气:"我去体育场……"

"刚好,我也过去。"他解了安全带,下车帮夏霜霜把一箱矿泉水扛上车,两人坐定了,他才问,"你去体育场干吗?"

"比赛,我们学院下午有篮球赛……"夏霜霜眉头一皱,"和你们学院?"

"你们学院没男人了,让你这么一朵娇花扛这么重的东西?"郑楷点了点头,"是啊,和我们学院,巧了,下午上场的几个,你还都熟,我、沨子、凛哥……"

"等等!"夏霜霜紧张地问道,"你说还有谁?"

"我、沨子、凛哥……"

夏霜霜:"……"

"下午我还有场篮球赛,晚上就不过来了……"这么重要的话,纪寒凛为什么不说三遍?

"一人我饮酒醉……"是郑楷的手机响了。

"小夏,你等会儿,我接个电话啊!喂?老郑,干吗?祝我生日快乐?你傻了吧?二十年前这个时候,我还在猥琐发育!你是不是被'首富'这个代号冲昏头脑了?膨胀了?你那个长了一张网红脸的秘书可以辞了吧?什么？QQ资料上写的我今天生日？你那么喜欢那只企鹅，你怎么不干脆跟她领结婚证啊！啥？车？限量……别啊，别退。爸，你没记错，今天就是我生日。我妈就是二十年前的今天生下的我！没错！我记得很清楚！对，我第一眼看见的就是您，英俊潇洒高富帅，让人移不开目光……好的，爸爸，我爱你！"

郑楷挂了电话，看了一眼一旁面部保持尴尬笑容的夏霜霜，说道："我们家老头子，年纪大了，脑子糊涂。"

"你爸把你生日记错啦？"夏霜霜探寻着问道，觉得自家长辈能把孩子生日给记错，也是件很缺德的事情。虽说她爹妈总是忘记，但好歹不会记错……

"就没记得过，一个女人拼死拼活去了半条命给他生的儿子的日子都记不住。"郑楷骂了一句，"渣男！"

"那你刚刚不解释清楚……"

"没事儿，隔几天我生日了再提醒他一次，刚好再骗辆车。"郑楷发动引擎，"划算！"

夏霜霜："……"

夏霜霜十分忐忑地跟着郑楷到了体育馆，老远就看见班长在跟她招手，但场面似乎失去了控制……计算机学院的加油区围满了女生，而……数学系的加油区，只有班长一根定海神针。

郑楷："我靠！我们学院什么时候有这么多女生了？"

夏霜霜："我去！我们学院的女生什么时候只剩两个了？"

郑楷迅速归队，夏霜霜则帮着班长把矿泉水箱子剪开。

"班长……"

"霜霜，那些女人都是被猪油蒙了心啊，你千万不能叛变，你是我们数学系的好群众，你必须团结在数学系的周围……不是，你男朋友是计算机系的。"谭琳爽盯着远处朝他们走过来的纪寒凛，诡异地问夏霜霜。

夏霜霜一回头，就看见纪寒凛穿着一身球服在她跟前站着，手腕上缠着护腕，身上的肌肤是健康的小麦色，腿部的肌肉线条也很完美，他头上绑了跟发带，把头发都缠了上去，露出白净的额头。大概刚刚做过热身，他鼻尖上有细细密密的汗。

"你怎么在这里？"纪寒凛发问，自然地将夏霜霜手里的矿泉水接过去，

"不用训练？"他拧开矿泉水瓶盖，仰头喝了一大口，"不用特意来给我加油。"

夏霜霜内心：我真的不是来给你加油的，啊喂！

纪寒凛把水塞回夏霜霜手里，"等着，看我晚上怎么收拾你。"

夏霜霜："……"

听起来，晚上是要干什么大事！不懂上下文的人一定会以为是有什么不可描述的事情要发生！

纪寒凛还没走开，班长已经开始对夏霜霜进行爱的教育了。

班长："夏霜霜，你居然把我们的水亲手交到敌人手里。那瓶水，我是不会给你报销的！"

班长："夏霜霜，你知不知道，集体荣誉面前，没有爱情！一毛都不可以有！"

夏霜霜眼神悠悠地扫过计算机学院的加油区，分明在那里看到十几张本学院的熟悉面孔。

郑楷这会儿也挤了过来："我靠，我们那边简直不敢过去，一个个仿佛要把我生吞活剥。小夏，跟你讨瓶水喝……"话毕，拿走一瓶水……

班长："反了反了！敌军来偷粮草了！"

班长果真是个戏精。

远处的江浩看了看这边，小跑着过来了，班长立刻递了一瓶水过去，江浩却只直勾勾地看着夏霜霜："霜霜，你来啦？"

这不是废话吗？难道站在你面前的是克隆人？

"嗯……"夏霜霜有气无力地应道。

"打完比赛，要是赢了的话，我请你……"江浩看了一眼她身后的班长，"请你们吃饭。"

"我……"夏霜霜拒绝的话尚未说完，班长就急吼吼地抢过话茬儿："好的、好的！学长你们一定会赢的！我们这么多人给你们加油呢！"

确定……这么多人？

"你能赢了再说吧！"夏霜霜感觉自己握在手里的那瓶水又被人很大力地抽走，抬头一看，是纪寒凛又杀了回来，可能听见刚刚江浩说的那番话，觉得要给江浩一个下马威。这次他又喝了一大口水，然后把瓶子塞回夏霜霜怀里:"我的东西,别让别人碰。"

说完,就头也不回地走了,留下一脸迷茫的夏霜霜愣在原地。

一声哨响,比赛开始。

纪寒凛打篮球和他平时打游戏时一样激进,入他们数学系的场区仿佛入无人之境,还数次从江浩的手中抢下了球。

计算机系加油区的女生传来阵阵欢呼:"凛神,加油!老公,加油!"

全然不顾一夫一妻制的法律尊严,和"愿得一心人、白首不相离"的爱情宣言。

江浩大概是被纪寒凛拦得没了办法,有些恼羞成怒,下一次开球的时候,直接撞到了纪寒凛的身上,压到了纪寒凛戴着护腕的右手。

夏霜霜看见纪寒凛的眉头皱了皱,左手握住右手手腕,脸色都发白了。

郑楷走过去,在他身边说了两句话,他侧目看了夏霜霜这边一眼,她还怀抱着他那瓶喝了一半的矿泉水全然不敢动。

他摇了摇头:"没事,继续。"

夏霜霜猛然想起,纪寒凛之前带着自己一起练习的时候,就经常停下来,揉一揉右手的手腕。这段时间,她对电竞的了解已不像当初那么肤浅,也知道电竞其实就是一项体育项目,选手也会受伤,会形成肌肉损伤,专业的俱乐部会定期请理疗师给选手做理疗,以修复肌肉。

纪寒凛玩游戏的时间不短了,手会不会也有伤?那刚刚那一下……夏霜霜心口一紧,抱着矿泉水瓶的手,骨节都泛白了。

中场休息,眼见着纪寒凛朝她这边走来,夏霜霜领悟了他这是要喝水解渴,赶忙把矿泉水瓶子给拧开,可不能再让他那只手使力了。

纪寒凛接过水,喝了一口。

"你的手,没事儿吧?"夏霜霜问。

纪寒凛的眼睛微微一眯:"能有什么事儿?"

"没事儿就好。"夏霜霜随便答道,却看见纪寒凛手腕处有一道红痕,"你要不别打了?万一手真的受伤了,就不好了。"

"你是你们学院派来的卧底吧?"纪寒凛挑眉,"我这样的王牌不上?"

"那、那你手伤了,谁带我成最强王者啊?"夏霜霜皱眉,嘴硬道。

"放心。"纪寒凛把喝空的瓶子投掷进垃圾箱里,"就算只剩一只手,照样带你赢。"

话毕,他又跑回了赛场。

整场比赛,自从夏霜霜发现纪寒凛的手有伤后,整个人都提着心吊着胆。好不容易比赛结束,自己学院以三分落败,她也顾不上伤情,只匆忙地往纪寒凛那边赶过去,却被拥挤的人群给挤了出来。

纪寒凛手捧女粉丝献上的鲜花,依旧一副生无可恋的面瘫脸,四下看了看,就看见被挤到角落里只露出一张巴掌大的小脸来的夏霜霜。

她个子高,却瘦削,平日里很能吃的样子,但似乎就是难长胖,细胳膊细腿的,好像风一吹就会倒。眼下她被人挤得连连后退,他想伸手去扶她一把,才发现中间隔了那么多层人海。

等他被郑楷他们拉着拍了一圈照后,他走出人群,看见小丫头正坐在凳子上刷手机。他低头去看,小丫头看见他过来,赶忙把手机锁屏,收了起来。

"凛哥,你结束了啊?"

"嗯。"

"你们赢了,我请你去吃饭吧!去紫虾蚬子!"

"不训练了?"纪寒凛伸出手像拍篮球一样拍她的脑袋,"还想偷懒?用美食麻痹我的监察力?"

"我就偷懒一个晚上。"夏霜霜歪着脑袋,"行不行?"

"你们干吗,又单独行动?吃饭不带我?"郑楷从纪寒凛身后蹿出来,"我发现你俩经常单独行动啊!"

"你女朋友呢?你不知道我跟凛哥这属于单身狗的互相取暖啊?我要是有对象了,你看我跟不跟你们玩!"

纪寒凛的眼睛眯了眯。

"我女朋友不知道干吗去了,一天没见到人,打电话也不接。走走走,一起吃饭,我请客。"回头又朝着许沨跟林恕招手:"走,一起去吃饭,咱们战队还没坐在一张桌子上,心平气和地吃过一顿团圆饭呢!"

那当然,就他们战队这融合度,很容易一言不合就把菜直接扣对方脸上了。

所以,才要强调心平气和。

第三章 看那小子的样子,就牙疼

年轻人想聚餐，总能找出十七八个理由。

比如，今天天气真好，我们去聚餐吧！

比如，今天下雨了，我们去聚餐吧！

比如，今天礼拜一，我们去聚餐吧！

所以，当郑楷以"咱们今天赢了比赛"以及"咱们战队从来没有一起吃过饭"为理由要求聚餐时，大家都无法拒绝。

唯独夏霜霜有点尴尬："你们看我像不像古代背叛家国跟人私奔的和亲公主？"好歹她是数学学院的，自己学院输了比赛，她应该颓唐一下的，"我是不是不应该和你们一起庆祝，而是要回公主府面壁思过？"

"那要是你们学院每天输比赛，你是不是以后都不用吃饭？"纪寒凛右手插在口袋里，问。

"你为什么要咒我们学院？！"

"我只是觉得这是一个让你减肥的很不错办法。"

夏霜霜转头问郑楷："我胖吗？我需要减肥吗？"

郑楷嘿然一笑："我不知道，我没试过。"

夏霜霜："……流氓！"

纪寒凛："虚伪。"

许沨："我为什么会认识这帮精神病？"

林恕内心：晚上吃什么好呢？

一行人一路吵吵闹闹，引来不少路人侧目，倒不是嫌弃他们吵，而是……

女生们："我靠！那边那四个长腿欧巴好帅！那个妹子也美翻了！我靠，为什么这么美，她用的什么色号的口红……"

男生们："看！美女！"

好不容易到了郑楷选定的酒店，郑楷一看就是熟客，被服务生领了进去，坐进一个超高级的VIP包厢。

夏霜霜望着精致的餐盘、高悬的水晶灯以及菜单上的价目表，感觉有点缺氧。

夏霜霜："郑楷，以后团队建设还是朴实点吧，这样似乎有点太奢华了。"

郑楷跟服务生点完餐，转头回夏霜霜的话："我们家老头子的钱，花着不心疼。"

纪寒凛:"嗯,你们家老头子的钱,我也不心疼。"

许沨:"为毛你专注啃老,还一脸自豪?"

郑楷不恼,"老头子五十都不到,哪里老了?我不许你这么说我爸!"

林恕:"世界卫生组织将45至59岁的人列为中年,伯父确实不算老年人。"

众人:"……"

菜很快上了,大家也顾不上嘴炮了,四个打了一下午篮球的人当然累了也饿了,拼命夹菜吃饭。夏霜霜虽然不及他们出力,但这一天的运动量对她来说已经是爆炸式增长了,于是她也拼命吃了起来。

饭毕,郑楷接到他朋友的电话。挂了电话,他说:"我朋友组了个局,大家一起去吧,就当饭后娱乐。"

夏霜霜顾忌着纪寒凛那只手,现在放他回去,无异于纵虎归山,十分危险。于是,她立马点头赞成:"好啊!"

林恕:"楷哥,你朋友我们又不认识,还是不去了吧?"

夏霜霜:"我们四个刚好啊,实在无聊还能凑一桌麻将呢!"

纪寒凛:"好,今天的饭后活动——打麻将。"

许沨:"真的不问问我的意见?"

"不问!"众人异口同声,"事儿逼!"

于是,郑楷又带着四位队友火速杀到了朋友定的"绝世"KTV。当然,他们推门进去的时候,没有一个人是真的在唱歌的,夏霜霜环顾四周,"超级豪华VIP包房都这么骚气吗?四壁挂满气球,摆满花?"

纪寒凛:"我觉得有大事要发生……"

郑楷:"完了,你们别说了,我开始慌了……"

然后,郑楷的女朋友,Z大校花钟艳手捧鲜花从人群中朝郑楷走过来,她脸上端着淑丽的笑容,一身礼服妥帖地勾勒出完美丰盈的身材。

"亲爱的,生日快乐。"钟艳伸手环住郑楷的脖子,紧紧地抱住他,又在他脸上轻啄一口。

"惊不惊喜?意不意外?"郑楷的某位不知名的好友直接跳到大理石桌

子上，手拿话筒，高喊，"祝我们最好的哥们儿——楷子，生日快乐！"

夏霜霜蒙了，这都什么朋友，她要是弄错冯媛的生日，冯媛能把她撕褪三层皮，并且三天不理她。除非十吨小龙虾，才能挽回她们的友情。

她以为，以郑楷那副吊儿郎当的太子爷风范，会当场跟那帮二世祖翻脸。但他只是捧着话筒迟疑了三秒，然后做出一副惊喜并惊讶的表情来："很惊喜，很意外，谢谢你，亲爱的。谢谢你们，我最好的兄弟们！"

夏霜霜觉得，自己全身上下所有的尴尬细胞都在拼命分裂，就快要占据她的身体了。

纪寒凛这时候不知道从哪里摸来一个果盘，捧在手上，问夏霜霜："吃不吃瓜？"

现在……也只能吃瓜了！

于是，他们寂寞无助的四个人蹲在墙角吃瓜，看着KTV中央那帮群魔乱舞。

夏霜霜："我有一个秘密，不知当不当讲。"

许泂："我对别人的隐私没兴趣。"

夏霜霜："我还是讲了吧，你们千万别祝郑楷生日快乐，毕竟，今天并不是他的生日。"

许泂："不是他生日？那这帮鸟人到底在干吗？郑楷那货还演得跟真的一样。"

夏霜霜："现在你们知道我的感受了吧？仿佛我已经欢天喜地准备开始放假了，才发现记错国庆节是十月一号不是四月一号。"

林恕："你这个比喻太悲伤了，想哭。"

"……"

四个人蹲在角落里开始你一言我一语地为郑楷鸣不平，于是，光怪陆离的灯光下，站在包房正中央那个笑得像个傻狍子一样的男人，身上忽然带上了某种莫名其妙的悲剧光环。

瓜吃多了，有点憋尿，夏霜霜说："我去上个洗手间。"后面那句"有没有人一起"，在她看了旁边三个大老爷们之后，硬生生吞了回去。

夏霜霜出门前仔细记下了房号，KTV里找个洗手间跟去趟迷宫历险似的，左右绕得都晕了。好不容易解决完生理问题，洗完手，刚走出洗手间没两步，就被一个人喊住了："美女！"

条件反射地回头："你是郑楷同学吧？我是他兄弟，刚刚一个包厢的！"夏霜霜用力想了会儿，好像就是刚刚那位"惊喜意外"兄，叫徐翔好像。

"有事儿啊？"

"啊，对。"惊喜意外兄问，"我们包厢号多少来着，我有点忘了。"

"哦。"夏霜霜冷漠脸，"我记得路，你跟我走。"

"好！"

此时夜深，除了一些出来包场通宵的，大部分包厢都已经清空，夏霜霜在前边带路，突然就被身后那人抓住了手腕，要把她往外面拉。夏霜霜力气小，被那人扣住了两只手腕，牢牢钳制住，无论如何也挣脱不开。

联想到微博上那些拐卖妇女儿童的套路，夏霜霜整个人仿佛受到惊吓，惊喊大呼："你有病吧？滚开！"有几个路过的小青年来看，驻足停步，夏霜霜惊慌失措地解释，"我不认识他！我不认识他！"

徐翔上来一把将夏霜霜给揽进怀里，笑呵呵地给那些人解释："我女朋友……闹呢！"

"我不认识他！"夏霜霜仍旧死命挣扎，"我真的不认识他！"

"啊！"徐翔忽然一声惊呼，夏霜霜只觉得手上一轻，昏黄迷离的灯光笼罩在来人高大的身影之上，看不清面容，却带着熟悉的"怼天怼地"的气场。

仿佛一颗救星降世，夏霜霜决定，至少十天不和班主任顶嘴！

哪怕在心里也不顶嘴！

纪寒凛冷着一张脸，就这么一会儿没盯着，就出了事儿？他疾走了几步过来，一把抓住趴在他家二哈身上那人的衣领，把他拎起来，摁在茶几上，一顿敲打。"垃圾玩意儿。"纪寒凛骂了一句。

原本在这时候应该维护世界和平的女主角夏霜霜没有喊出"别打了，别打了，你们别打了"这番话，而是在一旁给纪寒凛助威，"凛哥，给我揍他，狠狠爆揍他！我好心给他带路，他居然想睡我？！良心不会痛吗？"

那人的被纪寒凛扣住脖子，唯一解放的手在桌子上一通乱摸。

啪！一个啤酒瓶子砸在了纪寒凛的右手上，玻璃碴儿挤进他的肉里，血顺着手臂流了下来。纪寒凛吃痛，松了手，那人趁机跑了。

血滴在地板上，滴答滴答……

"凛哥……你的手……"夏霜霜后悔了，她刚刚就该认怂，就该劝架，就该拉着纪寒凛走。他的手那么重要，况且本来就有伤……她怎么就能让他冲冠一怒为红颜，自断手臂三十天？

纪寒凛眉头皱了皱，看着二哈一脸急得要哭的样子，只好平静地道："还好没伤到脸……"

夏霜霜："……"

纪寒凛："你哭什么，刚刚被人欺负也没看你哭？你会清理伤口吗？"

夏霜霜红着眼眶摇了摇头。

"那还不带我去医院？"

夏霜霜这才反应过来，赶忙拿出手机……

"还有，报警。"纪寒凛声音低沉，"这都祸害到谁头上了。"

牙疼。

想到刚刚那个王八蛋趴在二霜身上的样子，他就牙疼。

真的疼。

第四章 换我来 Carry 吧

"半个月之内不要碰水,右手暂时不要做大幅度动作。"医生一面给纪寒凛清理伤口,一面说道,"给你开了药,待会儿记得去药房拿,记得每天都要换药,一个礼拜后来复诊。"医生一脸嫌弃,"真搞不懂你们年轻人,一言不合就知道打架。要我说就是偶像剧没演好,为了谈个恋爱有事没事大打出手。我说,你这么能打,怎么不走向世界,弘扬中华武术?"

"不不不。"夏霜霜摆手,"医生,我们不是谈恋爱,也不是你想的那么回事儿……"

医生手下一重,纪寒凛轻嘶了一声,夏霜霜看见纪寒凛额角的青筋,赶忙改口:"对对对,是我们不好,怪我过分美丽。"夏霜霜婉转地恳求道,"医生,您轻点。"

"现在知道心疼人了?早干吗去了?"医生给纪寒凛处理完,把沾血的药棉扔到垃圾桶里,"小两口就不能好好相处?彼此都真诚一点,不好吗?"

夏霜霜张口想说话,被纪寒凛抢先开了口:"我们听您的……"又看了夏霜霜一眼,"以后绝对不吵架。"

医生似乎对于自己爱的教育成果十分满意:"那成,去取药吧。"

夏霜霜一个劲儿地给医生道谢,拿了药方,扶着纪寒凛出去了。

走廊上人很多,夏霜霜特意站到右边,把纪寒凛让到里面,生怕来来往往的人碰到他的手。

"凛哥,你刚刚说,咱们以后不吵架了……"夏霜霜有点激动,"是真的吗?"

"是不吵架了。但是骂，我还是会骂的。"

"你的意思就是只有你能无理由喷我，而我不能回嘴？"

"我现在很脆弱。"纪寒凛扶了下手臂。

"好的，凛哥，请问您对我有什么不满吗？请您尽情宣泄！"夏霜霜伸出双手，平摊向上，一副任打任骂的样子。

"小夏！"身后传来郑楷的叫声。

两人回头一看，郑楷和林恕正以百米冲刺的姿态穿过人群跑了过来，许沨双手插在口袋里，跟了过来。

"凛哥，你手没事儿吧？"郑楷看着纪寒凛包得跟粽子一样的手，问道。

"没什么事儿。"纪寒凛一顿，"要不我也拿俩瓶子砸你下，你试试？"

"徐翔那个王八蛋！"郑楷咬牙气愤地道，"全是我交友不慎，把小夏跟你害成这样！"

夏霜霜看了郑楷一眼："你骂人就骂人，别把我们也搭进去，什么交友不慎，我们配不上你啊？"

"小夏……"郑楷脸一红，自觉更加无地自容，"都是我的错。凛哥医药费我付，补品也由我出，人参燕窝给你、给你，统统都给你。还有，小夏，你要不要精神损失费？还是我带你去看看心理医生，你没有留下心理阴影吧？不会半夜醒过来想不开，跳楼自杀吧？"

夏霜霜："夸张了。幸亏凛哥救驾及时，朕毫发无损。"

郑楷拿过药方："我去拿药。"

一行人拿完药又去了警局，徐翔身旁站了一名西装革履拎着公文包的年轻男人，自称是徐翔的代理律师。

"根据我的当事人指控，是这位先生先动的手。"律师看向纪寒凛，"现在我的当事人要告他故意伤害罪！"

"你们讲不讲理？明明是他先轻薄猥亵我！"夏霜霜义薄云天，挡在纪寒凛前面，指证徐翔。

律师："小姑娘，指控是要讲证据的。你有证据吗？"

夏霜霜："监控！把'绝世'的监控录像调出来，不就一目了然了？"

警察搁下手里的笔，回答道："刚刚已经去调取了，不过，'绝世'那边说，监控系统刚好受到病毒攻击,影像资料都被格式化了。"

郑楷一把揪住徐翔的衣领:"我就问,到底是不是你干的?"

"楷子,我们认识这么多年了,你跟他们认识才多久?你信他们的鸟话,不信我?"

"不是你干的,那监控录像能刚好被病毒攻击了?你那些脏套路,我会不知道?'绝世'那地方你都玩儿得溜得不行了,你能迷路?你他妈逗我?!"

警察把茶杯重重地往桌子上一蹾:"当这里是什么地方?!"

"被病毒攻击的系统,我能恢复。"站在一旁的许沨蓦然开口,眸光一闪,"哪怕是人为,我也能。"

徐翔被他那道凌厉的目光看得遍体生寒。

"你、你真的能啊?"

许沨眼皮抬了抬,没说话。

半小时后,所谓被病毒破坏的监控录像修好,从影像资料来看,先是夏霜霜走出包房,没过多久徐翔就贼眉鼠眼地跟了出来,大约十秒后,纪寒凛也走了出来。

夏霜霜从洗手间出来,徐翔立马跟上,大约是到路的尽头了,纪寒凛也从洗手间出来,他脚步顿了一下,好像看到了夏霜霜和徐翔两个,眉头一拧,跟了过去。

据纪寒凛后来的解释,是因为他忘记了包厢的位置,想跟他们一起回去,才跟上去的。

再之后就是徐翔跟夏霜霜在大厅拉扯,走过路过的路人过来问了两句,徐翔说了几句什么,路人就笑着摇头走了。

纪寒凛赶到的时候,徐翔已经快要把夏霜霜拖出大厅了,纪寒凛抽手打了徐翔两拳,再然后就被徐翔慌乱中摸到的酒瓶子给砸破了手……

事情已经一目了然了,剩下的交给警察照章办事就好。

得了消息的冯媛一路急匆匆地赶来,上下检查一通确认夏霜霜连半截头发丝都没少之后,抡起自己新买的 Fendi 包包,就往徐翔脸上砸:"你动谁的女人呢?你是疯了吗?夏霜霜你都敢碰?"

徐翔一手捂着刚刚被郑楷揍青的左脸,一手捂着被冯媛砸得通红的右脸欲哭无泪："我错了，我承认错误了，我以后再也不会犯这种错误了。我……我……我喝多了来着，我是认错人了！我真的把她当成我女朋友了！"

郑楷："扯什么犊子？你女朋友整得跟范冰冰一样，小夏明明长得像全智贤，你脸盲能盲到这程度，那你怎么不说我长得像吴彦祖？"

冯媛还要动手，就被警察喝止了："这里是什么地方，你们打来打去的，还有没有一点儿对公检法机构的敬畏之心了？"

冯媛收了手，眼睛都红了，比夏霜霜还委屈："警察叔叔！他欺负我朋友，我最好的朋友！"

警察大叔看见小姑娘一副要哭的样子，赶忙抽了几张纸巾递过去："这事儿按程序办呢，两方的说法都考虑，影像资料也看过，姑且算民事的范畴。得看你朋友的意思，是和解还是怎么着，毕竟先动手的是你们这边。"

"不和解。"纪寒凛坐在椅子上，歪着头，"我动手，那是我的事情。他欺负夏霜霜，是另外一件事情，不能混为一谈。"

警察看了一眼夏霜霜："小姑娘你说呢？"

"这是正当防卫吧？要是这人是人贩子，把我拖走了卖进深山老林，我也没法活了啊。警察叔叔！"

警察看了看周围几个人："你们自己再谈一谈吧！"

徐翔的代理律师掏出一张卡来，塞到纪寒凛手中："这里头的赔偿，是您实际受损的十倍。"

纪寒凛眯眼冷冷一笑，"打发要饭的呢？"

"你们拿钱压谁呢？"郑楷一把抢过银行卡，直接扔进垃圾桶里，愤怒地道。

"郑少，麻烦您也看在徐董和郑董多年的交情上，请您的朋友略略高抬贵手。"

"呵呵。"郑楷冷笑，"郑董是谁，我不认识。"

这下轮到巧舌如簧诡辩无数的代理律师无语了。

夏霜霜一方拒绝和解，余下的只能按照程序来办事，各人做好笔录，离开了警局。

冯媛这会儿还没缓过劲儿来:"哎哟,老夏,你爸妈不在身边,把你交到我手上,我要是把你给搞没了,怎么跟你爸妈交代?"转头对着郑楷就一顿戳指,"你你你,什么人啊你,都什么朋友啊,对老夏这么动手动脚的。以后你别指望我让老夏跟你玩,你离她远点!"

郑楷耷拉着脑袋,好像犯错的真的是他:"对不起——"

"……"冯媛的满腔怒火好像瞬间就被他那委屈的样子给浇灭了,想骂点什么,发现已经骂不出口了。

"老冯,你心心念念好久才买的新包,砸了不心疼啊!"夏霜霜过来拉了拉冯媛。

"哎哟!疼死了!"冯媛抱着包哭唧唧的,"那我也要砸他,居然敢对你动手动脚?!这么多年,我都没舍得让你被人欺负,凛神都还没碰到你半根手指头呢?!他凭什么欺负你?!"

"……"夏霜霜扯了扯冯媛的袖子,冯媛才意识到哪里不对,看了一眼纪寒凛,赶忙改口,"我的意思是,像凛神这样的高岭之花,都没能俘获你的芳心,那个辣鸡玩意儿算什么?"

夏霜霜:"……"

冯媛:"算了,我还是别说话了吧。"

原本兴高采烈出来耍的一群人,瞬间都没了兴致,像是斗败的公鸡和母鸡,一个个都往学校走。

"啊!"冯媛突然大喊一声,惊得几个人都偏头去看她。

夏霜霜:"老冯,你干吗,一惊一乍的?!"

"不是。我想起来一件事情。"冯媛看了看纪寒凛的手,"你们礼拜天不是还有四强的比赛吗?凛神的手……还能握鼠标吗?"

众人皆是一愣,恍然想起,原来还有这么一回事。

空气仿佛都凝固了,明月悬空,照得几个人的影子长长地拉在地上。

"其实,进了8强就已经很厉害了!"冯媛赶忙宽慰几位说道,"以前你们是4打5,胜率100%,现在顶多也就是3打5,胜率应该是75%吧?挺高的了。"

夏霜霜:"老冯,数学不是这么用的。"

郑楷："冯媛，你不会安慰人就别安慰行不行？"

冯媛："我这是给你们营造希望的氛围啊！"

郑楷："越说我越绝望了。"

两个人你一言我一语吵得不可开交。

"换我来 carry 吧。"一直抿着唇不说话的许沨突然开口。

仿佛一颗石子破空，落在平静的湖面上，泛起阵阵涟漪。

夏霜霜看了许沨一眼，略长的刘海儿盖在眼前，月光下看不清他眼底的神色。

郑楷愣了一秒，赶忙接话，道："对对对，让许沨来 carry。他虽然不如凛哥你，但是也比一般的菜鸟强多了。"话说着一只手顺势攀上许沨的肩膀。许沨嫌弃地看了郑楷一眼，然后抖了抖肩膀甩开。

夏霜霜："是是是，凛哥，你就全程泉水挂机就好了。我跟你讲，泉水挂机，你肯定没试过。贼有意思的！而且，挂机也很有技巧。你要捺住躁动的心，无论外面打得不可开交还是天崩地裂，都绝对不跨出泉水一步，这对心理素质是一种很好的考验。"

冯媛："对啊，凛神，你坐在那里，什么都不用干，就已经赢了一半了。"

"是啊，凛哥，剩下的一半就交给我们吧！"林恕说道。

一人一语，就达成了一致。

也不管纪寒凛是不是点头了。

仿佛许沨那句"我来 carry 吧"就像是一剂良药，把他们这个病入膏肓的晚期战队给救死扶伤回来。

夏霜霜看着眼前的几个大男人，恍然觉得，今晚的气氛有点甜腻，仿佛他们这个草台班子一样的战队，真的开始有些正经战队的样子了。

半决赛实行 B05 的赛制，即五局三胜，相比较于 B03（三局两胜）的赛制，无疑是把纪寒凛用手的强度给增强了。

开赛前，夏霜霜把除了纪寒凛以外的三个人，都拉到了墙角，一脸神秘兮兮。

郑楷："小夏，你这样在凛哥背后搞小动作，不怕他知道？"

夏霜霜："顾不了那么多了。凛哥手不行，虽然只是打辅助，但鼠标总不能用下巴摁。我觉得，咱们得速战速决，直接打爆对面。"

许沨翻了个白眼："你觉得？"

夏霜霜握了握拳："对。我觉得！"

许沨："你的意思是，咱们一上场就进攻对方水晶？"

夏霜霜大惊："还能这么玩？"

郑楷："别理他，逗你呢！"

"你们几个在这里干吗？"纪寒凛不知何时已站在他们背后，突然出声。

夏霜霜整个人都吓得绷紧了，宛如一只下锅的小龙虾："我们在商量晚上吃什么！"

另外三只小龙虾跟着拼命点头："对！商量晚上吃什么！"

"商量好了吗？"纪寒凛和蔼地问。

"商量好了！"夏霜霜宛如向班主任汇报的小学生，"吃什么凛哥你定！"

三只小龙虾：我们真的是商量出了这么个结果吗？！

"走了。"纪寒凛用他尚可使用的左手，宛如杨过拍雕兄一般，轮流拍了一圈过去，"赢了晚上吃肉，输了晚上吃你们的肉。"

……

十分凶残来着。

和 JS 战队对战的是 Dream 战队，他们的队长阿青在《神话再临》的天梯上排行不虚，算是小有名气，平时也开开直播。知道他有比赛，不少隔得近的粉丝都赶到现场来加油。

冯媛举着巨大的应援灯牌，左边坐着一群纪寒凛的颜粉，右边坐着一群阿青的粉丝。她的定位虽然略显尴尬，但她无所畏惧。

郑楷看着看台，心里有点寂寥："冯媛，你下次能给咱哥儿仨也做个灯牌吗？"

冯媛嗑着瓜子，回答他："你不是以多金闻名吗？花钱请点水军呗。"

郑楷四下观望了下："也行，我就是怕我一出手，这个小看台坐不下。"

冯媛："……"

五人在赛场上坐定，夏霜霜为了给全员打气，还在纪寒凛包着纱布的手

第四章 换我来 Carry 吧

055

臂上写了一个巨大的"胜"字。

"天哪！凛神的手是受伤了吗？"

"哇！凛神的手也太好看了吧？"

冯媛："都包成那样了，也能看出来手好看？"

"凛神的侧颜简直了啊！真的是美颜盛世啊！"

冯媛忍不了了："哇！坐在凛神旁边的夏霜霜好美啊！人美学霸游戏还玩得好，真是完美女神呢！"

旁边一连串的白眼翻过来，好歹不再那么聒噪了。

比赛十点整开始，游戏里一声"全军出击"的号令响起，夏霜霜就神色凝重地操控着自己的妲己冲向上路，蹲在草丛里不走了。

夏霜霜："下路看紧点，中路对面的项羽进草丛了啊，打野过来先帮我拿个buff。"拿到"黄爸爸"的夏霜霜立马冲去上路防御塔下，对着对面开了一波技能。

"First blood！"

一血喊声响起，夏霜霜的妲己KDA记录显示：1/0/0。

她没什么表情，嗓音十分沉稳："林恕过来帮我顶下上路，我回程一下。"

比赛进行到13分钟，夏霜霜的妲己已经get了一个三杀了。

纪寒凛眉头一挑："今天的你，有点不一样。"

夏霜霜手下操作不慢，聚精会神地盯着电脑："凛哥你厉害啊，我今天用了纪梵希的粉底液你都看出来了？"

纪寒凛觉得自己的右手仿佛有点想揍人。"不是。"他克制了一下，"以前的你宛如安静的母鸡，今天的你仿佛脱缰的野狗。"

夏霜霜想赢的心十分强烈，连纪寒凛的毒舌都可以忽略，她在地板上点了个信号，直接喊了一声："可以了，你们三个可以过来团了。"

纪寒凛："三个？团的时候打野也要带上。"

夏霜霜脱口而出："我说的是不带你。"

周围三个忽然觉得今天的赛场应该没有开空调，怎么突然冷了十几摄氏度。

纪寒凛："为什么是不带我？"

夏霜霜："你手不行，操作不好，影响团战。"

温度仿佛已经到了零下。

郑楷艰难地抽手拉了拉衣襟："我冷。"

林恕："楷哥，那个我衣服也不多……"

纪寒凛轻咳一声："好，那我带兵线偷塔好了。"

夏霜霜沉默一秒，下了决定："也行。"

然后五个人就各司其职，一路打到对面老家，推了对方水晶。

一局结束，纪寒凛的右手从桌面上抬起，夏霜霜立马紧张地问："凛哥，你手怎么样？还好用吗？"比之刚才的冷漠无情，她深刻地演绎了何为"变脸"。

"还行。"纪寒凛顿了顿，"但是只能再撑两局，多一秒都不行。"

夏霜霜："这个你放心。绝对再有两局就结束了。"

"小夏。"郑楷评价道，"我发现你真是深得凛哥真传……在某些方面。"

一局比赛结束的中场休息期间，夏霜霜去了趟洗手间，第一把能赢得这么顺利，实在太超乎她的想象了。她站在洗手台前，伸手接了一捧水，往脸上泼了泼。刘海儿上沾了水，细小圆润的水珠顺着脸颊滚下来。

下一场，还能如愿以偿吗？她也不清楚，但是就像刚刚那样全力以赴就很好了。

走出洗手间时，纪寒凛也从对门走出来，他正甩着左手上的水渍，抬头看见夏霜霜正看着他，顿了一顿，解释了一句："我用的左手。"

"……"

"我管你用的哪只手！老流氓！"夏霜霜满脸通红，疾步走回了赛场。

纪寒凛望了望她的背影，唇角勾起："流氓就流氓了，老是怎么回事？"他摇了摇头，也跟了上去。

半小时后，第二把比赛开赛，Dream显然对他们已经有了戒心，一开始抱着和对面随便打打的心态，毕竟对面还有个残障人士呢，能厉害到哪里去？而且那个长得很美的小姐姐，大概就是个来凑数的菜鸡吧，5打3能输，那他们还要不要脸了？

事实证明，他们可能是真的没有脸了。

阿青："就这样吧，这把再输，你们就直接飞韩国吧。"

"老大，我们也没料到对面这么能打能扛。预选赛的时候也没听说他们有多强，本来那些队伍就是菜鸡互啄，难道他们是故意保存实力？"

阿青："打不过就是打不过，还好意思说别人之前保存实力？那你们怎么不释放一下实力给我看看？"

于是，第二把比赛的时候，Dream战队彻底释放了一把，就是打法套路有点猥琐，一直盯着纪寒凛打。比赛到40分钟的时候，夏霜霜看了纪寒凛的手一眼，纪寒凛仿佛看懂了她那个眼神和想法。

纪寒凛："你想都别想。"

夏霜霜："放了。"

郑楷："是啊，凛哥，放了吧。你的手都那样了，万一真成了杨过大侠，我们几个给你当雕兄都不够玩啊！"

林恕："凛哥，我也觉得放了比较好，不然接下来两盘，就没法打了。"

就连从来不肯轻易认输的许涘，都顾及着纪寒凛的那只右手，放慢了手下的动作。

纪寒凛眉头皱了皱，虽然没说话，但也放任了对面的长驱直入，推掉了自家水晶。

水晶被爆掉这种事情，她单排的时候经常遇到，可这是第一次让她感觉到落寞，明明坚持下去就可以赢的。

但是，不可以。

她看见看台上拼命摇着写着她名字的灯牌的冯媛，冯媛一脸没关系再来的样子，她心里不由得更堵得慌了。

要赢啊，接下来一定要赢啊，为了冯媛，为了凛哥的手，为了……为了心里隐隐约约存在的一种欲望？

她坐在那里，灯光照在她的身上，大屏幕上是她的英雄操作，不管坐在台下的人是为谁而来，总是能够看到她，她也想有自己的粉丝，用自己出色的能力，吸引到粉丝。

纪寒凛在选手休息室喝完一杯水，也没看见说去洗手间的夏霜霜回来。

纪寒凛："二霜去个洗手间这么久？"

郑楷："不会是输了比赛一个人偷偷躲着哭吧？"

纪寒凛:"又不是没输过。"

郑楷:"那不是,就像我觉得凛哥你的手是我搞坏的一样,小夏肯定把你手出问题怪在自己头上了。如果自己那晚努力憋尿就不会害凛哥你因为救她而被打伤手了呢!这样……本来不会输啊,现在输了,她肯定就觉得是自己的'锅'……"

纪寒凛低声说了句:"没事抢着当什么'背锅侠'。"转头又跟几位队友说道,"我去找找二霜,别待会儿真的成了3打5了。"说完,就走出了休息室。

纪寒凛走后,郑楷对着剩下的两个人开始叨叨:"平时就知道说小夏不行,真没她上场了,还不是急死。我觉得小夏真的挺努力的,之前为了上铂金,就熬了个通宵没睡,女孩子啊,花一样的年纪啊,皮肤那可是很重要的啊。后来吧,为了跟上咱们几个的操作和节奏,日夜练习补兵,人都瘦了……"

一直坐在沙发边缘的许溆突然低低嗯了一声。

郑楷伸长腿,踢了踢他的脚:"你之前不是还老爱难为小夏吗?真的,换了一般的女孩子,被你这么针对,早就嘤嘤嘤哭起来了。我就见天等着她脆弱下,好找机会安慰呢。后来发现,不是,这丫头,是个铁骨铮铮的汉子。"

"嗯——"

郑楷又重重地踢了他一脚:"你嗯什么嗯呢?"

"觉得你说得挺对的。"许溆抬头,"以前是我偏见了。"

郑楷觉得自己活见鬼了见着世界第九大奇迹了,毕竟第八大奇迹有几百个奇迹在抢着呢。许溆大大竟然自己承认错误了?!

出来找人的纪寒凛找了一圈没见着夏霜霜,在女厕门口蹲了半天,险些被人当作是有偷窥癖的帅哥……直到看见消防通道那一侧的门半掩着,他才走了过去……

"一次比赛而已,输有什么可怕的呢?老夏,你别哭,你哭了我心疼。唉。"

夏霜霜说话声音断断续续的:"嗝。"一个哭嗝,"我答应了凛哥要赢的。许溆他们,我也答应了的。一开始他们也没想报这个坑逼的比赛啊,都是我,我为了自己的学分,我强迫他们报的。我天天耽误人家那么多时间训练,结果就是我……我害得他们输了比赛。"

"怎么就耽误人家时间了呢?谁闲着还不打游戏了?"

"郑楷恋爱都不去谈了,陪着我五黑来着,就为了跟我磨默契度。"

"谈恋爱算什么正经事,当然是打游戏重要啦!"

"嗝——凛哥也是,虽然他没有女朋友,也没有任何业余活动,本身除了打游戏也确实没什么事儿好干。但却被我威逼利诱,用奶茶和小龙虾的攻势欺骗,天天陪着我练习来着。你说他一个王者水平的选手,为了配合我的节奏,甚至要打出青铜水平,是不是委屈他,是不是难为他?"

"嗝——林恕他,多好、多老实本分的人啊!天天被我拖累着。许沨……虽然喜欢针对我,但我知道他也没谁是不针对的了。嗝——我就是觉得自己不好,特别不好,我要是再厉害点呢?我要是能 carry 全场呢?我们就不会被 Dream 那边压着打了啊!"

"别这样,老夏,虽然我完全看不懂你们在打什么,但我看你刚刚比赛时候的样子,很稳啊。"

"装的,都是装的啊!嗝——"

脆弱,不够坚强,会害怕失败,到底也只是个才十八岁的小女生啊……第一次接触这样陌生的事务,误打误撞为了学分报名参赛,看到别人因为自己的莽撞而付出辛勤和汗水,最后却因为自己不够强大而失败。

再心大的人,也不会轻易释怀呢。

走道上的门猛然被推开,夏霜霜红着眼睛转头,就看见纪寒凛手握着门把手,低头看着蹲在地上的自己。

冯嫒识时务地找了个理由遁了:"我的应援牌好像没电了,我去买个电池……"

啪嗒,纪寒凛把门锁上了。

纪寒凛:"站起来。"

夏霜霜:"凛哥,我……"

纪寒凛:"只是输了一场比赛而已,就一蹶不振?连站起来的勇气都没有?"

"不是,凛哥……嗝——我蹲久了,腿麻了……"

纪寒凛无言,伸出那只还好用的左手递过去,夏霜霜抬头委屈地撇了撇嘴,攀着他的手,借力站了起来。

"为什么哭?是因为输比赛,还是因为觉得对不起我们?"

"如果是因为输比赛,那没必要哭,没有人是不会被战胜的,说的是你的对手,也包括你自己。如果是因为觉得对不起我们,那更没有必要,你的眼泪对我们来说毫无价值,那是你自己的事情。如果我们花那么多时间和你一起训练,磨合彼此之间的默契,只换回来你几滴没用的眼泪,那我们这段的时间真是被狗吃了。所以,现在,把你的个人情绪都收一收,好好想想下一把该怎么打。"

纪寒凛伸手去拉门,忽然就听见身后那个女孩带着一股鼻音问他:"凛哥,你输过吗?"

他握住门把手的手微微一顿,低头沉默片刻,才回答她。

"当然。"

"如果你的队友和你离心离德,就会。"

"这不是一个人的游戏。"

"你一个人的厉害,没有屁用。"

夏霜霜看着纪寒凛迈着大长腿离开,拿手背拼命抹了抹眼睛,不能影响队友的情绪啊,还要继续打下去呢!

夏霜霜回到休息室的时候,纪寒凛已经靠在沙发上,好像刚刚的事情根本没有发生过。

几个人坐在休息室里,神情都有些严肃,诚如夏霜霜当初所言,不过一段露水姻缘,可现在的他们,却偏偏想在这一段露水姻缘之上,纠缠出些不一样的情愫来,哪怕你是高手我是菜,也要缠缠绵绵到天涯。

郑楷:"下把怎么打啊?我怎么感觉对面已经抓住我队的两个弱点了啊?"

纪寒凛:"我队除了夏霜霜这一个污点,还有别的弱点?"

林恕:"虽然不是很显著,但其实凛哥你的右手确实有点弱了。"

夏霜霜:"关键时刻能不能不扯没用的?马上就要开打了,你们还在这里嘴炮,必胜了是不是?"

许泗:"不要虚,就是干。"

四道凌厉的目光如刀子一样扎在许沨身上,许沨不自在地扭了扭身子:"我听你们的。"

林恕:"要不打四保一?"

郑楷:"不行,太久了,凛哥的手不行。"

许沨:"我听你们的。"

夏霜霜:"不知道你们有没有听过'田忌赛马'?"

纪寒凛:"干吗?你要牺牲你自己了?"

夏霜霜:"反正他们打你、打你、就打你……干脆你去送算了,剩下我们四个团一路,快速推进?闪耀登场,亮瞎他们的狗眼?"

许沨:"我能不能不听你们的?"

"不能!"四人异口同声。

接下来的两局,JS战队迅速改变战术,根本不跟Dream战队有任何纠缠,反正纪寒凛他们喜欢打就打吧,余下的四个总是以整齐划一的步伐突然出现在他们没有防备的路上,以最快的速度推掉他们的防御塔,最后进攻敌方水晶时,直接强拆了。

JS战队以3:1的战绩战胜Dream战队,成功进入决赛,进入校级冠亚军的争夺,这也意味着,他们将代表学校直接与其他学校的优胜队伍进行对决。

这一战的MVP是夏霜霜,当夏霜霜走向舞台接受采访的时候,台下的人已经走了大半,那都是阿青的粉丝,自家大大输了比赛,他们哪里还有心情看别人接受采访?剩下一半是纪寒凛的颜粉,恨不得用眼神把夏霜霜戳出洞来。他们留着就是想多看凛神两眼啊,我们家凛神虽然一个人头也没有拿,但是就是打得贼好啊,他长得那么帅,凭什么不是MVP?

也不是没有道理。

夏霜霜忽然不知道该往哪里看,慌乱间就看见冯媛那个闪着赤橙黄绿青蓝紫宛如彩虹一样的灯牌。冯媛手架在灯牌上,双手捧脸,一脸崇拜。

夏霜霜忽然就笑了,她静了静心:"大家都看到了,凛哥的手受伤了,但是我们依然获胜,这说明什么?说明,没有凛哥,我们也能赢。"

后台听见某人点到自己名字的男人,唇角微微一勾,这种骚话都敢讲?

台下颜粉一阵哗然。

"其实，不是。"夏霜霜顿了顿，"他很强，诚如我们队友所言，凛哥坐在那里，我们就赢了一半，他就像是一颗定心丸，让我们的心都在不自觉中去信任他、去相信他。"

台下四个男人互相看了看，然后很默契地都飞快地闪开一段距离。

纪寒凛："我很直，笔直，别听二霜瞎扯淡，请你们不要随便对我动心，算我谢谢你们了。"

"可是，没有我们剩下的一半，只有凛哥，那也不会赢的。"夏霜霜手捏着话筒，仿佛打通任督二脉，之前她连一个字都蹦不出来，如今仿佛被冯媛的编剧神力附体，"我以前也经常参加比赛，也经常拿奖，但都是个人荣誉。虽然一开始，和凛哥、郑楷、林恕、许沨一起，我们也有很多不和谐的地方，而且这种不和谐现在依然存在，但我感觉到，每一个人都在努力改变，想要让我们 JS 能够更好。我很感激他们，真心的。"

夏霜霜把话筒递回去的时候，手心里已经沾满汗了。她走到后台，从台阶上跳下去的时候，就看见自家战队的四个大男人都站在那里，用一种关怀傻子的眼神看着她。

夏霜霜："怎么样，我说得棒不棒？"

郑楷："肉麻死了，要是没有他们三个，我都以为你在跟我表白。"

纪寒凛："一个校级比赛，不知道的以为你 KPL 冠军呢，马上要拿冠军皮肤了呢？"

夏霜霜："怎么了，校级比赛也是比赛啊，不是我们自己打出来的胜利吗？"

一群人叽叽喳喳地到选手休息室收拾东西，Dream 战队的队员也在收拾，但各个脸上神色抑郁，倒是他们的队长阿青心态比较好一些，看到夏霜霜他们过来，阿青一把把包扔到背上，走到他们跟前。"你们很强。"阿青说道，"但决赛，你们会遇到更强的队伍。祝你们好运们！"

郑楷："头一句话听着还挺开心，后面几句就没必要说了吧，太扫兴了。"

阿青又挪了一步，到夏霜霜跟前："Beauty，你是我见过的，最厉害的女选手。"他伸出手，要跟夏霜霜握手，夏霜霜立马递出去，笑得十分灿烂，谦虚地道，"是我的队友厉害，是他们的功劳。"

纪寒凛盯着那交握在一起的手,夏霜霜那皓白的手腕略有些扎眼了,他的瞳孔不自觉地微缩。

阿青收手,带着人走了。

夏霜霜望着他们离去的方向,一阵傻笑:"嘿嘿嘿嘿……"

纪寒凛皱眉:"你到底在兴奋什么?"

"我第一次遇到活人夸我强。嘿嘿嘿……"

"主要是他也没见过什么女选手。"纪寒凛顿了顿,"一脸得意的笑意,真是藏都藏不住。"纪寒凛感叹,"我看你是不知火舞(游戏英雄)的妹妹,不知害臊吧?"

夏霜霜一脸理所当然:"干吗要藏起来?高兴不就应该放在脸上吗?我凭本事赢的比赛,我还不能高兴吗?"

"走了走了。"郑楷催促他们,"待会儿阿姨要来打扫了,决赛还有半个月,终于可以好好休息一会儿了。每天看见你们几个,我都要烦死了。"

夏霜霜:"你走你走,到时候可不要哭着想我们!"

郑楷:"狗屁!"

郑楷背着他的包就走,但刚关上的门瞬间又被推开,他攀着门,问:"走走走,今天晚上吃什么?"

夏霜霜拎上包就追过去:"凛哥不是说吃肉吗?!"

几个人也陆续出了休息室,走在最后的许沨看见桌角掉了一本笔记本,略有些眼熟,缓步走过去,弯腰捡起来。

是夏霜霜的笔记本,纸张都翻得有些毛躁了,他把笔记本打开,上面密密麻麻地记了一大堆招式、技能和套路,配合着一些奇奇怪怪的图案,堪称灵魂画手。

他看了一会儿,才把本子合上,塞在书包里,追上自己的队友。

"你的。"许沨手里捏着夏霜霜的笔记本,递过去。

"啊!谢谢啊。"夏霜霜牵着嘴角笑了笑,她一向都挺怵许沨的,话不多,每次说话都带着一股子黑帮的"我要干翻你"的气势。

"你今天……"许沨顿了一顿,才继续说道,"打得挺不错的。"

"啊?"夏霜霜一愣,"你在……夸我?"

"算是吧。"许沨笑了笑。

纪寒凛班主任的笑容夏霜霜见过不少次,虽然可能都称不上笑,大抵是嘲讽。但许沨这个黑帮老大的笑容,她还是头一回见,心中不免有点忐忑。

"决赛的时候,好好表现。"许沨丢下这句话就走到前面了。

夏霜霜背着自己的书包,有点蒙。

"干吗呢?"夏霜霜的肩膀被人拍了一下。

夏霜霜一转头,就看见纪寒凛站在身后,眯着眼睛看着她。

"干吗?!为什么用你的爪子拍我?"

纪寒凛唇角一弯,半靠过身子过来:"不能拍?"

夏霜霜:"怎么会不能呢?我这不是怕你的手拍疼了!"

纪寒凛:"还成。不是特别疼。"

夏霜霜用一种十分强势的语气:"待会儿吃完饭,给你换药。药和纱布我都带在包里了,你这个手要是处理不好,以后可能会残,我可担待不起。"

"你养我啊——"

"啥?"夏霜霜仿佛没听清。

"我的手不好的话,你养我。"

"你以为自己在拍《喜剧之王》啊?我是尹天仇,你是柳飘飘啊?你有张柏芝么么美吗?我就养你?"

"哦,我的右手刚刚说话了,你听到了吗?"

"没有。"

"他说他的心很痛。良心的心。"

"……"

手还有良心?

哦,真是搞不懂这个大男人,明明刚刚输比赛劝她的时候宛如一个拥有一百年社会经验的老大哥,而现在,就像一个要糖吃要人哄的熊孩子。

精神分裂得厉害。

凛哥说话算话,晚上带他们吃肉,吃完肉各回各家。

夏霜霜留下帮纪寒凛换药。

"嘶——轻点。"夏霜霜一圈圈绕开纱布的时候,纪寒凛忍痛皱眉道。

纱布掀开，原本白净的右手上平添了几道疤痕，血色尚在，夏霜霜用棉签蘸了点药酒，一点点小心翼翼地点上去，然后捏住了纪寒凛的手，能够明显感觉到他的手在一下下地抽动颤抖。想想就会很痛，刚刚打游戏的时候点鼠标应该也是这样连着筋的疼吧？而他一声也没吭。

难道网瘾真的能转移疼痛啊？

纪寒凛低头看她，额前乱糟糟的刘海遮住了大半个额头，露出一星半点儿月牙弯弯的柳叶眉，睫毛细长且密，宛如一个小小的扇面。她眉头微微拧着，好像帮他擦药，自己也跟着疼了一般。

"疼就喊出来吧。"

"哦，我刚刚喊了，并且还让你轻一点，但你并没有真的理会我。"

夏霜霜叹了口气，把他的手捏得更紧了一点："现在理你了，你可以喊了。"

"疼劲儿过去了，不想喊了。"

"……"

好不容易给纪寒凛上完药，应他的要求，愣是把纱布打出了一个蝴蝶结的形状他才肯罢休。

"决赛还有半个月呢，最近就别训练了吧，等你手彻底好了再说。"夏霜霜一面说，一面把清理完的纱布和膏药收拾了。

"哦。"纪寒凛看了看自己手背上那个蝴蝶结，"小公举"的少女心得到满足，他后背轻轻靠到椅背上，"我是可以不训练啊，我本来就不用训练。但是你的手很好啊，所以你还是要天天训练，我负责监督你。"

夏霜霜恨不得把自己的右手也扎烂！

纪寒凛："我知道你在想什么，把自己的右手扎烂是不是？别想了，很痛的，十指连心懂不懂？你没我这么强，还是安心训练吧。"

夏霜霜："……"

真的是会读心术哦？！

第五章 特别的生日礼物

于是，之后的半个月里，夏霜霜依然每天坚持训练，其他几个队员也来得很勤快。毕竟是决赛，哪怕是校级的，也有一种要当 KPL 来打的心态。

更何况，对手 KY 战队，可是他们学校专业选手组建的战队，虽然和 LPL 这些第一梯队的队伍无法相提并论，但比起普通的菜鸡队伍，那是能用平 A 就削翻他们的。

不想赢？

不可能的。

而郑楷，可能因为有钱还闲，隔三岔五就叫他们出来吃饭，吃完饭没事干就拉着他们去看电影，看完电影喝个咖啡又可以吃下一顿了。

最近新上的电影都被他们看了个遍，以至于为了消磨时间，不得不二刷、三刷，每个人都捧着爆米花和可乐，端着一张"剧透脸"，在旁边评论：我觉得凶手一定是××，我觉得凶手一定是在 00 时杀人。

然后一齐在心里默念：傻×。

于是，一众曾经沉迷于逃课的同胞们，最近都爱找各种理由很积极地去上课了。

某日，郑楷照例在他们的微信小组里面邀请各位"大大"去看电影。

而这个微信群的名字是：JS 战队是 KPL 冠军。

全宇宙第一英俊：各位今晚空不空，我知道有家电影院的爆米花很好吃，我们去看电影吧？

社会你沨哥：没空，晚自习，八节，上通宵。

恕我直言：不好意思，要搬砖。

Lin：我右手不太好，不能看电影。

……这个理由，听起来完全没有任何毛病呢！

夏天一点都不热：爆米花热量太高，我最近已经胖了0.01公斤，美女学霸的设定不能崩。

全宇宙第一英俊：你们是不是都厌倦我了？

……

拒绝回答！

握着手机的郑楷坐在电影院的休息室里，手里捏着五张电影票，面前摆了五大杯可乐和五大桶爆米花。看着来来往往的情侣，他的眼睛眨了眨……

爆米花真的很好吃啊……为什么你们都不来？

为什么不来？

因为大概半个小时前，JS战队除郑楷外的剩下四位在夏霜霜的闺密冯媛的带领下，浩浩荡荡地去了一家离学校20公里的烘焙店。

夏霜霜当时给冯媛发了个微信。

夏天一点都不热：老冯，我最近感觉到疲惫了。

全世界第一可爱：咋了，老夏，跟凛神的感情有裂痕了？我跟你讲，对待男人，尤其是凛神那样的男人，你不能硬逼的……

夏天一点都不热：……跟他没关系，是郑楷。

全世界第一可爱：我靠？你怎么跟那个王八蛋搞上了？

夏天一点都不热：什么叫那个王八蛋？

全世界第一可爱：我仇富，你别管。

夏天一点都不热：你自己也是个富二代，同类生物没必要吧？

全世界第一可爱：富二代个鬼，我爸那有钱程度得叫郑楷爸爸。按照这个辈分，他得是我爷爷。

夏天一点都不热：今天是你爷爷的生日。

全世界第一可爱：啥？

夏天一点都不热：嗯，他生日，我们四个在愁送他点什么。其他三个大老爷们都不爱折腾，跟我说送钱。送钱？你想象一下，你捧着20美金送到比尔·盖茨跟前，他能要？

全世界第一可爱：男人的感情是真的很凉薄啊，还是老夏你比较有人情味。

夏天一点都不热：所以，我就建议说什么都别送了，反正郑楷那货啥都不缺。

全世界第一可爱：刚刚那条能撤回吗？

夏天一点都不热：他们的反应跟你差不多，在道德上谴责了我，让我务必给出一个令人满意的结果来。我又没有送礼的经验，你思路广，帮我想想。

全世界第一可爱：过生日啊，送蛋糕呗，自己做，我知道一家烘焙店，可以自己动手的。

夏霜霜赶忙在他们单独拉的小群里面发出了这个建议。

"冷漠。没事儿别说话"小组。

夏天一点都不热：我有主意了，咱们自己动手给郑楷做个蛋糕吧？

社会你沨哥：在别人生日的时候送蛋糕，很有新意喔！

夏霜霜忍痛无视了他的嘲讽。

恕我直言：自己……动手？那能吃吗？

Lin：管他能不能吃，又没让你吃。

夏天一点都不热：……

寿星大人如果看到这个回答，心应该会再死一次，凉透了吧？

是死是活，反正礼送上了就行，管他那么多，给什么吃什么吧！

大家的心态都异常的平和。

于是，一群人就跟着冯媛跑了，留下心塞欲死、不知所谓的郑楷一个人在电影院里把五个人的位置轮流坐了个遍。

嗯，好像他们四个在陪自己看电影哦！

又有一种说不出的凄凉萧索呢！

心意烘焙店。

据冯媛介绍，这家烘焙店的老板娘很年轻，曾经是个设计师，后来不知道怎的就隐退了，来到美食界，开了家不大不小的烘焙店，每天教教别人做饼干、蛋糕之类的，以此为经营。

很是清闲。

老板娘是个年轻漂亮的小姐姐，一头松软的长发搭在肩上，见到冯媛带着朋友过来，一脸温和的笑意。

"这是老板，叫她安雅好了。"冯媛转头指着自己身后的一拨人，"安雅，我朋友，那几个男的叫什么不重要。但这位美女，你一定要认识，夏霜霜。"

"你就是夏霜霜？"安雅笑着说，"小媛经常跟我提起你，说你漂亮、聪明，最近还新交了个英俊帅气的男朋友，虽然管你管得严，但是游戏打得好，也不跟除你以外的女人说话……"

英俊帅气的男朋友……谁？为什么我自己都不知道？但是按照安雅的描述，这不就是纪寒凛吗？！

站在夏霜霜身后的高大男人，唇角不自觉一勾，莫名地想笑是怎么回事？

"啊——"不能给老夏任何反问的空间，冯媛再次找理由遁了，"爷爷今天不是生日吗？我也给他准备份礼物吧，我先忙活去了啊。安雅，帮我招待好他们呀！"

安雅笑着点了点头："好的呀，你去忙吧。"

余下的四位跟着安雅进了烘焙坊。

烘焙坊四面玻璃，正中央摆放了一个很大的工作台，四周是烘焙要用的烤箱和器皿。

安雅温柔地给他们简单介绍了一下，然后开始询问他们的想法。

"你们想做一个什么样子的蛋糕呢？想要什么口味？黑森林、巧克力、冰激凌？"

"……"仿佛并没有人在意过郑楷到底喜欢吃什么啊。

许沨："随便吧。哪个做起来最快啊？"

林恕："我记得楷哥似乎是喜欢吃牛排的，可以做牛排味的蛋糕吗？"

纪寒凛："我喜欢草莓味的。"

夏霜霜："好的，安雅，我们选冰激凌的！"

纪寒凛："……"我仿佛听见有人在作死？！

作为 JS 战队的一姐，夏霜霜在洗手做羹汤这方面占尽优势，于是，郑楷生日蛋糕的口味不容置疑地被选定为冰激凌了。

安雅仿佛松了一口气，然而，很快，几个人又在给蛋糕上什么样的图案起了争执。

夏霜霜："既然是要自己动手，那就选个厉害的图案。安雅，一般人都选什么图案？"

安雅："一般人会选择寿星对应的生肖，或者一些比较卡通可爱的图案，比如，加菲猫、机器猫、熊本熊，这种……"

夏霜霜："好，以上那几个，我们都不选。"

安雅："……"

夏霜霜双手撑在工作台上，像一个大佬一样询问她的马仔们："你们有什么想法？"

纪寒凛坐在椅子上，靠着椅背，右手搭在桌面上："葫芦娃啊！20 岁到 26 岁，7 年的生日蛋糕都不用动脑子了，这还是个系列呢。"

夏霜霜："你让剩下来 6 年的惊喜就这么提前预告了？剧透你个球，换了。"

夏霜霜不给纪寒凛申辩的机会，转头看许沨。

许沨虎躯一震："放个 20 米的大砍刀上去，你觉得合适吗？"

夏霜霜冷漠脸："有 20 米的大砍刀的话，我允许你先跑 19 米。"转头又看林恕，"林恕，你跟郑楷熟，你一定知道他喜欢什么。"

林恕想了想，笃定地回答道："他喜欢全智贤。"

夏霜霜："把全智贤的脸放到蛋糕上，你问过全智贤的感受吗？"

安雅张了张口，想插话，想了又没说，只是斜倚着工作台，看看那一群活力四射的年轻人，忽然发自内心地笑了一下。

夏霜霜："算了，你们都靠不住，一点惊喜感都没有。我已经想好了，就给他弄个表情包上去吧！"

众人："……"

还是夏老大你有智慧！

选定图案后，就开始操作了。鉴于纪寒凛的右手实在帮不上什么忙，就让他在旁边看着了。许沨动手帮忙拉了个花之后，夏霜霜简直想把他的手给

第五章 特别的生日礼物

砍了让他滚一边和纪寒凛做一辈子的好基友。

唯一能用得上的，也就一个擅长帮人搬砖的林恕了。

劳动人民就是天赋高。

许沨已经被发配去和面了。

夏霜霜手上戴了手套，将袖子撩上去，露出两截细长的手臂。纪寒凛无聊，伸长长腿，靠着椅背看着。

夏霜霜的头发是在做蛋糕前随手绑的，搭在后颈处。

大概遵循出门前都要认认真真洗头的原则，这会儿她的头发十分丝滑，发绳就在夏霜霜的一动一息间，慢慢滑落下去，一点一点，几缕不听话的头发就滑到了脸颊边，夏霜霜侧着脸在手臂上摩擦，想把令人瘙痒的头发给别到耳朵后边去。

一下又一下……失败……

愤愤地想扯了手套重新扎一下头发的时候，一直坐在一旁监工的男人站了起来，慢步走到夏霜霜身后，把那已经滑到发尾的头绳取下来，伸出左手把她的头发拢了起来，才发觉右手居然是个没卵用的。

夏霜霜原本在激情脱手套，忽然就感觉身后一道阴影铺过来，男人的身上有熟悉的清淡洗衣液的香气，和她离得很近。

她的心跳莫名地快了好几拍。

"凛……凛哥？"

"什么事？"男人的嗓音几乎就在她的耳旁，低哑撩人。

"那个……你扯着我头发了。"

"……"

沉默……

不远处看着这一幕的安雅，觉得俊男美女的搭配真是太养眼。男人身材高大，站在女孩的身后，帮她把垂落的头发挽起，嘴角甚至有微微上扬的笑意。女孩低着头，面颊通红，连耳朵根都红了。

"啧……"她问一边埋头苦干的林恕，"小媛说的小夏的那个男朋友，就是他吧？"

林恕这才抬头，循着安雅努嘴的方向看去，向来温和平静的他仿佛也受到了惊吓,"我靠?他俩什么时候好上的?"

夏霜霜和纪寒凛自然不知道不远处发生了这样一段奇怪的对话,还陷于一段尴尬的沉默中。

"凛哥,要不你放手,我自己来?"

"不用,我可以的。"

我自己的头发,你可以个锤子啊?!

"我允许你借我一只手。"

"……"

夏霜霜只好依言,扯下一只手套,把手绕到脑后,纤纤细指捏住自己的头发。纪寒凛拿着头绳在她脑后绕来绕去。

"别、别,太紧了,你松一点……别,这样太松了,再紧一点……"

不明真相的吃瓜群众如果不是看到这一幕,一定以为他们两个光天化日之下在做什么不可描述之事。

原本只需要 10 秒就可以扎完的头发,在两个人的通力合作下,花费了足足 13 分钟……真是个喜人的纪录呢!

一通折腾后,纪寒凛坐回了自己的位子,依旧无所事事地盯着夏霜霜看。

不要问他为什么不做点别的,他难道不想掏出手机打一把《神话再临》吗?触屏手机大概无法感知到他右手的"伸手不见五指"。

而至于看其他人……鉴于之前夏霜霜拿了好几本网上他的腐女粉丝写的他的"同人""耽美"文之后,他看他们战队的其他几位男生,就有了一种很奇异的感觉。

这种作者是真的很狗屁,意淫他就算了,还意淫他是基佬。

比如,夏霜霜就有一次在和他一起吃饭的时候,突然捧着手机哈哈大笑:"凛哥、凛哥,老冯发给我的,哎哟我去,你的粉丝可厉害了,要上天!"

手机被递过来,上面是一大段文字:

纪寒凛冷着脸并不说话,薄唇微抿,只目光直直地盯着眼前的郑楷,忽然间,他唇角一勾,凉凉地开嗓:"阿楷,你终究还是回到我身边了……"

第五章 特别的生日礼物

吓得纪寒凛差点把手机给扔出去十米远。

这也就算了，好歹是个现代文，时代背景没错。更有厉害的都把他给编到古代去了，搞了个架空文，他是帝王后裔，许沨是冷面将军，郑楷是富商之子，林恕是落魄书生，夏霜霜是……伺候他长大的嬷嬷，也是全文唯一出场的女性。

总之，他的性取向在一堆YY文中被搞得歪七扭八，让他十分头疼。

以至于，在这之后，他看夏霜霜都顺眼了十二倍。

纪寒凛也有眼睛，他又不是分不出来什么是好看、什么是不好看的缺心眼土豪，眼前的小姑娘，长得确实很美，皮肤白皙，电灯照过来似乎都能透光，鼻尖上沾了一点白面，竟然和她的肤色几乎没两样。

做事情无比认真和细心，偶尔会失落哭鼻子，但大多数时候都是元气满满地在向前冲，哪怕是被自己坑进电竞圈，也好像默默地接受了这个设定，一点一点地把自己变得强大，而不是只想要依靠别人带着自己赢，而是和队友站在一样的高度，一同前进。

这样，真的很好。

他忽然就笑了起来。

夏霜霜余光瞥见旁边的男人笑得莫名其妙，刚刚余留的心悸还在，不由得开口问："凛哥，你笑什么呢？别太羡慕郑楷。改明儿你过生日，我也给你做一个。"

纪寒凛这才认真地看了一眼夏霜霜手下那丑破天际的蛋糕，喉头一滚："对不起，我不记得自己的生日了。"

夏霜霜："……"

历时3小时，四个人总算做完一份蛋糕，一行人急急忙忙地同安雅道别，赶回学校。

而另一边的郑楷也已经看完一场电影外加吃完了五人份的爆米花和饮料。

那都是悲愤和绝望化作的食欲。

不记得他生日也没有关系啊，陪着他开开心心、乐乐呵呵过一天会怎样？为什么他们这么没有人情味，一群人渣！

于是，就在郑楷默默骂那群小王八蛋人渣的时候，夏霜霜一个电话打了过来。

郑楷飞快地将电话接起来："喂？小夏？你有空啦？"

夏霜霜指了指手机，示意队友们电话已经接通，然后可以把嗓音憋出一股子闲得无聊的意味："老冯跟我在江边吹风，现在晚了，回来打不着车，你要是没什么事情，能不能来接我们下？"

在经过"欧日，冯媛那个拒绝给我做应援牌的女人去江边吹风回不来为毛要我特意接送啊？"这波心理活动后，郑楷立马应下了："好啊，凛哥他们去不去啊？我联系不上他们，你要是能联系上，他们又没事的话，就一起去呗。"

"哦，那我问问吧。"语气依旧冷漠。

挂了电话，夏霜霜挑了挑眉毛："怎么样？就问你们6不6？"

纪寒凛："很6。奥斯卡简直欠你一座小金人。"

Z大在大学城最偏远的角落里，用校长的话说，就是"越醉心于学术的学校，就应该在越远离闹市的地方"，于是，这种选址的后遗症就是，Z大的学生想吃顿好的，都比同在大学城的别的学校的同学要多花很多打车费，并且因为出去一趟不容易，每次他们都仿佛乡下人进城一样刺激，往往不买个天崩地裂绝不罢休。

而Z大旁边就是一条横穿整个H市的涪江，学生们有事无事就爱去那边逛逛，小情侣们尤甚，在江边吹吹风，看看夜景，感情都能得到升华！

这就是黑夜的力量。

郑楷开着他骚包的跑车赶到江边的时候，夜幕已深。

而他竟然在江边看到了他的三名队友！

他锁了车，三两步跑过去："你们都在啊？你们一起玩，不带我啊？"好生气！

纪寒凛："玩个锤子，为了你累了一下午。"

"……"

夏霜霜、许沨内心：你累？你累个屁啦！

夏霜霜把藏在身后的蛋糕拿出来，捧到郑楷面前："知道你什么都不缺，但是这个蛋糕是我们四个一起给你做的。"夏霜霜笑道。

第五章 特别的生日礼物

"你们……四个？"郑楷讶然。

"凛哥手不好，就在旁边负责指挥了。"夏霜霜补充道，"许渢虽然只是帮着打下手，但他帮忙试吃了。目前为止，还没有出现什么异常的生理反应，所以，你可以放心大胆地吃！"

郑楷犹豫："要不，再多等等？万一这病毒潜伏期长呢？"

许渢："你吃不吃？"

郑楷想哭："谁他妈过个生日要吃这么丑的蛋糕，还是被逼着吃的！"

夏霜霜捧着蛋糕，20根蜡烛在上头密密麻麻地插着，虽然称得上是宇宙第一的黑暗料理了，但郑楷看着竟然觉得有些泪目。

他长这么大，第一次看见这么丑，却又这么用心的蛋糕。

砰！一声巨响，身后突然绽开绚烂的烟花，漫天流线一般一点点落下，江对岸是灯火通明，绚烂迷离。江风悠悠，郑楷张了张嘴："这个烟花也是你们特意安排的吗？你们又没我有钱，干吗这么破费？"

夏霜霜："不是……那个，可能是今晚刚好有人放烟花……"

郑楷："你们没钱不会问我借吗？！"

"'白嫖'还那么多意见。"纪寒凛冷冷地开嗓。

郑楷："我觉得这个蛋糕应该很好吃！"

然而过了半天他也没能下得去嘴："林恕呢？他给班委搬砖真是不分昼夜啊。"

正说着，远处有一点点闪亮的灯光亮起，然后一点点靠近，隔得近了，郑楷才看清楚，那是一个巨大的灯牌，上头用小小的灯泡连成串，勾勒出一个大大的P.B字样。

冯媛和林恕一人一边抬着那个灯牌，走到郑楷跟前。

冯媛："你不是一直想要一个属于自己的灯牌吗？给你定制了一个。"

郑楷张着嘴，话都说不出口。

冯媛："不收你钱，免费水军。"

冯媛："蛋糕不错啊，吃两口。"

眼角有酸涩的泪意涌上来，灯牌明灭的光影下，烛火微微飘摇，映出正围绕在他身边的几张人脸，笑的、不笑的，都殷切地看着他。

郑楷一咬牙一跺脚，心里默念："妈的！老子拼了！"吃下一大口蛋糕。其实，已经吃不出来是什么味道了，甜的？似乎还有点咸？

泪眼迷蒙间，眼前的一张张笑脸，像是印刻在他的心里。

十年、二十年，哪怕百年后，无论他身在何处，他都不会忘记这样一个江风习习，众人皆在的夜晚了吧？

= 第五章 特别的生日礼物 =

第六章　那是我所有的梦想

决赛在半个月后，在这之前，有充足的时间训练并且足够让纪寒凛把手伤养好了。

于是，这段时间纪寒凛的吃饭问题，就交代到夏霜霜身上了。

某日，夏霜霜捧着饭盒去食堂打饭出来的时候，就看见林恕一个人扛着个两人高的海报从校门口挪腾到食堂门前。

这已经不是夏霜霜第一次看见林恕搬砖了，但这次搬的砖似乎尤为沉重。夏霜霜抱着饭盒跑过去，把饭盒放在花坛边，腾出手来帮林恕支起海报。

夏霜霜双手使力："我靠，这么重的海报，怎么就你一个人搬？这样的同学不分，留着过国庆节？"

林恕笑笑："我们班明天要搞班会，其他人都忙着布置采购呢，就让我把刚做完的海报搬过来了。"

夏霜霜撇嘴："可这也太沉了吧？你同学没空，好歹找我们帮忙啊，我们日理万机的，但也不是连这点时间都没有。"

林恕："一开始也没想这么重，就想着一个人应该能行。"

夏霜霜力气小，使出吃奶的劲儿也没能帮上林恕什么大忙，倒是两头轻重不一，巨大的海报朝着夏霜霜这面直接压了下来，眼看她就要被压倒在地，一只手伸了过来，挽住颓势。

夏霜霜从海报后伸出头，看见纪寒凛皱着眉头伸手拉住了海报，不由得一阵跳脚，惊呼道："凛哥、凛哥，手、手，你的手！"

纪寒凛额角一跳，冷冷地道："左手。"

"哦,那没事儿了!"夏霜霜放下心来,"那你再多坚持一会儿,帮忙把海报搬到食堂门口!"

"没良心的。"纪寒凛骂道。

等三个人把巨大的海报搬到食堂门口后,食堂已经只剩残羹冷炙了。

"我知道有家面馆的牛肉面很好吃,我们去那里吧!"夏霜霜坐在食堂门口的台阶上,提议道。

纪寒凛:"你知道得太多了。"

夏霜霜站起来,拍拍屁股,拉着纪寒凛起来:"走吧,凛哥,超好吃的牛肉面哦!一把细面,两块牛肉,切得薄薄的,撒上香油、葱末、辣椒粉……啧啧……"

纪寒凛站起来:"不知道的还以为在听什么美食节目呢,你这么卖力地宣传,牛肉店的老板给你打折吗?"

三个人磨磨蹭蹭地到了面馆,要了三碗牛肉面,拣了张干净的桌子坐下。

背后一桌坐了七八个人,吵吵嚷嚷着说待会儿吃完了去哪里潇洒,最后叽叽喳喳地定下来,要去KTV唱歌。

"还买了这么多东西呢,待会儿还得先送回寝室,真够麻烦的!"其中一个抱怨道。

夏霜霜挑了块牛肉,对着阳光看了好一会儿,感叹道:"切得是真的薄啊!"

那帮人结完账,扛着两个大袋子就往外走,拥拥挤挤间撞到了夏霜霜他们的桌子,扭头要发作的时候,转眼就看见林恕坐在那里,领头的一脸兴奋:"咦,刚好,林恕你在这儿啊?待会儿回去的时候帮我们把这两箱水和吃的带回寝室呗,明天班会要用的。"

刚刚明明听见他们说待会儿去KTV唱歌,这会儿就"甩锅"甩得这么直接?

林恕一个"好"字还没发出音,就被夏霜霜抢了话茬儿:"不好。"声音十分冷漠干脆,不柱师承纪寒凛。

领头的班长一愣,问林恕:"林恕,这人谁啊?"

夏霜霜嘱咐了一句:"吃面。"纪寒凛和林恕飞快地低头扒面,然后就看见夏霜霜直接站起来,"就你们有得玩,我们也要休闲娱乐来一套啊?怎么着,天天使唤人上瘾了啊?"

班长眉头一皱,想动手,奈何手里拎了两大袋东西,于是将东西一扔:"你谁啊,轮得到你出头?"

"我是谁不重要,反正今天这东西,林恕是不会拿的!"

班长见夏霜霜气势磅礴,且长得确实好看,便转头跟林恕说道:"林恕,东西你拿回去啊……"

说完,就把东西堆在林恕脚边,也不管林恕是否表态,一行人直接扬长而去。

夏霜霜刚想追过去,就被纪寒凛拉住了袖子,"坐下。"低低一声,"这事儿做与不做,得林恕自己拿主意。"他拿筷子挑了一大口面,送进嘴里,"你说了不算。"

夏霜霜被纪寒凛拉着坐下来:"为什么?"

"你这种情况相当于考试的时候给别人抄了答案,有用吗?"

夏霜霜眉头一皱:"也就是说,没有掌握解题思路?那肯定没用啊……"

"所以……"纪寒凛点到即止,看夏霜霜一脸严阵以待的样子,果然学霸就是必须用学习类比才能领悟。

夏霜霜琢磨了一秒,跟林恕说道:"林恕,你心里怎么想的,就怎么做,不用怕。最坏的结果也就是……还有我跟凛哥帮你把东西拎回去……"

一直低头沉默不语的林恕忽然站起来,晦暗不明的光线从他身后打过来,夏霜霜觉得他此刻气场强大得仿佛是大闹天宫而去的大圣。

"慢着。"

林恕张口,刚走到门口手握在把手上要推门的班长一愣:"叫我?"

林恕转身,直面他们:"吃完饭我还有别的事情,东西你们自己送回去吧。"

"……"众人皆是一愣,"你什么意思?"

"字面意思,东西我不拿。"

这句话对别人来说或许简单,对大多数人来说,一个严正的拒绝也不过是人生中一道不起眼的小题而已,可对林恕来说,却仿若用尽了全部的勇气。

一个从来不懂得如何拒绝,一个从来不知道该去拒绝,一个人生中似乎没有拒绝选项的人,突然摁下这样一个"拒绝"的按钮。

所有的、全部的勇气,大概也只来源于坐在眼前的这两个人,一个静静地吃面,一个告诉他说:"心里怎么想的,就怎么做。"

这在他以前的人生里,是从未有过的。

班长本人仿佛受到惊吓,连带着旁边的一群人都惊讶地张大了嘴巴,这句话从谁嘴里说出来都不稀奇,唯独林恕,是个意外。

"林恕……你……"班长琢磨了会儿,才找到个词形容自己此刻的心境,"你嗑药了?"

"没有。"林恕回答得干脆利落。

"那你……"

夏霜霜噌一下又站起来,替林恕抢答:"不拿就是不拿啊,心随我动啊行不行,你以为是在面试吗?你是面试官?你问的每个问题,林恕都要回答?"

班长自觉被人怼得没面子,涨红了一张脸过来,提走两大袋东西,临走时嘴里还低低骂了声:"早晚收拾你们。"

夏霜霜望着他的背影切了一声:"小肚鸡肠,我们女生寝室都不这么玩儿。"说完又拉着林恕一起坐下,"林恕,你刚刚真的帅!"

仿佛感受到一旁纪寒凛的异动,夏霜霜忙补充道:"但是不及凛哥的万分之一。"

林恕也点头:"不及、不及……"

"今晚不训练了。"纪寒凛搁了筷子,忽然说,"我们去K歌。"

夏霜霜一愣:"为什么?"

"你很兴奋?"纪寒凛眯眼。

夏霜霜忙摆手:"没有!绝对没有!凛哥我的心天地可证、日月可鉴!"

夏霜霜拿手肘撞了撞林恕,林恕:"啊——啊对,凛哥千秋万代、一统江湖……"

两个人一本正经地讨好"纪班主任"。

纪寒凛:"刚刚是你自己说的,我们晚上要出去玩的,我不能让你食言。"

夏霜霜双眼冒星星,双手在身前握拳,十分扭捏:"凛哥,你对我真好……"

纪寒凛站起来喊老板过来结账:"别想多了,我怕你食言多了,会发胖。"

夏霜霜："……"

走出面馆，夏霜霜就给郑楷打了个电话，"郑楷，今晚不训练啦，我们去KTV唱歌！"

电话那头郑楷十分兴奋，"好啊好啊，带我带我，沨子就在我旁边呢！我叫上沨子一起！"

于是，一伙人兴冲冲地在学校附近的一家KTV集合了。

夏霜霜听着郑楷这个麦霸鬼哭狼嚎，为了压惊，多喝了几杯可乐，忽然觉得有些尿意。

她拎着手机就拉门出去，门大开到一半，忽然觉得身后有一股力道，将那扇门卡住了。

夏霜霜回身，就看见纪寒凛左手撑在门框上，低头看着她，身后是迷离闪烁的灯光以及郑楷的鬼音袅袅。

"去哪儿？"即便周身嘈杂，纪寒凛那一声气音仍旧稳稳地传至夏霜霜耳中。

夏霜霜仰头："凛哥，我去上个洗手间，你不用管得这么严吧？我们又不是在拍《越狱》。"

"才被人在KTV占过便宜，不长记性？"纪寒凛伸手扯了扯衬衫领口，"我还想保住我这只左手，宝贵的左手。"

"凛哥……你连洗手间都不让我上了……"夏霜霜撇嘴，"那我憋着。"

"……"纪寒凛真是快被眼前的二哈给气死，"我刚好也要去，顺路，可以一起。"

夏霜霜："……"

高中时代是有和冯媛手挽手去洗手间的事情啦，可是好好地跟一个男孩子约着一起去洗手间是什么情况？总感觉这个剧本哪里怪怪的！

郑楷扔了手里的话筒，飞奔而来："你们要去洗手间？走走走，一起。"转头又朝许沨和林恕喊，"沨子，林恕，一起啊？"

"又不是开黑，一定要五个人一起吗？"夏霜霜小声嘀咕。

于是，某年某月某日，某KTV某包房通往洗手间的道上出现了这样一幕：

四个英俊高大的男子护送一位貌若全智贤的美女前往洗手间，不知道的，会以为是什么娱乐圈的新生组合即将出道呢。总之，行事诡异，但十分养眼。

夏霜霜从洗手间出来的时候，就看见那四个大男人站了一排宛如四大金刚一般杵在门口等她，阵仗十分吓人。引得来上洗手间的人都以为这是高能预警，此处将有一场大战。

夏霜霜抬手遮了半张脸，飞快地从他们身边走过去："丢人，太丢人了！"

郑楷追在后面，笑道："小夏，你跑什么啊？干吗把脸挡住啊……喂……"

纪寒凛迈开脚步："大概刚刚洗手的时候照了镜子，终于意识到自己见不得人。"

夏霜霜："……"

跑得快了迎面撞上一个人，夏霜霜忙捂着额头道歉："不好意思，不好意思……"一抬头，才觉得冤家路窄，不巧，正是他们晚饭时招惹的林恕那帮同学。

大约是喝过酒，那群人身上都带着酒气，班长看了一眼林恕，又转头看见夏霜霜他们几个站在一旁，不由得笑道："怎么，上个厕所，也要这么多人陪着？胆小鬼？啊，是说你死娘炮好，还是说你是死基佬好？"

"你有病啊？！"夏霜霜刚要上前，被许汛抢先一步，一把扯住那人的衣领，气场十足："你别找事情。"

班长脖子被勒得喘不过气："你、你想干吗？！"

郑楷也蹿上来："林恕招你惹你了，嘴巴那么不干净？跟人道歉！"

班长颇有男子气概，梗着脖子，脸都红了，也不说话。

身后一群人已经都握着拳蠢蠢欲动要冲上来，夏霜霜忽然觉得一股力道将她往后一扯，然后就听见纪寒凛的嗓音擦身而过："自己躲远点。"言毕，已经和许汛、郑楷站到同一阵线上了。

三座大山立在跟前，夏霜霜看不清他们表情，但看对面的反应也知道身高压制在此时起到了十分有力的作用。

纪寒凛把受伤的右手插进口袋里："让你道个歉，说句对不起，怎么，平时人话说少了，这会儿语言不通了？"

凛哥的嘲讽技能依旧无敌的样子，对面气得跳脚："你、你、你说什么？！"

电光石火间，两拨人就蹿到一起打了起来。

……

纪寒凛他们一行人跑到涪江边上，找了块沿江的草坪就躺下了，夏霜霜一面在背包里掏药包，一面絮絮叨叨："讨个道歉而已，都能打起来，我是真的服了你们了。"她把药包拿出来，从里面捡了药水、棉签，"还好我带着药包，你们是不是羡慕凛哥缺胳膊少腿的，有人伺候？所以，自己也想来跟着享福？"

夏霜霜盘着腿坐在纪寒凛旁边，弯下腰小心翼翼地帮他清理脸上的伤口。

江风习习，星光点点，路灯的光稀薄昏暗，夏霜霜的头低下来，与纪寒凛的脸不过寸许之隔。他眯着眼，从她秀致的眉，看到她那细密如扇的睫毛，她的呼吸一点一点侵入他的肌肤。手肘不时轻擦到他胸口，仿佛一点点敲击着他的心鼓。他把头移开，却猛然被那个小姑娘给扳过来，对上的便是一弯红唇："别乱动！"他强压着心底某一处不安的躁动，抿着唇，将眼微微闭上。

夏霜霜一面给纪寒凛的脸上贴创可贴，一面怒喷他们四个，"这才几天？不长记性？万一你们谁再有个三长两短，比赛怎么办？我怎么办？"她越说越气，手重重地在纪寒凛脸上一摁，他不由得一缩，轻嘶一声，抬手就握住夏霜霜纤细的手腕，眉头一皱，低哑着嗓子念了句："轻点。"

握住自己手腕的手骨节分明，手指修长，掌心温热，夏霜霜的心跳骤然加速，脸上飞出两片红云，好在路灯的光线昏暗，那两抹红云也就藏在了黑夜之中。

夏霜霜拧了拧手腕，那只手便滑了开去，她压着心跳，转头看到隔得最近的许泅，仿佛一根救命稻草一般可以抑制心跳，她喊他："许泅，你过来，给你脖子上擦药水。"

纪寒凛抬手摁了摁脸上的创可贴，嫌弃地道："你别像个老母亲似的一直念好叨不好……"

夏霜霜撇开脸，一面给许泅处理，一面说道："我倒是不想念叨你们……但你们能不能少给我惹点事情……"

许泅歪着脖子，鼻子里出气："这次明明是对面先动的手，而且，我看不惯他们老欺负林恕。"

夏霜霜眼眸一抬，用力在他脖子上一掐："你是不是想放弃治疗？"

许汛瞬间噤声。

好不容易给许汛处理完，郑楷就急吼吼地把脸递过来，十分兴奋地道："到我了！到我了！"

夏霜霜都快被他气笑了，没见过挨骂还要抢着排队的，帮郑楷贴上纱布后，"还有，林恕……"夏霜霜抬头喊林恕。

话音刚落，就看见林恕跳到高台上，"林恕！我还没骂你，你就想不开要跳江了？！"

他张开双臂，江风将他的衣袖吹得鼓鼓的，仿佛一只将要展翅高飞的鹰，振臂一挥，便是直击长空。

郑楷见林恕这副样子，也跟着跳上去，一面喊："今晚可真是过瘾。凛哥、汛子，你们俩也上来，咱们电竞圈F4一起照一个帅帅的背影！小夏，你给我们拍！快快快！记得开滤镜，找好角度……"

夏霜霜："要求这么多！"虽然嘴上说着不要，但是身体却很诚实地拿起手机，给他们连拍了数张剪影。

片刻后，纪寒凛他们仨去小卖部买零食，留下夏霜霜和林恕看场子。

夏霜霜还在一边像个慈母一样叨叨："你们今天晚上就不该动手，还好只是落了点小伤，要是……"

林恕仰头看着星空，蓦然开口，打断夏霜霜的话："我很高兴。"

"？"

"这是第一次有人肯为我出头，为我打架……"

夏霜霜："为我打架的人倒是不少……不过，这也没什么好炫耀和高兴的吧？"

"不一样。"林恕摇头，"他们为你打架，是沉迷于你的美貌，但我不是。"

"我小时候遭遇过校园暴力，就是那种现在发到微博上，能转发过万，全民都想人肉挑事者的情况。我除了妥协，没有办法。在那样的环境里被孤立，就只能更卑微地去讨好施暴者。可是，越是这样，他们就越看不起我，越觉得我好欺负。"林恕叹了口气，"大概也就是这么个原因，我才一直隐忍，养成了现在这副看起来特别懦弱无能的性子。直到有一天，我意外地接

第六章 那是我所有的梦想

触到游戏,才发现在那个世界里,我完全变成了不一样的我。因为我操作犀利、因为我手法敏捷,总有人愿意喊我大神,跟在我的身后。就是那个时候,我才明白,原来我也可以很强大,可以很优秀,我也是有自己的闪光点的。"

"所以,你就喜欢上了电竞?"夏霜霜是头一次觉得,原来电子竞技也是可以改变一个人的。

"嗯。"林恕点了点头,"也许在外人看来沉迷于游戏不是什么好事,但其实就像有人喜欢弹琴、有人喜欢唱歌、有人喜欢画画,这都是一样的,爱好而已,没有什么高低贵贱之分。大清都亡了多少年了?只是大多数人对电竞有误解而已。可那是承载了我所有梦想的东西,是我灰暗人生里唯一明亮的光。别人可以瞧不起他,唯独我不可以,霜霜,你明白吗?"

少年稚嫩的脸庞上是从未有过的坚定执着,他的眼睛里都散发着光芒,仿佛天上的星辰。

"明白。"夏霜霜点了点头,晚间的风微凉,她觉得身心俱是舒爽,"我好像有一点点懂你们电竞人的心情了。我一点都不后悔和你们一起站在这里,以后去站到更高的地方。"

夏霜霜看着远处走来的几个人影,脸上忽然露出笑容。

是啊,是你们教会了一直以来平淡生活的我,什么是热血,什么是青春呢!

纪寒凛手好的那天,JS战队全员出动,送他去医院复诊。

医生给他复诊过后,确认没有别的毛病了,一众人才欢呼雀跃地离开。

车上。

夏霜霜一脸抑制不住的兴奋:"凛哥的手好了,我们是不是就要登顶了,决赛就要拿冠军了?"

纪寒凛:"你现在选择退出,我们还有戏。"

夏霜霜:"你不要老是嘲讽我啊,我现在很强,'国服'第一妲己。"

纪寒凛:"梵蒂冈城'国服'?"

夏霜霜:"身为队长,不能给自己的队员一点鼓励吗?"

纪寒凛:"不能。我不能昧着良心。"

夏霜霜:"为什么你们都不说话?你们就不能大胆点、有点反骨,出来指责一下这个毫无人道主义精神的你队队长吗？！"

郑楷："新交通法规，开车说话，司机罚款一个亿。妈呀，这句话说完，老子已经损失一个亿了。但是不怕，爸爸有的是钱。"

许沨："我觉得他没说错。"

林恕内心：你们小两口打情骂俏，我出来劝是不是打扰你们的情趣了？

纪寒凛的手好了这事儿，大家都认为是件大喜事，唯独纪寒凛，竟然有点怀念夏霜霜每天准时准点给她上药的"恩情"了。

哦，真是神经兮兮。

为了庆祝，一行人决定去学校附近新开的一家商场，最关键的是，这家大型商场还外带一个游乐场。

夏霜霜一脸兴奋，头一天一晚上都在和冯媛交流心得。

夏天一点都不热：啊啊啊这家商场新开，所有店铺都有打折啊，全场五折呢！

全世界第一可爱：这确实是个值得兴奋的点，不过，你更兴奋的不应该是要和凛神去游乐场吗？坐坐旋转木马、玩玩摩天轮、上上云霄飞车。我跟你说，80%的男女在这种温柔、浪漫、温馨的场景下，都会情不自禁地表白。反正我剧本里都是这么写的，所有电视剧、电影也都这么演。怎么办？老夏你就要跟凛神确定关系了，怎么办？我好开心啊！

夏天一点都不热：那……还有20%呢？

全世界第一可爱：还有20%不是"注孤生"就是亲兄妹。

夏天一点都不热：……

然而，夏霜霜觉得自己可能拿错了剧本，因为当天开业，且所有门店都半价，连带着游乐场的票价都五折，全市的闲人都拥到此处，光是排队的队伍就长得快赶上某飘飘的销量绕地球三圈。

郑楷忧伤地抹了把额头的汗，气喘吁吁地道："我靠，我问了下排在最前面的那几个，他们说早上5点就来了……这些人是疯了吗？手机不好玩吗？游戏不好玩吗？恋爱不好玩吗？一定要来这里跟我们抢？"

夏霜霜扳着手指头算了会儿："一趟云霄飞车总共需要2分23秒，队伍一条大约50人，绕了8道弯，就是400人，一趟云霄飞车可以乘坐36人，也就等个半个来小时吧。"

众人目瞪口呆。

此时已是艳阳高照，烈日灼晒下，众人皆扛不住了，林恕提议："要不，咱们还是去玩点简单又益智且操作性强的游戏吧？"

夏霜霜："你说的该不会是《神话再临》手机APP吧？"

林恕："……"

于是，十分钟后，JS战队一行五人，一人手捧一堆硬币，站在了商场负一楼的娃娃机前。

此时，夏霜霜的手机微微一振，她掏出手机，就看到冯媛发来的微信。

全世界第一可爱：怎么样？老夏，和凛神上车了吗？

夏天一点都不热：……我们没有排上队，现在寂寞地来抓娃娃玩……

全世界第一可爱：天啦撸！抓娃娃！我跟你讲，所有的小说、电视剧、电影里面，男主都会给女主夹到一个她超喜欢的娃娃，一夹一个准，然后当着所有人的面送给她，然后羡煞旁人。我觉得你俩快了，今天回来凛神就不再是凛神了，他就是我妹夫！

夏天一点都不热：你是中央"戏精"学院毕业的吗？怎么戏这么多？

夏霜霜把手机放回去，看见郑楷他们几个已经在旁边的娃娃机边开始干活儿了。而她和纪寒凛这台娃娃机的旁边，站了一群女生，捂着嘴一脸兴奋地围观纪寒凛。

纪寒凛扔了两个币进机器，信心十足地低头问夏霜霜："你要哪个娃娃？"

其实，夏霜霜看过网上的攻略，这种娃娃机抓娃娃，一般都是拣最靠近洞口的抓，因为路径比较近，容易规划和夹出来。但考虑到纪寒凛这次这么尊重她的个人意愿，且说话这么有气势，况且游戏还打得这么好，想来一定是个中高手，于是夏霜霜慢悠悠地伸出手指，隔着玻璃指着最靠里的那只火红色的小龙虾玩偶，道："我想要那个……"

纪寒凛眉头微微一皱："你要不要再考虑一下？"他顿了顿，给出提示，指着最靠近洞口的那只兔子，说，"我觉得这只兔子蛮可爱的。"

"你可拉倒吧，这兔子可爱？我怕放床头陪我睡觉的话，我得做噩梦。"夏霜霜完全没有注意到纪寒凛脸上的表情已经开始僵硬，"我还是喜欢那只小龙虾,抱着睡觉都能少吃顿消夜,管饱。"

纪寒凛决定退一步,于是他指了指兔子旁边的那只小黄鸡:"那这只鸡也挺可爱的……"

夏霜霜偏头看纪寒凛:"这不是鸭吗……"

纪寒凛:"……"

纪寒凛决定再退一步:"我觉得旁边那只熊也不错……"

夏霜霜忽然认真了:"凛哥,我真的喜欢那只小龙虾。"

纪寒凛无话可说,看夏霜霜一脸期待的样子,只好狠了狠心,把娃娃机的爪子推到那只小龙虾上方,用力一拍按钮,然后神色十分严峻地把遥控杆往外拉动,整个动作一气呵成。

围观女群众眼睛里闪出的爱的火花都快要把夏霜霜给灼伤了。

然而,帅不过三秒,小龙虾就掉了下来,离洞口十万八千里。

这……和冯媛编的剧本完全不同!

夏霜霜似乎意识到了,刚刚纪寒凛给了她生存的提示,然而,是她自己放弃了!

她赶忙推了推纪寒凛,指了指那只兔子玩偶,说:"凛哥,其实,我觉得你审美挺对的。那只兔子,仔细看来还是挺可爱的。"

纪寒凛拍下按钮,冷冷地道:"你晚上会做噩梦。"

小龙虾玩偶再次掉落,离洞口……依旧十万八千里。

夏霜霜紧张地道:"不不不,那只小黄鸡其实也很可爱啊,凛哥不信你看!"

纪寒凛拖动摇杆:"那是鸭……"

小龙虾玩偶掉落×3……

夏霜霜:"要不凛哥,你看一眼那只熊,黑乎乎的,可爱得要飞起呢!"

纪寒凛弯腰塞两枚硬币:"你真的很喜欢那只小龙虾。"

小龙虾玩偶掉落×4……

夏霜霜都快绝望得抹眼泪哭了。

终于,半个小时后,当纪寒凛第 49 次投币完成后,成功地将小龙虾玩偶给抓了出来。

他弯腰把小龙虾拿起来，递给夏霜霜，塞到她怀里："送给你。"

然后，摊开掌心，对着剩下的两个币感叹："我真是太厉害了，居然还剩两个币没有用掉。"接着，一个塞进钱包，一个塞到夏霜霜手里，"一人一个。"

旁边传来少女们的窃窃私语。

"啊，他们俩真的是一对啊？我还以为那个帅哥给那个妹子抓娃娃是要给她发好人卡呢。"

"天哪！硬币一人一枚，这太苏了吧？仿佛定情信物一样啊，超浪漫的……"

"啊啊啊！我也好想有这样一枚硬币啊！"

……

夏霜霜感觉周围都是欣羡的眼光，仿佛自己的脸都要烧起来了，掌心的那枚硬币发着烫，她埋头闭眼在心底嘻嘻嘻地傻笑了起来。

围观女群众都看出来凛哥喜欢自己了啊！看来冯嫒不是在孤军奋战啊！

纪寒凛忽然一拍她的脑袋："你低着头一个人傻乐什么呢？抓了个小龙虾的玩偶这么兴奋？"

夏霜霜立马把硬币在手里握紧，怀里那个小龙虾也抱得紧紧的。

"没、没什么，我就是觉得凛哥你太厉害了，只花了98个币就能抓到一个娃娃。"

纪寒凛唇角一弯："你不要总是想方设法奉承我，我并不是昏君。"

夏霜霜："……"

这么明摆的嘲讽，纪寒凛都能听出阿谀奉承的含义来，她也是不得不服。

夏霜霜攥着硬币跟着纪寒凛到了柜台，纪寒凛从钱包里找出刚刚那枚硬币，递给收银员，然后转头看夏霜霜，问："你不换？"

"啊？"夏霜霜一愣，所以，纪寒凛给她一个游戏币，是让她拿来换人民币的？！并不是刚刚路人猜测的什么定情信物？

哎呀，好气。

夏霜霜十分萎靡："我、我刚刚可能弄丢了。"

纪寒凛看了她一眼，"哦，真浪费。"

夏霜霜："……"

夏霜霜从那一刻开始坚信,纪寒凛如果不是长了张如玉公子的脸,必是"注孤生"。

晚上吃饭的时候,郑楷拿着他夹的十几个娃娃,要跟夏霜霜换小龙虾:"小夏,你看,我这里有十几个,都重样了,我觉得你那个小龙虾好看,你跟我换嘛,我用五个跟你换。"

夏霜霜抱紧小龙虾,摇了摇头。

郑楷:"十个。"

继续摇头。

郑楷不依不饶:"不是吧,这个小龙虾也没有长得特别帅啊,你干吗不肯换啊!你看我这兔子、我这小黄鸡、我这熊,多可爱啊!"

夏霜霜朝纪寒凛投去一个求救的眼神,大意是"你们家的崽子,你能不能管管?他要抢你给我抓的小龙虾,这可是我的第二生命,夜晚的保障啊!"

纪寒凛:"因为这个小龙虾是绝版。"

"绝版?不可能,淘宝同款五毛一个!"

纪寒凛:"因为这是我抓的。"

郑楷赶忙换了脸色和语调:"那岂止是绝版,根本就是无价之宝,放博物馆里展览都必须收费人均一万的那种!"

纪寒凛满意地点了点头,继续"拨菜"去了。

夏霜霜晚上抱着小龙虾回去,放到床头,恭恭敬敬给它拍了张照,给纪寒凛传过去。

夏天一点都不热:凛哥,小龙虾安置好了,堪称我寝室的室宠,地位尊贵无上,就差一天三炷香给它供着了。

Lin:嗯,看到我儿子过得不错,我也就放心了。

夏天一点都不热:……

冯媛的微信这会儿也加塞进来。

全世界第一可爱:老夏,怎么样,今天玩得开心吗?你和凛神确定关系了吗?!

夏天一点都不热:老冯,你能不能把你有限的想象力运用在你无限的创作事业上?我跟凛哥,什么也没有,就是他给我夹了娃娃。

全世界第一可爱：我凛神那么厉害，是不是一夹一个准？！

夏天一点都不热：嗯……用了98个币，夹了49次，才夹出来一个，你说厉不厉害？

全世界第一可爱：我靠！那肯定是那家的娃娃机有问题，以后这家黑店不要去了！

夏天一点都不热：你能不能不要无脑护得这么明显？

全世界第一可爱：我凛神难道不是无所不能的？

夏天一点都不热：这谁知道。

全世界第一可爱：我怎么觉得你有小情绪？

夏天一点都不热：有吗？

全世界第一可爱：说吧，到底什么情况？

夏天一点都不热：也没什么，就是，刚好夹完小龙虾还剩两个游戏币，他给了我一个，我当然以为一人一个是……那种意思啦，谁知道他拿着那枚游戏币去换成了人民币，还嫌弃我不换是浪费，你说这人是不是"注孤生"？！

全世界第一可爱：有期待才会有失望啊，你失望是因为期待那个游戏币真的是你跟凛神的定情信物吧？其实，你也是真的有点喜欢他的吧？也对，凛神那么厉害，长得帅、身材好、游戏打得好，还是个运动健将，感觉从头到脚什么毛病也没有。这么完美的人，你喜欢他，只能说明你有眼光。

……

夏霜霜觉得跟纪寒凛的真爱粉聊天真的是能被累死，便扔了手机到脚边准备睡。

临睡前夏霜霜又看了小龙虾两眼，想到冯媛说的话，她不由得撇了撇嘴，捏了捏它的钳子："你说，你爸把你送给我，算不算遗弃儿童？"

"你说，你爸怎么一点怜香惜玉的心都没有。我不好看吗？他怎么总是一副怼天怼地的样子对我……"

夏霜霜把头闷在枕头里，一只手在小龙虾的脑壳上拼命拍："我啊……好像真的被老冯说中了，有点喜欢你爸啊，怎么办？！"

是啊，虽然纪寒凛总是爱怼她，可是她的游戏是他手把手教起来的；虽然纪寒凛总是嫌弃她，可是她有危险的时候，他总是第一个站在她跟前，像一座可以保护她的巍峨的山；虽然纪寒凛行事作风十分直男，但偶尔两个人似乎也总是会有一些迷离又说不清楚的甜蜜暧昧……

某个周日早晨，夏霜霜照例早起，懒觉也没睡，准备去训练。刚换好鞋，放在桌上的手机忽然振了起来，是一个陌生号码。

夏霜霜："喂？你哪位？我不买房也不用贷款。"

"我是钟艳。"

夏霜霜想了会儿，钟艳，可不就是她们学校的校花，郑楷的女朋友吗？她见钟艳的次数不多，唯一的交集大概就是因为他们学校的非官方组织搞了个"校花评选大赛"。夏霜霜作为数学系唯一有竞争希望的女生，在班长的威压下，递交了一张照片上去，成功入围。

决赛要求每人都进行才艺表演，夏霜霜很绝望："校花这种东西不是直接看脸就可以了吗？为什么还要靠才华？"

班长："那娱乐圈的半壁江山也不一定会演戏呢？大众对校花的期待远高于颜值之上，他们希望看到的是一个漂亮的、有才华的花瓶。"

"我没什么特长。"夏霜霜瘪着嘴，"总不能上去给他们演算波尔查诺-维尔斯特拉斯定理吧？"

"别！你不要冲动，再仔细想想，你还会什么？琴棋书画、诗书礼乐？"

"广播体操算吗？"

"……"

最后那日的表演，钟艳在舞台上唱歌、跳舞、弹琴来了一整套，看起来确实准备充分。轮到夏霜霜的时候，她拿上来一个棋盘，开始下起了围棋。

那盘棋下得观众们昏昏欲睡，只有坚持到最后的人才发现，棋盘上被吃完剩下的正是一个爱心的形状。

那是一步步精准的计算和铺设，才能达到的效果，然而她光芒万丈的才华也被掩盖。

钟艳理所应当地成为校花。

夏霜霜也没觉得多失落，两人在后台见了面，钟艳笑得十分姝丽，客套了一番，彼此夸赞"你漂亮、你漂亮，不不不，还是你更漂亮"之后，几乎再不曾见面。

夏霜霜仅有的印象里，第二次见面就是在郑楷的假生日会上。

"有什么事吗？"夏霜霜觉得奇怪，依旧礼貌地问。

"我想和你见一面，就在学校门口的咖啡厅，十点半，我等你。"

夏霜霜到咖啡厅的时候，钟艳已经坐在那里，一身红色连衣裙，把身材勾勒得极好，脸上化了十分精致的直男绝对看不出来的妆容。

她看见夏霜霜，微笑着朝她招了招手。

夏霜霜落座："你找我有什么事情吗？"

钟艳拿银勺搅了搅咖啡："我就开门见山了。我和阿楷的感情非常好，我知道他以前或许有些放浪形骸，但是和我在一起之后，他一直对我很专情。"她晃了晃手上闪瞎狗眼的十克拉大钻戒，"这是阿楷送我的，足以证明他对我的真心了。"

夏霜霜喝了口冰水，然后好奇地问："你大周末早上不睡觉把我找来，就是想让我看你的大钻戒？"

"我是想说，我和阿楷的感情是不可能被拆散的，人长得漂亮、有姿色，也不应该是你勾引有妇之夫的资本。我希望你能离他远一点，我不想再听见任何有关他和你的传言。"

夏霜霜看着钟艳一副正室谴责小三的样子，都气笑了："下一步你是不是该拿一张支票直接砸我脸上，让我有多远滚多远？"她喝了口水，看见钟艳的食指钩住了咖啡杯的杯柄，"还是，准备泼我一脸咖啡？"

钟艳的手微微一抖。

"你今天用的是阿玛尼的粉底，YSL的口红，香奈儿的眼线……吧？"

钟艳戒备："你什么意思？"

夏霜霜轻轻一笑，捧起玻璃杯："没什么，就是，那个……我是素颜。"她把玻璃杯转了转，抬眼看了看钟艳，"你说，如果我俩同时举起手里的杯子，泼对方一脸水，谁比较吃亏？"

钟艳胸部一阵剧烈起伏，像是真的被气得很严重了。

她起了个大早，挑了半天衣服，化了半天妆，就是想让夏霜霜自惭形秽，主动离郑楷远远的。谁知道她压根不吃这套？还问她如果搞泼水节这种事情，谁会比较吃亏？

当然是她吃亏！

"我还要和队友训练，就不陪你聊天了。"夏霜霜站起身来，"还有，我跟郑楷是队友，也是朋友，但绝对不是你以为的那种关系。"她顿了顿，才继续说道，"两个人的感情出了问题，最先做的应该在自己身上找找原因吧？闲得没事儿胡乱地把'锅'甩给别人，万一别人不接呢？"

夏霜霜觉得自己走的时候姿态十分潇洒，颇有侠女气势风范，于是又掏出手机给冯媛打了个电话："老冯，今天我们学校那个校花找我，说我和郑楷有一腿，让我离他远点，你说好笑不好笑？"

冯媛："好笑。那你有没有怼回去？"

夏霜霜："怼了啊，我又不是软包子，她扯淡呢，我能不怼回去啊？"

冯媛："怼得好，对这种人就不能客气，你不嚣张点，她就还真以为你们俩有点什么！"

……

钟艳望着夏霜霜离去的背影，愤愤地拿起手机，拨了个电话："喂？是数学学院礼仪部的谭琳爽吗？对，是我。学校明天有一个学术研讨会，需要礼仪，最近活动太多，校会这边有点派不出来人手，你们那边能借调一下吗？不多，一个就好。身高最好在170厘米以上的，气质形象要好点的，毕竟是省级的研讨会。对。好，那麻烦你了。"

挂了电话，钟艳嘴角勾起一个笑容，颇有后宫斗争中老谋深算的后妃架势。这才端起咖啡杯，一口将那杯咖啡给喝尽了。

坐在她后面卡座里的男人安安静静、一字不落地听完全程，然后招手埋了单。

二霜这丫头，刚刚怼人的样子，竟然有点帅？

学校附近新开了一家"喜茶"，夏霜霜去教室时，顺便拐了下路，周末的早上，突然被人搅出一肚子的坏心情，一定要喝杯奶茶压压惊。

你的骄傲 ○

照例拿出耳机塞在耳朵里,手机点了歌曲播放,两耳不闻天下事,模样感觉酷酷的。

"喜茶"跟前的队伍排了老长,没有一个人有撤退的意思,夏霜霜的脑壳突然进了泡,也排上了队,且身后的队伍越拉越长。

等得久了有些寂寞,她掏出手机,把音乐软件打开。

？

昨晚临睡前下的歌没下完？现在重新连接还在下载？

最要命的是,手机屏幕左上角显示:4G！

夏霜霜吓得飞快地把音乐软件关了。寝室长上个月抱着手机坐在床上看电影,甚至扬言"下雨天跟看电影最配啦",结果到了晚上才发现,寝室无线没去续费……

于是,这个月才过半,她就已经吃了半个月泡面了。

夏霜霜不想重蹈覆辙,歌可以先不听……

A:"咦？那个不是夏霜霜吗？"

B:"对啊,是她。啧啧啧,她怎么还好意思出门？"

C:"你们看她,鼻子那么挺,该不会整过吧？"

A:"你们小点声,不怕给人听见啊？"

B:"听不见,塞着耳机呢,估摸在听歌。"

夏霜霜想把耳机拔出来收好的心,就这样收了。

继续听……

A:"就是长得漂亮点、学习好一点而已,居然就敢做这么不要脸的事情了？"

长得漂亮、学习好,这还不够吗？

拜托各位大姐,你们叨叨这么久了,到底我夏霜霜犯什么事儿了？我自己都好奇呢！

夏霜霜内心八卦的欲望瞬间被勾起来了,哪怕对方八卦的对象就是她自己。

C:"郑楷那种富二代,劈腿也正常啊,土豪嘛,眼光就这样咯。"

一股子酸味哪怕隔了半条街都能闻到。

B："啊，都排了半个小时了，'芝士金凤茶王'不知道还有没有啊？"

芝士金凤茶王是吧？我记住它了！

半小时过去，终于轮到了夏霜霜，奶茶小哥微笑着问道："您好，请问需要点什么？"

"芝士金凤茶王。还有吗？"声音十分冷静。

小哥继续微笑："有的，这是我店的招牌，请问你需要几杯？"

"还有多少杯？"语气十分张狂。

"我全都要。"这句话还没说出口，就听见小哥的回答："我们今天的量还够做二十三杯。"

算了……这个×还是不装了吧！

这得是海量才能喝完吧？

"哦。都要了。"一个男声响起，然后夏霜霜就看见一只手把手机的二维码给递了出去，抬头一看，纪寒凛正戴了顶鸭舌帽，站在她身后。

他身子往前靠了靠，奶茶小哥把他当成了插队的："这位同学，您请后面排队，可以吗？"

"不用。"纪寒凛冷冷地道，"她就是在给我排队，我买的黄牛票。"

夏霜霜："？"

纪寒凛："二十三杯，芝士金凤茶王，我都要了。"

他转身，对着身后那几个为他颜值惊叹的ABC："你们想喝什么？"

"玉露茶后！"

"芝士绿妍！"

纪寒凛转头，对着奶茶小哥说道："玉露茶后、芝士绿妍，大杯、中杯、小杯，全部都要，打包带走，一杯不留。"

"……"

"凛哥，你什么时候站在我身后的？"夏霜霜拎着奶茶跟在纪寒凛身后。

"从那几个人说你闲话开始。"

"凛哥，你这个癖好不太好。"夏霜霜跟着纪寒凛在马路边坐下，伸了伸腿，嗯，没有纪寒凛长。

"没，就想听听你还有什么我不知道的缺点。"

"凛哥，这事儿不是你想的那样。"夏霜霜和纪寒凛坐在马路牙子上，望着纪寒凛冲冠一怒为红颜买的三大袋奶茶，有点儿绝望，她喝了一大口奶茶，"我跟郑楷在一块儿的时间，还没跟你在一块儿的多，我跟你都没什么，跟他更不可能了。"

也不知道为什么就是想要解释。

纪寒凛眸光一闪，也喝了口奶茶"我知道,有我这样的宇宙巨帅在你旁边，你能看上郑楷？不可能的。"

"……"话题似乎转向了奇怪的方向，夏霜霜又喝了一大口奶茶压惊。

两人都沉默着不说话，夏霜霜拼命地喝着奶茶。

一杯、两杯、三杯……

夏霜霜憋不住了："凛哥，我喝不下了。"

"喝。"纪寒凛又给夏霜霜打开一大杯奶茶，"这就是装×的代价。"

夏霜霜："明明装×的人是你啊！"

纪寒凛："那你为什么要问还有多少杯？闲的？你记住了，我是为了你装的。给我喝。"

夏霜霜："凛哥，我觉得你不是在请我喝奶茶，更像是在惩罚我。"

纪寒凛："被你看出来了？"

夏霜霜："可是，你为什么要惩罚我？"

纪寒凛："最起码别人在你后面说你跟郑楷有一腿的时候，你应该说只能看得上我吧？"

夏霜霜："什么鬼？快帮我数数还有多少奶茶，我全喝了。"

纪寒凛把夏霜霜手里的奶茶抢过来："算了，别喝了。"

夏霜霜也不知道纪寒凛这会儿犯了什么毛病，周期性反复矫情症？

手机在这时响起，宛如救星，但一看屏幕上的来电显示，她又觉得刚刚那颗升起的救星瞬间陨灭了。

夏霜霜生无可恋地接起电话："喂？班长？"

电话那头，谭琳爽的话像连珠炮一样炸过来："霜儿，学校明天有个研讨会，礼仪部那边要人去帮忙，我看你挺符合要求的，你去一下吧？"

夏霜霜："礼仪部？可我是学习部的啊……"

班长："屁大的学生会分什么你我？"

夏霜霜："我也没做过礼仪啊……"

班长："宫廷剧看过没？就站皇帝身边那个，大内总管。有人渴了就上茶，有人饿了就拿吃的，闲得没事儿就往旁边站着，站得直点就成。"

夏霜霜："……班长，我……"

班长："夏霜霜我说你这人有没有点集体荣誉感？下个礼拜就要交实验报告了，全班除了你这个变态提前一礼拜已经完成以外，其他谁不是还在怀胎十月拼死生产？你就不能看看同你一起奋斗的大学同学，牺牲一下自己小小的休息时间吗？"

夏霜霜："班长，您别说了，我去还不行吗？"

班长："就你最能了！记得穿高跟鞋啊！"

夏霜霜挂了电话，有点茫然。

高跟鞋？！高跟鞋？！她一个一米七五的大个子，再穿上高跟鞋，Oh No！

纪寒凛："接个电话，傻了？"

夏霜霜摇头，直接把纪寒凛手上的奶茶抢回来，鼓着气喝了一大口："不是，凛哥，你能想象我再高十厘米是个啥样吗？"

纪寒凛："进击的巨人？"

夏霜霜："……"

她想把三大袋奶茶都喝了，撑死她得了。

夏霜霜连训练的心情都没了，拉着冯媛陪她去商场买高跟鞋。

"哈哈哈，进击的巨人？凛神真的这么说你，哎呀我去，他可真的太逗了。"

夏霜霜在一排排鞋架前走来走去，挑好又放下："能别笑了吗？我都快绝望了。"

"要我说，你就别惯着他们呗。'高跟鞋是什么？我夏高大并不知道。'你应该这样地回应她们。"

"如果大家都穿的话，我不穿也会很奇怪吧？"夏霜霜挑了双银灰色的小细高跟,"不是我矫情,我是真没穿过高跟鞋,我会不会摔死啊?"

"10厘米而已,能摔得死谁?"冯媛挑了几双鞋,在夏霜霜脚边一一比过,"我跟你说,你得用大腿的力量来带动小腿往前跨出步伐。你只要微抬一点,可以把身体的重心向上,这样步伐会显得轻盈干脆。"

夏霜霜:"我仿佛是个假女人。"

夏霜霜:"我为什么觉得我连基本的走路都不会了?"

夏霜霜:"哎哟,老冯,快过来扶我下,好像闪着腰了。"

……

隔天夏霜霜去会议厅的时候,钟艳正踩着高跟鞋在会场走来走去,指挥手下一众礼仪部的女生做事情,看见夏霜霜过来的时候,她只是微微一笑,半点惊讶的神色都没有。

夏霜霜知道了,这就是个圈套,专门套她夏霜霜来的。

后宫剧她是看了不少,但真的跟人明火执仗地干起来倒是很少过,看钟艳的样子也不像是想怎么直接干翻她来着,估摸着要使阴招。

这会儿她要是跟班长说不干了,估计班长的唾沫星子能水漫金山。

她也不懂,好好一个校园青春励志大戏,怎么就变成后宫夺帝大戏了。

她叹了口气,心里:"算了,小心点,小心点吧……"

然后看每一个人的脸都觉得她们脸上写了"我是猴子派来的搅屎棍"。

她朝钟艳走过去。

"来了?"

仿佛老朋友相见一样自然?

"来了。"

"嗯。"钟艳轻轻应了声,眉笔在眉尾勾出的一条仿佛让她整个人的气势都凌厉了,她朝夏霜霜扔出去一个纸袋子,"要换的衣服和鞋子都在里面,更衣室在最左边,大小未必合适,都不是量身定做的,将就着穿。"

真是个很重要的伏笔,这意思就是肯定会不合身了。

绝望。

唯一庆幸的是,昨天她拉着冯媛去买了双高跟鞋,不然估摸着真的得被穿小鞋了。

"我自己带了鞋。"夏霜霜强调道,"高跟鞋。"

钟艳眉尾抬了抬:"哦,那你穿自己的好了。"

夏霜霜抱着衣服去了更衣室,选了一间空着的钻了进去,反锁上门。

旗袍拿出来,仔仔细细地检查一遍,确认没有像容嬷嬷对待紫薇一样绵里藏针后,她略放心地把旗袍给换上了。

隔壁间忽然一阵响动,一个女声响起:"你知道吧?钟部长跟郑楷分手了。"

"什么?不知道呀!哎呀,那钟部长一定很难过吧?难怪看她今天的眼圈都是红的呢。"

那回答一股子幸灾乐祸是怎么回事?

"郑楷那种富二代,跟谁能好过三天?不过,我听说啊,这次是郑楷劈腿了。要说他劈腿也不是什么新鲜事儿,关键是劈腿对象,才耐人寻味。"

"谁啊?"

"你肯定认识,数学系那个学霸加系花,夏霜霜来着。"

哦,这是最近第二次从别人口中听到自己的名字,还是同一件事。

偏巧每次都能被自己给撞上,故事会都不带这么写的。

隔壁间两人噼里啪啦一通话说完,换好衣服出去了,留下在安静空气中纹丝不敢动的夏霜霜。

夏霜霜想了想,掏出手机给郑楷发了个微信。

夏天一点都不热:你跟钟艳分手了?

全宇宙第一英俊:是啊,怎么了?

夏天一点都不热:为什么?

发出去了又很后悔,她算老几,就算是队友、是朋友,问这种问题也很敏感吧?她想点撤回,但那边已经回了微信过来。

全宇宙第一英俊:没感觉了呗。

全宇宙第一英俊:成天拉着我买东买西,花钱这事儿我没什么可在乎的。但日子久了,就感觉自己不像男朋友,像她爸。老子才几岁,老子还是个宝宝呢,能有她那么大个女儿?

全宇宙第一英俊：你怎么了，突然问这个？

夏天一点都不热：没啥。

旗袍讲究贴身，夏霜霜刚上身的那件……实在有点不可描述，不知道是不是事先目测打探过她的size，她简直快要被勒得喘不过气来了，而旗袍的开衩居然开到快屁股沟了，这他娘的是人干的事？

她恨恨地在手机上敲了几个字。

夏天一点都不热：分得好。

换好衣服和鞋，夏霜霜把自己的衣服手机都收拾进包里，锁进储物柜。

因为担心钟艳会套路她，把她储物柜的钥匙骗走，她还十分心机地用穿钥匙的绳子把头发绑了起来。

呵呵，我藏在这里，你一定不会找到了吧？也不会有办法套我了吧？

夏霜霜忍着满肚子的怒气，走出了更衣室。

三个小时的研讨会，夏霜霜就踩着高跟鞋贴着墙角，足足站了三个小时，中途某教授渴了28次，某副主任饿了13次，某院长喊冷喊热纠结空调温度8次……全在钟艳的眼神示意下，由夏霜霜踩着高跟鞋来完成了。

其他四位礼仪仿佛四大金刚，纹丝不动。

于是，在踩着一天高跟鞋来来回回地走动之后，夏霜霜的脚彻底肿了。手腕上的计步手表显示今天走了3万多步。犹记得上一次这么大的运动量，还是隔壁家的二哈叼走了她的计步手表，在外撒欢跑了一天呢？

人生真是太绝望了。

好不容易熬到会议结束，送走几位大佬，夏霜霜立马把鞋子给脱了，双脚踩在平地上的感觉，就是不一样啊。

她拎着她的小高跟鞋，哼着小曲儿去了更衣室。

脚是痛了点，但好歹没让钟艳掀起什么大浪啊，就是这样不战而屈人之兵才厉害。

其他几位礼仪换完衣服出去的时候，碰到钟艳，邀她一起撤退，被她婉拒了。

钟艳："你们先走吧，我看看还有什么落下的东西没。"

几个人也就识相地走了，钟部长还在失恋期，万一一个心情不好，殃及池鱼，不是平白招惹吗？

钟艳走到更衣室外的时候，还听见更衣室里那位落单的二霜同志愉快地哼着歌。

她握了握手中的钥匙，钻进钥匙孔里，转了几转，门被反锁了。

再然后，手心里放着的夏霜霜的那根绑头发的头绳，被她直接丢到了垃圾桶。

平时不爱绑头发的后果就是，头绳滑到哪里去了都不知道。

钟艳最后拉了拉门，确定没有手中钥匙就无法打开后，从容地离开了。

而此时，伸手摸到后颈顺滑头发的夏霜霜才意识到，似乎有哪里不对？

她先是呼吁自己冷静点，然后在更衣室里翻翻检找了一圈，毛也没找到，才扑到门口去拉门。用力转了数次把手，她才确信自己被某个心机 girl 反锁在了更衣室。

而她的手机、钱包、衣服、鞋子……都在储物柜里，但她的钥匙却下落不明……

真是想死的心都有了！

夏霜霜拼命拍门，试图引起走过路过甚至打扫的阿姨的注意，可偏偏，这是个无聊的周末，更没有人会无聊到往报告厅来闲逛。

会不会被人发现的时候，她已经是一具冰冷的尸体了？

到时候微博头条就是：《惊！某知名大学惊现密室杀人事件！竟是因情而起！》

她越想越觉得浑身凉飕飕的。

手机！手机啊！真的不得不承认，手机是人类的好朋友！

更衣室是由封闭的内室改造的，跳窗这条路是没戏了，留给她的只有两条路。

一、等；二、把大门卸了。

夏霜霜看了看自己纤细的胳膊，选择了一，等。

也不知过了多久，夏霜霜迷迷糊糊地睡着了，醒来的时候看了眼手表，已经是 10:38PM 了。她已经接受了等到第二天早上，打扫卫生的阿姨过来开门才能解救她的设定了。

忽然，就听见了门锁转动的声音。

一个熟悉的男声在门外响起："谢谢啊，这么晚把您吵起来过来开门。是啊，我女朋友走得晚，她同学把她给忘了，关在里面了。是啊，那是我女朋友嘛，我得记着啊。这么晚了见不着人，也联系不上，到时候家里人都担心……"

门打开，外间的灯光亮起，纪寒凛高大的身躯立在门口，夏霜霜心底忽然有汹涌的湿意，然后她也没管站在纪寒凛身后的门卫大叔，以火箭一般的速度冲过去，像一个肉球一样撞进纪寒凛的怀里，脑袋在他胸口蹭了蹭。

没有为什么啊，她就是真的很绝望很绝望，然后他就出现了。

正好是他。

也只是他。

两人在门卫大叔"这小伙子不错啊，真心体贴女朋友啊"的感叹中离开了……

储物室的钥匙实在找不到了，只能到时候找专管员拿备用的，于是夏霜霜就踩着她那双高跟鞋，穿着那身勒得她喘不过气的旗袍，跟在纪寒凛身后。

先前因为旗袍实在太紧，夏霜霜又一个人在更衣室，就把领口的两颗扣子给解开了，头发也凌乱得仿佛刚刚经历过什么大事一样。纪寒凛顺着她的头发，看到她白皙的脖颈，再是那……开了两颗扣子的领口，依稀露出些许春光。

他把目光收了，又看了一眼她肿得老高的脚，以及……那白花花的大长腿。

"巨人，你能把鞋脱了走吗？你的脚不打算要了？"

"我也想脱了啊，可这又不是拍偶像剧，回寝室的路都有专人检查过。万一路上有个碎玻璃，割破脚了怎么办，我还是再踩会儿吧，快到了。"

"那我背你吧！"

"？"

夜风袭来，夏霜霜的头发飘了一飘，什么？什么？纪寒凛说背她？哦呵呵呵，然后他肯定会说，夏二霜你个死胖子为什么这么重，对吧？套路啊，都是套路。

"不、不用了吧，毕竟我是巨人来着，背起来不是很容易……"

纪寒凛眸色深邃地盯着她，其实，大晚上地看得见个屁啦，但是就是他身上那个气场，她已经感觉到了啊，明明白白地说了，他要怼她！

"但凛哥是巨巨人，所以一定可以的哦！"

夏霜霜把手搭在纪寒凛的肩膀上，一条腿一抬……

于是，纪寒凛的手这么一捞，不自觉地就摸到了旗袍开衩的大腿……

夏霜霜："……"

纪寒凛："……"

最怕空气突然的安静，两个人此时的造型十分诡异。夏霜霜两只手勾在纪寒凛的双肩上，一条腿正翘着架起来，另一条腿在将架不架的犹豫期，而纪寒凛的一只手正牢牢地握住了她几乎不着寸缕的大腿根部……

那画面，太美……

夏霜霜："那个，凛哥。我觉得，我还可以再走二万五千里……"

仿佛那个"我感觉自己还可以再抢救一下"的表情包。

纪寒凛："……"

夏霜霜："凛哥，你要不要松松手？"

"凛、凛哥……松手，我不会劈叉啊！"

纪寒凛终于松了手。

刚刚那肌肤滑腻的感觉，仿佛还留在掌心。

为什么感觉自己像一个猥琐的老男人？！

纪寒凛开始脱衬衫。

"不、凛、凛哥……你冷静点，哎哟喂！"

纪寒凛弯下身子，夏霜霜的高跟鞋给脱了扔在一边，然后一手抬起她的脚，把衬衫包在她的脚上。一通折腾完，他站起身，把高跟鞋拎在手上。

"这样就不会踩到玻璃了。你刚刚鬼吼鬼叫什么，我为什么要冷静？我看起来很不冷静吗？"

长长的马路上，再无他人，圆月悬空，树影摇曳。

"也没有……"夏霜霜踩着纪寒凛的衬衫和他并肩而行，"就是，那个，

第六章　那是我所有的梦想

凛哥，你为什么会来救我啊？"

　　纪寒凛眉头动了动，然后不动声色地回答："我散步，刚好路过门口，听见你求救，我就顺手救你了。"

　　"……有谁会那么无聊，大晚上散步到报告厅外的更衣室？"

　　"我。"

　　……

　　沉默，十分尴尬的沉默，连空气中的每一个分子，都充满了尴尬的元素。

　　"那个……凛哥，要不我唱歌给你听吧，我唱歌贼溜。"

　　"可惜不是你，陪我到最后，曾一起走，却走失那路口……"

　　气氛好像有点怪？纪寒凛的气压好像有点低？

　　"啊……凛哥，我这首唱得不是很好，我换一首。后来，我总算学会了如何去爱，可惜你早已远去，消失在人海。后来，终于在眼泪中明白，有些人，一旦错过就不在……"

　　气氛真的是被她引导得越来越奇怪了。

　　"那个……凛哥，其实我不会唱歌嘿嘿嘿嘿，我刚刚都是瞎哼的，歌词也没有什么特别的含义呀！"

　　纪寒凛："大晚上的鬼哭狼嚎，你想让别人说咱们 Z 大闹鬼？"

　　夏霜霜："……"

　　她只是想缓解一下尴尬的气氛，又有什么错？！

第七章　谁都不能欺负夏二霜

夏霜霜第一次痛恨，为什么报告厅的距离和女生寝室的距离那么遥远，这意味着，她不得不在这段路程中扮演一个傻白甜的小可爱来缓解她跟"纪班主任"之间的"迷之尴尬"。

"为什么会被锁在报告厅？"纪寒凛蓦然开口，夏霜霜脚步微微一顿，旋即绽出一个绚烂的笑容来，"我跟礼仪部的人不熟，可能是没什么存在感，所以，她们走的时候把我给落下了，嘿嘿嘿。"

"嘿你个头？出息了？用我编的理由来敷衍我？"纪寒凛横了夏霜霜一眼。

夏霜霜沉默了一会儿，才抬起胸膛堂堂正正说道："是钟艳关的我，她觉得郑楷跟她分手是我从中作梗，觉得我是小三，想教训教训我而已。"

"而已？"纪寒凛眉头略挑高了，他们家的二霜，什么时候轮到别人来教训了？

以及，这奇怪的占有欲到底是怎么回事？

"凛哥，我是这么想的，如果我真的做了钟艳以为的那种事情，那我就是活该，解释也是苍白。当然，我根本没做过那些，所以，她的污蔑根本不成立，我不想跟她计较。"夏霜霜顿了顿，"我不是怕她，我就是觉得清者自清，这种事情，你不去搭理她，她闹腾得没意思了，就放手了。"

月华如练，铺陈如霜，纪寒凛拿手狠狠地叩了叩夏霜霜的脑门儿："不计较？"纪寒凛都快被气笑了，"你是被'圣母玛丽苏'给附体了吧？就你这心态，宫斗剧都活不过片头曲。"

"凛哥，你也看宫斗剧啊？"夏霜霜眨眨眼，用掌心揉了揉被纪寒凛叩得微微发红的额头。

"我现在是在跟你讨论个人业余爱好的时候吗？"纪寒凛恨铁不成钢，讲道理，他不该为这种小女生的争风吃醋头疼，也不该掺和，可一想到受委屈被欺负的是夏霜霜，他心里那把护犊子的火就烧得很旺。纪寒凛伸手随意扯了扯衣领，真想消消火。

"凛哥，你这样的'高冷人设'，我不想你掺和进来。"夏霜霜抿了抿唇，"凛哥你是什么人啊，高高在上的仙君呢！所以，这种凡间乱七八糟的肮脏事，我跟你说，我都觉得画风诡异。我其实就是觉得，这是我自己的事情，我想自己解决。我保证，如果钟艳不肯就此收手，还来搞我，我绝对会反弹回去的！"

"只求你到时候不要哭着来我跟前嘤嘤嘤求辅助！"纪寒凛恨恨地道，快步向前走去。

"凛、凛哥……你慢点啊……知道你腿长，考虑一下我们这种双脚被束缚住的凡人啊！"

纪寒凛听见身后一阵狼嚎，摇了摇头，顿了脚步，转身等那位凡人慢慢挪腾过来。

夜色浮动，暗香幽幽，真是难得的神清气爽。

夏霜霜一夜没睡好，躺在床上翻来覆去，她是身正不怕影子斜，可别人未必不会揪着这种事情来一而再再而三地嘲讽她，背地里指点她。

她不是没经历过这些，念书的时候早睡晚起照旧次次考第一，于是同学中就传她每天通宵学习到天亮却为了消除大家戒心故意说自己从来不刻苦。

她很迷茫，也尝试着解释过，后来被冯媛知道了，就开解她："你跟他们解释什么？你天生聪明智商二百五啊，他们羡慕不来、嫉妒不走，就会在背后中伤你。要我说，我要有你这样的智慧，谁爱跟他们计较，反正他们也不会相信，你总不能 24 小时跟他们待在一起，让他们看你吃喝拉撒以自证清白吧？他们不就想看你急得跳脚的样子吗？你偏不，该咋样咋样，气死他们。"

后来……夏霜霜当然没能气死他们，但也就看开了，可如今这事儿，似乎和那时的又有些不同，她想跟冯媛商量来着，一摸床头，才发现，自己的手机还被锁在储物柜里,于是,她心里就更气了。

　　同样没睡好的不止夏霜霜一个,纪寒凛把夏霜霜送回寝室后,也磨蹭着回了自己宿舍。他想摁开房灯,才发现已经是熄灯时间了,于是摸到洗手台边洗了手,水声哗哗,他脑中的思绪却已经飘远。更衣室的门打开的一瞬,光影落入,蹲坐在长椅上的夏霜霜瘦瘦长长的一只,长发遮了半张脸,恍然间抬头,眼中露出欣喜的火光,蹦跳着撞进他的怀里……像极了自家二哈见他回家时的模样。于是,他心底里也忍不住就想摸一摸她的脑袋。她在他怀里抬头,一双眸子蒙着水雾,像是哭过,他的心难免一揪……

　　纪寒凛伸手将掬在手里的凉水泼在脸上,总算是清醒了一点了,不能再想夏二霜那货了。他摁下水龙头,走回写字台前,打开电脑,开启游戏。

　　何以解忧?唯有游戏……

　　然而……也有游戏解不了的忧……结束一局游戏的纪寒凛伸手摸到手机,打开微信。

　　Lin:你前女友闲得到处挑事,你管不管?

　　全宇宙第一英俊:你指的是哪个前女友?

　　Lin:……

　　Lin:你校校花,虽然现在一个学校随便扒拉一下校花都十几个。

　　全宇宙第一英俊:钟艳?这丫头之前说我耽误她青春,分手费我都按她的意思给了,说好以后就是路人了,怎么就变成黑了?她找谁挑事了?不能够啊,我跟你不是那种关系啊……

　　纪寒凛盯着手机屏幕瞳眸微缩,手指微微一顿,才敲下几个字。

　　Lin:夏二霜。

　　发完就把手机丢到一边,跳到床上蒙头大睡去了。

　　第二天,夏霜霜早早起床,找楼管阿姨要了储物柜的备用钥匙,拿回自己放在储物柜里的物品。她摁了摁手机,屏幕一片漆黑,已经没电了。回到寝室,刚给手机充上电开机,手机就一连串振了几十下,屏幕上显示未接来电:老冯十八个,纪班主任一个……以及,微信提醒N条。

　　夏霜霜点进微信,跳在最前面的是纪寒凛的消息,肉眼可见到的是——

你的骄傲○

Lin：？

夏霜霜大概出于把最甜的橘子留到最后再吃的心理，率先点开了冯媛的消息记录。

全世界第一可爱：卧槽，卧槽，老夏，我被我们学校那个编剧大赛给选上了！要去Ｓ市闭关３天写剧本！到时候通信工具都要被没收的！不要太想我！

全世界第一可爱：老夏，你为什么不理我？

全世界第一可爱：老夏，你是沉迷于游戏，沉迷于凛神，忘记老友了吗？

全世界第一可爱：老夏，我给你打电话，你为什么不接？！

全世界第一可爱：老夏，你没事儿吧？你再不理我，我要报警了！

全世界第一可爱：你是不是手机没电了？我上次给你配的闺密充电宝，你怎么不带上？

全世界第一可爱：老夏，我走了，不要想我！算了，还是想想我吧！

夏霜霜嘴角扬起笑意，冯媛这个丫头，真是太爱她了！

回拨电话，果然她已经关机。

夏天一点都不热：o(≧v≦)o~~ 好棒！加油！！

手微微一点，翻到纪寒凛的头像上，想点又没有点下去，摸了摸自己的脸颊，夏霜霜挠了挠头，你到底在期待什么啊？

Lin：？

Lin：为什么不来训练？

Lin：你想偷懒。

Lin：虽然你对我队并无助益，但是比赛需要五个活人。

Lin：。

Lin：逃避可耻且无用。

Lin：夏二霜你想造反了是吧？电话不接？

一通爱的教育后，纪寒凛留下最后一个符号——？

夏霜霜把手机扔到一边，果然啊，昨晚的英雄救美，也只不过是因为我队比赛需要一个活人凑数呢！比起冯媛的关切真爱，纪寒凛的冷漠无情真是宛如一个狠辣的巴掌把她给打回了现实……

周一下午依旧是令夏霜霜绝望的体育课。

更绝望的是，她们的体育老师请了婚假，于是直接被合并到隔壁美术班一起上课。而好巧不巧，正是钟艳她们班。

见到夏霜霜的时候，钟艳眼色里半点歉意都没有，直接把她当空气避开了。

第一节课还好，老师教她们练太极剑，除了手脚被钟艳的剑划到八次以外，没出别的岔子。夏霜霜只当广场舞大妈也有失手的时候，此举并不是刻意针对她。

而第二节课，老师直接领着她们到了排球场，给她们分了队，进行排球对战。再一次好巧不巧，钟艳和夏霜霜隔网而立。

对这类竞技性体育课程没有什么经验的夏霜霜这会儿，紧张得手心都冒出汗来了。圆滚滚的排球直朝夏霜霜的面门而来，她表现出一个偶像剧女主遭遇车祸前必然会有的反应，害怕地闭上了眼。

班长一声厉喝："夏霜霜！你在干什么？紧闭双眼感受来自这世界的微风吗？！"

夏霜霜这才睁开眼，球已经被班长一个帅气的姿势给怼了回去。

而接下来，钟艳那队的球仿佛长了眼睛一般，一次不落地都朝夏霜霜而来，班长强势，怼过去几回，剩下的实在是应接不暇，于是分别砸在了夏霜霜的小腿、小臂以及脸上，幸亏她的鼻子是纯天然的，不然准保被砸歪鼻梁了。因为对方用力过猛，她的小腿上已经泛出青色，脸上也被砸红一块。

中场休息，班长抹了把脸，一边喝了口水，一边不解地问夏霜霜："今天这球是看颜值吗？就盯着你打？"

夏霜霜远远望了一眼正在和队友聊天的钟艳，钟艳的脸上漾着笑容，目光飘到夏霜霜这一侧，然后翻了个白眼，再移开。

"是吧。也可能是瞧准了我好对付。"夏霜霜语焉不详。

"这就很欺负人了。"班长把矿泉水瓶子狠狠一捏，"你别慌，下把你站后排，我就不信她们还真成神了？！"

事实证明，团结就是力量，对面的几个女孩子也不知道哪里来的力气，偏偏每球依然像是中了咒语一般朝夏霜霜而去。

两节排球课下来，夏霜霜仿佛在战场上滚过，浑身是伤。

也不知道对面是不是算准了点数,偏偏到下课的时候,两边的比分是1:1,体育老师都来了兴致,要求打完3局再下课。

夏霜霜感到崩溃,为什么体育课也会有拖堂?!

当然,临拖堂前的休息时间,夏霜霜主动耐着性子过去找钟艳谈了一回:"钟艳,你误会我对我下狠手做那些不入流的事情,一次两次我就忍了,今天体育课上的事情我可以理解成你的余怒,也就此忍了,但也烦请你以后不要再来招惹我,同样的话说两次我觉得累且没有必要。我跟郑楷只是朋友,你们的感情出了问题,你该找找你们彼此之间的原因,听信乱七八糟的胡乱传言来找我麻烦,我希望这是最后一次。"

这番话说得掷地有声,但到钟艳的耳朵里就成了狡辩和示威,钟艳眸色如水,仿佛自己是一只无辜的小白兔:"啊?夏霜霜你说什么我都听不懂啊?球也不长眼,我们求胜心切,真的打痛你了也是不好意思呢。"

"⋯⋯"话已至此,说再多也无用了,夏霜霜悻悻然归队。

于是,仿佛被彻底激活的钟艳在第三场比赛的时候,发挥得更加蓬勃有力,仿佛要把自己失恋的怨恨通通撒到夏霜霜的身上。

砰!排球被钟艳拦网而扣,直直地朝夏霜霜而来,她再一次发挥逃跑无力不知所措的超强技能,紧张地闭上了眼。

夏霜霜只觉得耳旁一阵风过,然后就是周身一阵女声的惊呼。

球没有砸到她脸上,空气中流动的风仿佛有她熟悉的气息,她缓缓睁开眼,就看见纪寒凛站在她面前,一只手正捏住了那只朝她而来的排球。

纪寒凛看了一眼夏霜霜肿起的半边脸,目光游移向下,是她发青的膝盖⋯⋯他狠狠地将手中的球砸到地上,那球弹了一弹,滚远了。

纪寒凛的眼神都凝成了冰,只对着球网那头的几个人,问:"上个体育课把人打成二级伤残,你们体育老师不普法的?"

钟艳眼神一瞥,她身后的小妹就站了出来:"竞技比赛,误伤有什么问题?这有什么好大惊小怪的,我们又不是打的假球,你们男生打篮球还伤筋动骨的呢。怎么了,我们上个体育课,又没作弊又没怎么着,你想护着谁,犯得着冲我们无辜路人发脾气?"

"就是。冲我们发什么脾气呀?"

"对啊，亏你还是个男人呢？讲不讲道理啊？"

纪寒凛唇角一勾，冷冷笑答："道理？我不讲啊。"

"……"

纪寒凛果然是纪寒凛啊，面对一群莺莺燕燕依然可以头脑如此冷静的毒舌且毫不要脸……

"凛哥……"夏霜霜伸出手指钩了钩他的衣角。

纪寒凛回眸，看了她一眼，仿佛叹了口气："走，带你去医务室。"说完，拉着夏霜霜头也不回地走了。

留下一地鸡毛。

被纪寒凛连拖带拽拉到医务室的夏霜霜这会儿正被个女大夫摁在床上，一面拿药酒在她伤口上擦拭清理，一面问："你这是在哪里摔了还是怎么的？青一块紫一块，伤成这样？"又看到她脸上的伤口，不由心疼地道，"这么张好看的脸，要是破相了可怎么办？"

"大夫，没事儿的。"夏霜霜一面龇着牙，一面笑盈盈地，"我小时候也摔过，脸破了缝了十几针，现在也一点都看不出来。"

女大夫笑着摇了摇头："你在这儿休息会儿吧，待会儿拿了药再走。"

目送走女大夫，纪寒凛面色如霜地坐在床头："就你会逞能？你当你是迪迦奥特曼，维护世界和平来的？"

"凛哥，狠话我也放过了，钟艳这事儿，我能处理好的。"

"夏霜霜。"纪寒凛突然这么一本正经地叫她，叫得她心里不由得发慌。

"嗯？"夏霜霜小心翼翼地从鼻子里发音。

"人生在世，很多事情，你可以心宽体胖到不在乎，也不用在意别人怎么想。但有些事情，不是你一味忍让、妥协就可以解决的。你也不像是个包子，怎么遇上这种事情，反倒厌成这样了呢？"

"不不不。"夏霜霜疯狂地摆手，"我没厌，凛哥，真的，我半点都没厌。我就是觉得，谣言止于智者，我不搭理，她早晚会消停。"

"万一没有那么一个智者出现呢？你自己不去站出来说明，指望一个不知道在哪里甚至还只是个受精卵的智者？你的伪善会使得无辜看客陷入一种错误的舆论和绯闻,你对他们所获得的虚假信息没有阐明,你带领他们进入了一个错误的角度,这样难道就不是大错特错?"

"还……还可以这么理解?"夏霜霜从来没有听过这样奇特又无法反驳的理论。

"当然。"纪寒凛眉梢一挑,"你一定要自证清白。"

"凛哥……"夏霜霜忽然很感动,她就这样被纪寒凛莫名其妙地救了两次,"凛哥,虽然你不说,表面上也是酷酷的,但我知道,你对我挺好的。"

"哦。"纪寒凛架起来的两条腿换了个边,"我只是觉得,你再这么下去,被人打残打伤,半个月后的决赛,难道要推个轮椅上场?然后让解说夸我队选手身残志坚?"纪寒凛摇头,"丢不起这个人。"

夏霜霜:"……"

来来去去还是只因为比赛!她刚刚涌起的少女心到底是为了什么?

满面愁容的夏霜霜还在沉思自己为什么就会对纪寒凛这样的人抱有其他不该有的少女幻想时,手机猛然振了起来。

来电显示是冯媛。夏霜霜微微一皱眉,刚摁了接通键,对面就连珠炮似的一串话丢过来:"老夏,怎么回事?我们放风,我刚偷偷刷微博呢,看到郑楷那爷爷上热搜了?说什么跟你们学校校花分手疑似第三者插足,还配了几张你跟他在一起的图片,特意给你的脸打上了意味不明的马赛克。我说,没这马赛克我还看不出来你俩有啥,涂了马赛克仿佛你俩缘定三生啊?这也太会搞事情了吧?"

"你说什么?"夏霜霜有点没消化过来。

"唉,你自己上微博一搜就出来了,热度第一呢。"冯媛把声音压低了,"我不跟你说了啊,我先撤了,你有什么情况,自己担待着点,不行就找郑楷让他给你澄清了。这都什么事儿啊,我家老夏这么完美,犯得着做那种不光彩的事儿?"

冯媛说完就把电话挂了,留下一脸蒙×的夏霜霜盯着手机屏幕。

"怎么?"纪寒凛抿唇,盯着夏霜霜。

夏霜霜打开微博APP,发现自己果然和郑楷并列在头条上:"凛哥,说出来你可能不信。一无是处的我……竟然上热搜了?!"

纪寒凛瞥了夏霜霜一眼:"为什么你的语气里面居然有点小兴奋?"

夏霜霜:"……"

网上流传的照片分别有夏霜霜和郑楷同乘跑车,也就是夏霜霜搭他的顺风车去体育馆那次;夏霜霜和郑楷在江边吹蜡烛吃蛋糕,明明当时 JS 战队五人再加冯媛都在场,偏偏对方只卡了有他们俩的镜头;以及两人一同从电竞教室出来,完美错过身后紧随的其他三位……

点进转发和评论最多的那一条,是某个娱乐圈揭秘超级无敌大 V 发的。

TOP1:

——呵呵,这年头有钱就是爸爸,长得好看有什么用,总有更好看的把你比下去啊?

"凛哥、凛哥,他们夸我好看!"

"脸都打了马赛克还好看?现在打开你手机自带的相机功能,不美颜不滤镜,自己照照。"

"……"

TOP2:

——郑楷女朋友里面真心最不喜欢的就是她了,戏精一个,作上天了,还不如艳艳。

"我跟这个高仿号认识?我求她喜欢了?"

"反正你求我,我也不会喜欢你。"

"……"

TOP3:

——翻了下她的微博,纯路人觉得这个妹子除了一副好皮囊外一无所有,不像其他女大学生一样有颜又有内涵,想来郑楷也就是随便玩玩吧,反正不会娶进家门,也就是挣点名牌鞋包什么的。不喜勿喷。

于是……自己那个宛如僵尸号一样存在的微博账号也被人扒了出来。唯一一张本尊的照片还是小学三年级戴红领巾用来作头像用的,于是,这也能看出来她只有一副好皮囊?

"无聊的人还真多,他们不用上学、上班,为祖国的未来鞠躬尽瘁?"

夏霜霜把手机扔到一边,眼不见心不烦。

"然而，像你这样一条条看过来，还依次点评的，不算无聊？"

夏霜霜在医务室躺尸半小时后，被纪寒凛拎回了女生寝室，并且大发善心地告诉她今晚的训练她可以有理由缺勤。

而回到寝室的夏霜霜一推门就嗅到一股浓烈的八卦气息，三个舍友一脸兴冲冲地顶上来。

"霜儿，你跟郑楷好了？"

"我刚刚明明看见是凛神送你回来的。"

"你不会脚踏两条船吧？你好歹分一个凛神给我啊！"

夏霜霜："……"

这日子没法过了！

话不多说的夏霜霜爬上床，之前万年不登的微博这会儿私信也被塞满。

脏话垃圾话满天飞，什么为了勾搭首富之子无所不用其极啦，什么长得就一副狐媚子的样子啦，什么一看就是"心机绿茶生母白莲花婊"等等。

夏霜霜觉得真是郁结难舒，关了微博想给冯媛吐个苦水，才反应过来这会儿她已经闭关修仙去了。在床上咸鱼一般躺了半小时后，夏霜霜终于跳下床，准备去操场上吹吹风。

刚走到足球场边突然看见林恕在球门边整理东西，她刚想上去打招呼，就看见几个穿球服的男生过来。

"林恕，听说你跟夏霜霜还有郑楷都熟啊？他俩怎么搞上的，你肯定最清楚吧？讲讲呗？"

林恕收拾东西的手一顿："他俩没搞上，你们说话措辞严谨点。"

"哟，还无脑护起来了？怎么？微博上都转疯了，照片不是假的吧？有胆子做，没胆子认？我说，林恕，你平时一副老老实实的样子，怎么跟这种女人做朋友啊？还是，你也被她夏妲己、霜褒姒的狐媚邪术给魅惑了？"

"你们别他妈胡说！"林恕将东西往地上狠狠一摔，站起来指着那人的鼻子骂道——夏霜霜头一回看见林恕这么气急败坏地跟人争辩的样子。

"霜霜不是那样的人，我很清楚！"林恕一人怼十个，"你们又不了解她，凭什么这么说她？"

为首的那个男生满脸不屑，吊儿郎当地说道："怎么？我评价一台冰箱，还得自己先会制冷？"

　　夏霜霜刚想冲上去喷那群人一顿，就看见纪寒凛踏着月色，一手插在口袋里慢悠悠地走到林恕身边："你会不会制冷我不知道，反正你是买不起冰箱的这我知道。"

　　"……你他妈说什么呢？你怎么知道我买不起冰箱？"

　　纪寒凛冷冷一笑："看脸。"

　　"……"

　　"哦，既然你不懂法，我不介意给你科普一下。依据我国《民法通则》的规定，如果散布谣言侵犯了公民个人的名誉权，要承担停止侵害、恢复名誉、消除影响、赔礼道歉及赔偿损失的责任。我们家夏二霜大出息没有，但有事儿没事儿就能代表学校参加个数学竞赛，随随便便不怎么动脑子也能拿个特等奖，随便一个奖金都有个五六位数。因为你们闲得没事儿瞎说，造成夏二霜沉重的心理负担，她将在未来的20年内不能参加任何形式的比赛，由此造成的经济损失和荣誉损失，你们赔偿得起吗？"

　　那拨人一顿窃窃私语："这么严重？"

　　"他不会是忽悠我们的吧？"

　　"但是夏霜霜确实挺厉害啊，之前不是还拿了个国家级数学建模二等奖，被全校通报表扬了吗？"

　　"我的妈……要不我们还是撤吧，回去继续做我们的键盘侠好了。"

　　那拨人很快达成一致，一溜烟儿地跑了。

　　夏霜霜预计，很快她的微博以及私信内容又会新添数十条。

　　林恕蹲下身子，把地上散乱的东西一一捡起来码好。

　　纪寒凛凉凉地开嗓："还准备暗中观察多久？"

　　夏霜霜这才挪腾着小碎步，冒出脑袋来，到纪寒凛身边，刚刚的话她听得一清二楚，没想到纪寒凛对她竟然还有明贬暗褒的时候："凛哥……我……原来这么有价值？"

　　纪寒凛："我瞎掰的。"

　　夏霜霜："……"

真是一本正经的胡说八道。

倒是林恕先安慰了夏霜霜:"霜霜,你别理他们,那些人狗嘴里吐不出象牙,就会瞎说。"

夏霜霜微微一笑,摇了摇头:"其实,之前,我是觉得这种事情没什么,污言秽语、毒舌炮弹,都朝我来就好。可现在我才发现,我的沉默、我的忍让、我的不屑一顾,会让我身边的人受伤。你们无条件地信任我、支持我,可我本人还这么一副不挂心的样子。凛哥说得没错,是我让这种错误的传言甚嚣尘上,我有责任。"夏霜霜忽然站起来,对着圆月拍着胸脯保证,"我决定啦!我要去证明自己的清白,做一台有力的谣言粉碎机,也让你们都不用再受这些莫名其妙的困扰!"

纪寒凛看着少女对月宣誓时那虔诚且蓬勃的模样,唇角微微一弯,还真是孺子可教啊!

夏霜霜激情澎湃地回到寝室,打开电脑就开始把网上转发量最高的那条微博给一一截图留作证据,再逐条拿出原片一张张地给他打脸回去。至于钟艳和郑楷分手的原因,夏霜霜手下留情,没有披露。等夏霜霜认认真真地做完这套长微博后,发现收到了一条微博会员的私信——

亲爱的夏霜霜,恭喜你购买VIP会员成功。

夏霜霜一愣,是哪个做好事不留名的好心人给自己充了个VIP会员?

她这会儿也顾不得研究这些,忙着给郑楷发了个微信。

夏天一点都不热:老郑,帮个忙。

全宇宙第一英俊:自己人,什么帮忙不帮忙,直接说事儿。

夏天一点都不热:帮我发个微博。

全宇宙第一英俊:好嘞。

两秒后。

全宇宙第一英俊:发完了。

夏天一点都不热:这么快?

全宇宙第一英俊:那当然,"APM300"的人,当年我舌战群儒,一个怼18个网友的时候你没见过。现在的我,已经是金盆洗手的我了。

夏天一点都不热:……

于是，夏霜霜打开微博，看到那个加橙V认证为"富二代"的某人，连发了两条微博。

郑某人V：夏霜霜不是我女朋友。

接着最新的一条就是——

郑某人V：我配不上她。

夏霜霜：……

课代表早已在郑楷的微博下方放了传送门，于是一大拨网民纷纷拥到夏霜霜的微博下，然后就看见了夏霜霜置顶的那条长微博。

一个微博ID名为"寒风凛冽一般炫酷的男子"的评论最早且点赞数最多：看完这些照片我只能得出一个结论，就是站在夏霜霜旁边那个穿黑衣服的男子是真的帅，为什么你们关注的点就不能直接简单一点？

夏霜霜朝天翻了个白眼，让自己面对疾风骤雨，然后趁机炒作夸赞他一把？这节奏带得真厉害，真是水土不服就服纪寒凛。

网络上的风向瞬息万变，十分钟前还在喷"夏霜霜是无耻小三"的键盘侠们，这会儿已经纷纷转战之前发微博黑夏霜霜的微博大V下，几乎是把同样的话都复制了一遍，改了个主语就评论了。

微博大V快速公关跟夏霜霜道歉，一场莫名其妙的口水战至此也就平息了，虽然还有三三两两的不和谐言论，但对大方向都无关痛痒了。

甚至已经有会蹭热度的微博大V开始总结夏霜霜履历，晒出来后，给夏霜霜猛涨了一批粉。

"666小姐姐真是厉害，漂亮还拿这么多奖，有工夫在阴暗的角落里喷小姐姐不如也去拿个奖再说啊？"

"这个世界上最悲哀的事情就是，比你聪明比你好看的人偏偏比你还努力……小姐姐望尘莫及。"

"我靠！这个比赛我们学校的学霸去都被秒杀回来,小姐姐真的敲棒啊！疯狂为小姐姐打call。"

"听说小姐姐打游戏也超厉害的，以后想看小姐姐直播！加油！"

夏霜霜心满意足地关了微博，躺回床上，摸到手机，在Lin的微信头像上犹豫良久，才点了进去。

夏天一点都不热：凛哥，寒风凛冽一般炫酷的男子，是你吧？

Lin：这都被你发现了？

夏天一点都不热：想要不发现才难吧？你是故意让我发现的吧？

Lin：做好事为什么不能留名？我姓纪，不姓雷。

夏天一点都不热：微博VIP会员不会也是你给我充的吧？

Lin：手滑而已。

夏天一点都不热：我俩ID差这么多，你手滑成这样，以后还能打比赛吗？

Lin：先操心你自己。

纪寒凛放下手机，目光深邃地盯着电脑屏幕，屏幕上方跳出的程序，显示的是之前黑夏霜霜的那个微博大V的IP地址。

冯媛从S市赶回H市后，第一件事就是直奔夏霜霜她们学校。

在确定了钟艳的坐标后，冯媛直接把她给锁在洗手间了。

冯媛用拖把的手柄直接把门扣住，双手抱臂，靠着门对钟艳道："我说，你不是喜欢关人吗？今天我也让你尝尝被关是什么滋味！夏霜霜是谁？你都敢惹？别说我没告诉过你，夏霜霜她人美心善脾气好，我偏不，我就是蛇蝎心肠，你别想着跟我斗。我跟着老师写80集宫斗戏的时候，你还在高三的题海里徜徉呢！"

钟艳一边拼命拍门，一边喊道："你有病是不是？夏霜霜出息了啊？自己装好人白莲花不出面，让你出来整我做恶人？你是傻子吗？这种事儿你都干？夏霜霜给你下迷药了？"

"我信你的屁话我才是傻子，怎么着？还想挑拨我跟老夏的关系？我告诉你，就算全天下的人都背叛她夏霜霜，我冯媛也不会黑化。我第一眼见她的时候就觉得她是仙女，仙女肯和我做朋友，我会反水？你可别逗我了！"

夏霜霜从外头走进洗手间，一脸莫名地看着靠着门的冯媛，问："你在这里干什么啊？守着个厕所，不觉得窒息啊？"

冯媛指了指身后的格子间："我给你报仇呢！"

"报什么仇？你把钟艳给关了？还这么大阵仗？"

冯媛得意地点头："我厉害吧？"

钟艳还在身后拼命拍门，冯媛用力一拍格子间的门："别吵，再吵毒哑你！"

一脸后宫女霸主的架势。

"你不用关她。"夏霜霜朝冯媛示意，"我刚刚把她那格子里的卫生纸都抽走了。"

"……"冯媛惊喜意外到不行，"我靠！老夏，论套路和鸡贼还是你厉害！"

夏霜霜拉着冯媛就走："以直报怨，让她好好反思去吧！这里的环境应该够让她好好思考人生了。"

于是，冯媛就在钟艳的鬼哭狼嚎中被夏霜霜拉走了。

学校跑道旁树木高大，叶子泛黄，天空一片澄澈。

夏霜霜觉得自己一清二白、抬头挺胸做人的感觉，真是棒呆了！

走出洗手间的冯媛抱着夏霜霜的胳膊，头枕在她的肩膀上，拼命地扭头撒娇："老夏，我才不在3天，就出了这么多事儿。被人欺负成这样，你这是要心疼死我！"

夏霜霜反手拍了拍冯媛的小脸："现在不是没事儿了，好好的了吗？"

"多亏了凛神啊，我觉得凛神真是太帅了。"

"他……"夏霜霜想了想，"他也没做什么啊。"

"精神支柱！"冯媛把头收回来站直，一脸严肃地看着夏霜霜，"这种乱七八糟的事情下，你的精神没有崩溃，还能屹立不倒、头脑清晰地拿出解决对策，难道不是因为凛神给予的精神力量的支持吗？"

"算……是吧。"

"凛神这种男人，真是三生三世都难遇一次。老夏，不是我说，你可真得抓紧握牢了，你可千万别有恃无恐，不然到时候只能骚动。"

"知道啦，知道啦！"夏霜霜敷衍地答道，却又想到纪寒凛之前教自己做人时循循善诱的样子，是啊，多亏了他啊，她才有一份坚定的心去面对这些，而不是简单地逃避，让身边的人受到侵扰。

"哇！"一刻也离不开手机的冯媛这会儿忽然叫起声来，"网上有了条微博，说根据热心网友举报，已经查到这次造谣的微博大V的幕后黑手，网警都出动了,要追究责任呢!徐翔……咦,这不是之前欺负你的那个人渣吗?我靠,真是闲着没事儿搞事情啊!"

  教室内,纪寒凛点了点鼠标,心满意足地关机收拾背包,坐在一旁面无表情的许沨开口了:"为什么?"
  纪寒凛把拉链拉上,睡眼惺忪地说:"什么为什么?"
  "花这么大精力找证据、查网址,是为了夏霜霜?"
  "抓到这个幕后黑手,才能一劳永逸。"纪寒凛打了个哈欠,"小丫头一根筋,不该为这种乱七八糟的事情分心。"
  "你喜欢她?"
  "谁?"纪寒凛身子一震,良久,留下一句话,"只是不讨厌而已。"
  许沨也关了电脑,低声喃喃:"只是不讨厌而已吗?我看,不止吧……"

第八章 住我家对门

金秋十月，国庆7天假期倏然而至。

Z大全校放假，该回家的回家，该旅游的旅游，难得纪寒凛发了善心，给自家队伍的几个崽子也放了假。

夏霜霜简单收拾了下，就欢天喜地地回家了。

准确地说，是H市的家。

当年，夏父夏母为了自家女儿的学习氛围，未雨绸缪地在H市市中心买了套学区房，那时候的房价还不似如今这般高耸入云，倒也在二老的承受范围内。后来，夏霜霜果然争气，考上了H市的重点高中。那会儿二老在S市还有工作，于是，夏霜霜高中的时候就一个人在H市读书。

是以，碰上这样的短假，不想来回奔波抢票挤高铁，夏霜霜就决定就近住了。

假期头两天，夏霜霜宛如打了鸡血，仿佛无期徒刑被减刑的死囚犯，没有纪大班主任的看管，好一个放飞自我。当天晚上到家，她就吃了两大桶冰激凌，还十分兴奋地背了500个单词、做了200道数学题、练了十页字。

嗨过头的夏霜霜过得十分没有节制。

饿了就喊外卖，累了就躺沙发上睡，醒了就开始刷剧。

于是，在某个吃了半桶冰激凌后的早晨，夏霜霜悲剧地发现，自己的大姨妈毫无预兆地降临了。腹部一阵阵抵死的绞痛，夏霜霜在内心脆弱且无助的情绪催动下，莫名感觉到有那么一股子哀伤悲凉之意。

适合放一首《二泉映月》烘托一下心情，夏霜霜摁开了音乐播放器，躺在沙发上冥想。

　　同样觉得无聊的空虚的，不止夏霜霜一个。
　　郑楷这会儿就躺在自家 500 平方米的超级豪华大床上，思考人生。
　　寂寞、太寂寞了……
　　微信上几个微信群都聊得火热。
　　"太有钱了怎么办"群里几个狐朋狗友叫唤着要组局。
　　钱很多：看新闻没？千年一遇的狮子座流星雨就在今晚，走走走，现在出发去宝石山山顶，还能看见新鲜热乎的！
　　想变穷：你嫂子刚和我说这事儿来着，3 个小时前就在洗头化妆了，这会儿该好了吧，我去问问……
　　我爸爸是首富：@全宇宙第一英俊　楷子，你去不去啊？一起啊一起啊，把你家老头子给你新买的跑车开上，我们去兜风。
　　全宇宙第一英俊：去啊，但是不是跟你们。爸爸早有人约了，你们自己去耍。
　　然后郑楷一个鲤鱼打挺从床上坐起来，十分精神活跃地开始打字。

　　盖着毯子，抱着抱枕，在沙发哼哼唧唧的夏霜霜手机忽然感到一振。
　　全宇宙第一英俊：小夏，群里回个话，帮忙"挽个尊"。
　　夏霜霜手指划到"JS 战队是 KPL 冠军"的讨论组，点开发现郑楷发了两条信息。
　　13:46
　　全宇宙第一英俊：哥几个儿晚上开车去宝石山山顶看流星雨啊！
　　13:50
　　全宇宙第一英俊：一起啊一起啊，把我家老头子给我新买的跑车开上，我们去兜风。
　　发出时间，也就是两小时前，后面一个回复也没有。
　　仿佛大家都很有心地特意地屏蔽了这个群，或者说是这个人。
　　真的是十分尴尬了。

夏霜霜一只手捏着毯子，人蜷缩得仿佛一只小龙虾一般，眉头微微皱着，单手打字。

夏天一点都不热：我不去了，人不太舒服。

全宇宙第一英俊：小夏，你怎么不舒服？哪里不舒服？一定要多喝热水啊！

恕我直言：霜霜，你没事儿吧？

社会你沨哥：你跟人打架了？你被人打了？

夏天一点都不热：……身体周期性自然调节造成的短暂性不适，跟外力无关。

全宇宙第一英俊：那就好。我说，我邀请你们看流星雨，你们就可以两个小时不搭理我。小夏一句不舒服，就把你们这帮潜水装尸体的都炸出来了。你们搞性别歧视，我要去微博挂你们！

社会你沨哥：你去。

全宇宙第一英俊：……

全宇宙第一英俊：算了。你们这帮死宅。爸爸知音遍天下，看流星雨这么浪漫的事情，当然找妹子去！

全宇宙第一英俊：这个点……凛哥该不会是还没睡醒吧？

之后，夏霜霜也就懒得看了，"挽尊"一事已经做到，她现在只想安安静静地做一条咸鱼。躺在那里，静静思考人生也好，神游天外也好，只求那股上蹿下跳的疼痛感能自觉圆润地离开。

刚闭上眼不到3分钟，就听见一阵急促的敲门声。

夏霜霜吓得差点从沙发上滚下来。

她向来是个活得十分谨慎小心的人，尤其现在社会复杂，微博里经常爆出类似"妙龄少女被伪装成送外卖的或者送快递的小哥入室抢劫兼强奸""女子利用叫车软件乘车，被迷晕杀害后，曝尸荒野"的新闻。是以，对于网购来说，她都不写房号，直接找物业代收。至于外卖，她都填的对门家的门牌号，等外卖送到，她接过电话，让人放门口，确认送外卖的走了，她才从自己家里爬出去，把自己的外卖捡回来。而且，所有的收货人都不用本名，为了显示自己的威武雄壮，她给收货人取名"夏大哥"。有时接电话的时候，也故意装出自己是代替男朋友接电话的样子,就是为了防范一切不安全因素。

那么,现在敲门的是谁?!

剧情已经进入悬疑恐怖的范畴了!

夏霜霜捏紧毯子,目光在茶几上来回巡视,终于,挑了个尚算趁手的武器——玻璃杯一个。她皱着眉头,一面神色严峻地往门边挪过去,一面打开手机,给冯媛发语音。

夏天一点都不热:(语音)老冯,你听着,别打我电话。如果5分钟后,我给你发一个"你有freestyle么"的表情包的话,那我可能已经遇难了,记得帮我报警。还有,我寝室的遗物里有一只贼丑的红色小龙虾玩偶,火葬的时候,把它和我一起烧了。还有,我爸妈还年轻,你让你爸妈帮忙吹吹耳旁风,让他们再来个二胎。我虽然是个很优秀的女儿,但他俩基因不错,再生一个估计比我差不了太多。

一长串话说完,夏霜霜已经挪腾到门边了,手指因为过于用力抓紧在玻璃杯上而缺血显得苍白。她站在门后,视线透过猫眼看出去,走廊里空荡荡的,没有一个人。

夏霜霜更慌了!

此时,手机一振,夏霜霜抖着手划开手机。

全世界第一可爱:(语音)老夏,你别吓唬我,要是安全,你给什么信号?

夏天一点都不热:(语音)王大陆,吃掉你!

刚说完这段,夏霜霜就锁了屏,正准备把手机揣回去,手机突然一阵剧烈振动,夏霜霜慌乱间拎过来一看,上头赫然显示"纪寒凛"的大名。

夏霜霜皱眉,摁下接通键。

电话那头是纪寒凛熟悉低沉的嗓音:"不在家?"

夏霜霜的背紧紧地贴着门,但听到纪寒凛的声音,她内心仿佛又略略安静了下来,声音压得极低:"我在。"

隐约听见电话里一阵门锁开动的响声,接着是踢踢踏踏的走路声,纪寒凛踩着拖鞋一路走,走廊里有点空旷,所以有些回声。

旋即,又是一阵敲门声,电话里和她背后同时传来。

"开门。"纪寒凛的声音稳稳地传来。

夏霜霜一愣，觉得自己可能幻听了。为什么感觉那声音好像有点穿越，太真实了？

她用手围住手机话筒："你再说一遍……"然后把手机拿开，紧接着，就听见手机和门外传来了两道几乎一模一样的声音——"开门"。

夏霜霜这才惊得转过身去，猫眼后，纪寒凛正握着手机一本正经地站在她家门前，穿着睡衣……

什么情况？

一脸迷茫的夏霜霜赶忙伸手握上门把手，把门给拉开。

纪寒凛顺势就挤着门缝进来，反手就把门关上了。

他的视线从夏霜霜脸上一路往下，看见她一只脚没穿鞋踩在大理石的地板上，眉头微微一凛。

纪寒凛："哪儿来的，回哪儿去。"

夏霜霜还在蒙圈当中，尚未做出任何反应，就被纪寒凛直接拦腰抱起，往沙发走去。

"凛哥……我……我腿没断……我没残……我还能抢救……"

话说到一半，男人便低头斜睨了她一眼，怀里刚刚还叽叽喳喳个没完没了的小丫头被那视线盯住，瞬间闭了嘴，把头往男人胸膛更近处靠了靠。

反正豆腐已经吃了，不蹭白不蹭。脸颊隔着棉质睡衣，依稀感觉到男人蓬勃的心跳，一下又一下敲击着她的耳膜，仿佛连刚刚那种难耐的腹痛都缓解了，连带着她的心跳都不受控制起来。

男人略低头，见怀里的小丫头仿若自家二哈一样乖巧不闹腾，唇角不由得微微一弯。

大约觉得两只手，一只抵在男人胸膛，一只外扩十分不雅观，夏霜霜找了个借口，想将便宜占尽了，便微微涨红脸，将脖子伸长了些，小声说："凛哥，我、我的手能钩住你的脖子吗？"

见男人没有应答，她赶忙解释道："不，凛哥，我不是、不是那个意思，我就是……"

少女温热的一呼一吸洒在脖颈处，有些酥麻的痒意，男人不自觉一股异样冲上头顶，手一紧，将怀里的小东西往胸前扣得更紧些："那你是什么意思，嗯？"

那一声"嗯"听得夏霜霜整个人如被电流击穿，浑身一阵酥酥麻麻地战栗，她深深吸了口气，用残存的理智给出了答案："嗯……凛哥你脖子挺好看的，又细又白又长……"

话音刚落，夏霜霜就感觉身子一轻，被人从高处给抛下来，屁股直接砸在了沙发上。好在沙发够软，不然，这波姨妈痛没过去，还连带个骨折什么的。

男人居高临下地看着一只手攀着沙发背，一只手拼命揉屁股蛋的小丫头，心里没来由得一阵气。

原以为她能说出什么叫自己心满意足、志得意满的话来，结果讲出这么不争气的话来。

他顺手就把她给扔到沙发上了，回过味儿来才觉得似乎哪里不对。

她说什么对自己来说有那么重要？

况且，二霜这会儿还病着呢，算是个易碎品，他该轻拿轻放的吧？这么个样子，似乎是有些不妥了。

见小丫头一脸委屈巴巴地瘪着嘴的样子，纪寒凛的心又软了。

他也不知道自己近来是中什么邪术还是被下蛊了。

心老是为了个小丫头软来软去，仿佛跟从前那一颗完全不同，被人偷摸着换了似的。

他半蹲下身子，帮小丫头把毯子盖好，温热的指尖摩挲触碰到那微凉的脚掌，心间又仿佛被一根细小的银针不自觉地扎了一下。生着病呢？这么凉？

他双手捏着毯子一路移上去，夏霜霜这会儿正单手攀着沙发靠背，挣扎着想坐起来，好保持一个比较美观的造型，在纪寒凛跟前躺着跟个贵妃醉酒似的，也怪智障的。

而且，姿势不注意的话，会被挤出双下巴的吧？

不妥不妥。

少女心爆棚的瞬间，正常的理智都已经不存在了。

讲道理，纪寒凛这样的男人，除了太过毒舌而高不可攀以外，毫无缺点可言。

喜欢一个人，只能看到那些闪光点的话，就很不客观了。

夏霜霜觉得自己可能真的病了,因为她不光喜欢纪寒凛身上那些光鲜可人的优点,甚至连他的缺点都喜欢。

他抿着嘴斜眼睨她的时候。

他冷言冷语嘲讽她的时候。

他在她操作失误把她喷成狗的时候。

她竟然意外地都很喜欢。

喜欢死了。

夏霜霜意识到这点的时候,已经勉强挣扎着坐起来,而纪寒凛也拎着毯子盖到了上半截,头不经意间微微一抬,画面仿佛定格了。

客厅里刹那间安静下来,只能听见挂在墙壁上的钟表秒针一格一格嘀嗒走过的声音。

刚刚闹腾不停的两个人,这会儿正鼻尖相触,女孩睁大双眼红唇轻颤,脸红心跳,两手快要在沙发上抠出结结实实的洞口来,男人捏着毯子的指尖微微轻颤,薄唇微抿。

保持这个姿势10秒不动摇的两个人,耳尖听着秒钟一点点走过,以及快到可以爆表的心跳声。

想退,又不想退……

就在夏霜霜纠结是该一鼓作气、不要脸地、假装自己一不小心扑街吻上去好,还是闭上双眼假装睡着比较好的时候,男人的声音隔得很近:"你家沙发贵不贵?"

"还、还行?"夏霜霜觉得只要再贴近一毫米,自己的唇就会因为说话与纪寒凛微微触碰。

纪寒凛:"抠破了,不心疼吗?"

夏霜霜恍然从一个美妙不可言说的梦境中清醒,眼前这个男人,他并不喜欢自己,最多也不过是,队友之间该有的互帮互助罢了。

她有些沮丧,却咬死了不肯撤退,鼓了鼓劲儿,说:"凛哥,你往后退……"

纪寒凛一愣,反问:"为什么不是你退?"

毕竟他也没有很反感很排斥现在这样的距离。

夏霜霜万般无奈,只好让步:"一起退、一起退,行吧?"仿佛在吃火锅,

第八章 住我家对门

选锅底时，说"鸳鸯锅就鸳鸯锅吧"一般地妥协。

两人达成一致，一起往后退去，隔开一段距离，这才敢大口呼吸。

"凛哥……你怎么知道我住这儿的……"夏霜霜此时才发觉问题的症结所在。

她从来没有透露过自己的家庭住址，纪寒凛怎么会知道她住在哪里？

纪寒凛不仅知道她住哪里，甚至还用瞬移出现到她家门口？

纪寒凛看着夏霜霜用毯子把自己包好，裹得严严实实的，才说："如果你家门铃每天被不愿透露姓名的路人摁3次，并且每次开门都只能看到一个鬼鬼祟祟的身影，偷偷摸摸地拿着外卖，你一定不会不知道，那个背影到底是不是住自家对门。"

夏霜霜裹着毯子的瘦弱身躯，狠狠一震。

纪寒凛这两天的日子过得确实不清静。

假期头一天，他就觉得好像有哪里不对。

他在自家房间里待得好好的，忽然一阵门铃声，懒癌症发作的他完全不想去开门。真是有事儿来找他家的，没开门必然会打电话。没事儿弄错门牌号的，自然会自己意识到错误然后离开。所以，他只要安静地等电话就好了。

果然，在门铃响了个四五次后，终于停了，也没电话打进来。

必然是想串门，但走错了。

然而……事情并没有这么简单。

第二天，纪寒凛迷迷糊糊睡到正午，又是一阵门铃声，他痛苦地在床上用枕头摁住脑袋来回翻滚，大约三分钟后，一切归于宁静。

好不容易等他一个回笼觉睡完，门铃又响了……

如果不是因为门铃没有电话号码，纪寒凛十分怀疑是不是有知道他家住址的黑粉，故意把他家门铃的电话挂在了黄色网站上，标题：一夜七次郎，人间真绝色。

等他着急忙慌地穿好拖鞋，走到门口，拉开房门的时候，门前已经空无一人，只留下对门关门的一声响，以及恍惚来过的穿堂风。

这件事显然已经让纪寒凛的怒气值爆满，到底是哪家熊孩子在搞恶作剧，要是被他找出来，他非把那熊孩子吊在自家门口三天三夜，谁来求情都不行！

于是，他开始了对自己来说十分惨无人道的蹲守。

先是把自己的战场从楼上的床上挪到了楼下的书房，打了几局游戏后想想不妙，又挪到了沙发前，后来又觉得沙发离门远了些，于是又抱着电脑直接坐到了门口。

如此看来，必然是万无一失了。

等到傍晚时分，门铃响了，纪寒凛飞快地丢下抱在怀里的笔记本电脑，站了起来，趴在猫眼后，暗中观察。

是外卖小哥。

然而，他并没有叫过外卖。

这就十分有趣了。

纪寒凛忍着没有开门，任凭门铃被强行摁了一阵子，然后眼睁睁地看着外卖小哥拿起手机，拨了个电话号码。

一通电话后，外卖小哥把外卖四平八稳地放在他家门口，转身离去。

纪寒凛正纳闷，这是哪个好心的真爱粉给他叫的爱心晚餐？对面的门突然开了，一只脑袋慢悠悠地探了出来，然后是一只手臂，再是半个身子，再是整个人，穿了件印了小龙虾图案的长裙睡衣，行动十分猥琐。那人四下看了看，确认周围没有人后，才甩着手臂一脸正气地跑到纪寒凛家门口，蹲下身子，抱走了刚刚送来的那份热乎的外卖。

纪寒凛这才发觉，这个搞事的熊孩子，仿佛就是自家那头二霜崽子来着。

纪寒凛于是就这样在暗中观察了夏霜霜两天，看着她探头探脑而后一身轻松的瞬间变脸模样，他竟然觉得好笑，而后，又觉得自己似乎恶趣味了些。

真是巨他妈可爱？反差萌？

第三天的时候，门铃却没有了动静，小丫头难不成是出门了？直到她在群里说了句话，他才憋不住去敲了门。

不舒服？哪里不舒服？为什么不舒服？怎么会不舒服？

都是毛病。

纪寒凛刚刚被打岔，这会儿才想起自己到邻居兼队友家串门的主旨，于是，

第八章 住我家对门

131

伸手盖在夏霜霜的额头上，将她摁回沙发，看着她一双瞳眸如小鹿一般，他"晃了晃神"，说："没发烧。"

夏霜霜十分乖巧地摇头。

手机不合时宜地一振，夏霜霜摸过手机。

全世界第一可爱：老冯呼叫王大陆，老冯呼叫王大陆！

夏天一点都不热：吃掉你。over！

全世界第一可爱：安全！over！

夏霜霜这会儿已经没工夫应付冯媛了，只好把手机往沙发垫下一塞，略有些歉意，说："凛哥，我不是故意的，我以为对门没人住来着……对、对门的邻居出国去了，没有人，我才留他们家地址的……你、他们把房子租给你啦？"

纪寒凛挪到厨房，问："水壶在哪儿？"在夏霜霜指明方向后，他才一面接水，一面回答了她的问题，"那是我哥的房子。"

"啊……原来是这样……"夏霜霜轻呼，"那、那你是展颜的小叔？"

纪寒凛背靠着料理台，长腿随意地伸长搭着，身后水壶里的水咕咕沸腾，冒着白气。

他点了点头，嗯了一声，算是回应。

纪展颜是夏霜霜对门家的小女儿，夏霜霜刚搬过来的时候，对面的女主人看她是个学生，年纪小又没人照顾，隔三岔五都会送点吃的或者水果过来，两家走动也算多。那时候纪展颜4岁，活泼可爱又好动，嘴甜得不行，见着夏霜霜就"姐姐、姐姐"地叫个不停，比那些在公交上因为爱护老弱病残而让座位最后说"谢谢阿姨"的孩子们可爱一万倍。夏霜霜很喜欢她，平时闲着没事儿的时候，会教她念念英文、算算数学题，纪展颜学得很快。大部分的时候，夏霜霜见到的都是女主人和纪展颜，他家的男主人，似乎是不存在的。

印象中，夏霜霜只见过纪展颜的爸爸一次，那次她去纪展颜家，就看见一个身材高大的男人穿着一身西装匆匆出门，两个人在门口打了个照面，可男人还戴着口罩，只能看见一双眉眼，如今细想起来，和纪寒凛倒是真的很像。

有时候夏霜霜去纪展颜家玩，展颜就爱拉着她楼上楼下地参观。

当初买房子的时候，双号楼层是 loft，单号是平层，所以，纪展颜家的房子是 loft 设计。

纪展颜柔软小手拉着夏霜霜，一间房一间房地给她介绍："这是我的公主房！""这是爸爸妈妈的房间！""这是我的玩具房！"走到二楼拐角的房间门前时，纪展颜停住了，仰着头看夏霜霜，"这个房间不能进，是我小叔的房间，平时连我也不让进，因为里面全是他女朋友的东西。"小丫头踮起脚，一脸神秘，小声道，"是前女友……"

等等！

这个房间是小叔的。

小叔的房间里全是女朋友的东西。

是前女友。

夏霜霜愣住了，她一直以为纪寒凛那副死样子，拒人千里，必然是母胎单身 20 年，可是……

原来，不是没有喜欢的人，而是喜欢的人不是你而已。

夏霜霜心头一梗，看向远处的男人，眼角不自觉微微一红，有的时候小情绪上头，根本不需要什么理由，何况她这会儿还矫情脆弱着呢。

男人自然不晓得远处缩在沙发上的小姑娘有这么一股复杂又自作多情的心理活动，他把烧好的水倒进水杯里，端到小丫头跟前。看她眼圈发红，他眉头一凛，怎么能就疼成这样了？

纪寒凛在沙发上拣了个角落坐下，把水杯递过去，问："是不是这个时候，我说一句'多喝热水'，其实没有什么用？"

夏霜霜捧着水杯，升腾的雾气熏得她眼睫都有了湿意，她摇摇头："有用，'多喝热水'是仅次于'转发本锦鲤，愿望会在三天内实现'的最有效的祝福了。"

"我建议你去看脑科。"纪寒凛的语调冷了下来。

夏霜霜被他这一说，更委屈了，抬眼看他，嘴角微微一撇，实在惹人心疼。

夏霜霜原本也想骨气一回，但刚刚那一番"狼来了"折腾得她原本想蓄着拿晚上外卖的力也给用尽了，她额头冒汗，咬着牙，说："凛哥，来都来了，再帮个忙。"

这个忙……就是帮她泡一碗红糖水。

纪寒凛先是一愣，然后也就认了。

她现在虚弱。

她是爸爸。

她说了算。

纪寒凛在厨房里忙忙碌碌，夏霜霜看着他那副样子，心却仿佛沉入深海。

与其说想看他这么熟练地照顾自己，她更希望他反应笨拙、动作生疏，那样好歹证明，他没有对第二个人这样过。想到这里，夏霜霜心口就是一阵翻江倒海。

夏霜霜缩在毯子里，看了一眼摆在茶几上盛着红糖水的玻璃碗，带着醋意感谢道："凛哥，没想到，你还会泡红糖水，真是多才多艺。"

纪寒凛眉梢抬了抬："泡红糖水和泡咖啡是一个流程吧？这点生活技能都没有，你是在嘲讽我吗？"说完，他把碗递过去，"喝光它。我这种十指不沾阳春水、从来不食人间烟火的上仙，跑来给你煮红糖水，你要是敢剩一滴，你看我拧不拧下来你的狗头。"

话虽然这么讲，但看夏霜霜喝得着急了，他还是没忍住劝她："你慢点，这玩意儿我也不会跟你抢。"

夏霜霜蒙头一口喝完，斜着身子把碗放回茶几上，纪寒凛见她仍是一脸肃穆，不由得问："怎么了？这玩意儿太苦了？"

夏霜霜没忍住，差点笑喷出来，冷了冷脸，又把笑憋回去了。

夏霜霜心里头憋了口气，可仔细想想，她是谁啊，她算什么啊，凭什么跟人生气，谁还没有个前女友什么的呢？

但，她就是不爽了。

琢磨了会儿，她才开口："凛哥，我没事儿了，多躺会儿就好了。我以后叫外卖也不会写你家门牌号了。我一直以为展颜她们都出国了……家里没人，才这样的。"

一番言不由衷的话说完，算是下了逐客令。

纪寒凛也没多留，见夏霜霜一副困倦的样子，也就回自己家去了。

夏霜霜在沙发上躺着，望着房顶的吊顶，昏昏沉沉地睡过去了。等她醒过来的时候，外头的天已经暗了，压在沙发下的手机在振。

睡清醒后，她才有些回过味儿来，自己先前是吃了熊心豹子胆，竟然对着纪寒凛闹脾气了？

也许，也不算闹脾气，但愿，纪寒凛没有看出什么异常吧。

不然，叫他知道自己身边留了个对自己心怀妄想的女人，会不会一脚把她踢出战队？

她一面抓了抓头发，一面把手机翻出来，是冯媛发来的微信。

全世界第一可爱：老夏，你到底咋的了？

全世界第一可爱：老夏，给点反应，要不要我过来看看你？

夏天一点都不热：没大事儿，就女人每个月的那几天有点反常而已。

全世界第一可爱：没事儿就好，之前搞得跟临别遗言似的，可吓死我了。对了，你说的那个小龙虾玩偶是个什么玩意儿？这么宝贝？火葬还得跟你一起烧了？

夏天一点都不热：哦。我对它恨之入骨，死了也不想放过它。

全世界第一可爱：老夏，你心理不太健康啊，发生什么事情了？

夏天一点都不热：我喜欢上凛哥了。

全世界第一可爱：这事儿我早就知道了，你怎么才知道啊？

夏天一点都不热：他有前女友。

全世界第一可爱：他连这个都跟你坦白了！你们这是要在一起的节奏吗？

夏天一点都不热：你为什么总是抓不住重点？你写出来的剧本，导演拍的时候真的没意见？

全世界第一可爱：你可以侮辱我的智商，但不可以侮辱我的专业。凛神前女友长什么样子啊？

夏天一点都不热：没见过，不知道。

聊到一半，手机又振，夏霜霜切出去，看到有新微信进来。

Lin：你家房门密码多少？

夏天一点都不热：666。

Lin：谁让你在这里瞎打call了？

夏天一点都不热：我说，我家房门密码，666！

Lin：……

旋即，几声摁门锁的电子音响起，然后门锁一阵啪嗒，房门被打开。

纪寒凛手里拎着两袋子吃的，熟练地在玄关处弯腰换了鞋，走到夏霜霜跟前。

夏霜霜眼尖，一眼认出那是他们小区门口的一家冒菜，平时她一个人能吃三人份的那种。

于是，之前她心里因为纪寒凛有前女友而蒙上的阴霾瞬间挥散。

她赶忙坐直了身子，看着纪寒凛把两大盒打包回来的冒菜给取出来，放在茶几上。

纪寒凛看了看，把辣油满满的那一盒留在自己跟前，将另外一份全是蔬菜的推到夏霜霜面前。

盖子揭开，香气四溢，溢的是纪寒凛那份，夏霜霜那份毫无特色，仿佛自家买了白菜用开水烫过直接扔盒子里一样。

夏霜霜十分不情愿地拿筷子叼了根青菜出来，咬了一口，能淡出鸟儿来。

夏霜霜十分眼馋，唾液在口腔中分泌，她不自觉地咽了咽口水。

"那个……凛哥，我怀疑，我丧失味觉了。你让我吃一口你的，我看看是不是真的丧失了。"

"你别想。"十分严厉地打断后，纪寒凛侧头过去看她，"例假期间还想着吃辛辣刺激的，你忘了你刚刚那副要死要活的样子了？"

夏霜霜点了点头："忘了！"旋即拍了拍胸口，"凛哥我现在贼健康，一个打十个都没问题。"

"哦？"纪寒凛语音一扬，眉梢一抬，然后摸出手机，直接打开《神话再临》APP，点击登录后，把手机丢过去给夏霜霜，"你打。"

夏霜霜："……我还是吃清淡点吧，清淡的十分有益于身心健康。"

夏霜霜百般不情愿地在纪寒凛的胁迫之下，吃完了一整份白水煮青菜加白菜。纪寒凛看着夏霜霜把最后一根青菜叶子也捞出塞进嘴里，十分心满意足，把残骸都收拾了，拎着垃圾走了。

此后的几天里，纪寒凛都仿佛来点卯似的，夏霜霜叼着电动牙刷刷牙的时候，可以看见纪寒凛捧着两碗清粥进来；夏霜霜躺在沙发上看电视的时候，可以看着纪寒凛拎着零食进来……总之，一日三餐外加加餐，都被纪寒凛给伺候好了。

夏霜霜想了想，把这几天发生的仿佛玄幻又酷似灵异事件在微信上告诉了冯媛。

收到微信的冯媛整个人仿佛炸成了烟花。

全世界第一可爱：什么？什么？老夏？你说凛神就住你家隔壁？

夏天一点都不热：你说得没错。

全世界第一可爱：我靠！这太玄幻了！

夏天一点都不热：你也觉得玄幻，对吧？

全世界第一可爱：所有爱情故事，都是从你是我邻居开始的！

夏天一点都不热：上次你说的是，所有爱情故事，都是从互怼开始的！

全世界第一可爱：这不就更加说明，你跟凛神是命中注定的缘分吗？以及，你身体不适的这几天，都是凛神在照顾你？

夏天一点都不热：照顾？大概可以算是吧……

全世界第一可爱：那你必须报答他。正所谓，投桃报李。老夏，我之前跟着业内的大佬编了部电影，这会儿上映了。老师给送了几张票，我看了眼豆瓣评分，没上映前是5.0，上映以后2.8，简直惨不忍睹，作为编剧，本人已经被骂到祖上十三代了，我估计明天能排到第十八代。我是不敢去看了，我也怕瞎了狗眼，可我又不想浪费电影票，给你送过去吧，你跟凛神一起去看？

夏天一点都不热：你的狗眼是眼，我的狗眼就不是眼？你自己都不敢看，还敢辣你凛神的眼睛？

全世界第一可爱：你真的看不出来我这么做，是为了给你和凛神制造单独相处的机会？真让你提去看电影，你队那三个拖油瓶不得跟着？

夏天一点都不热：我谢谢你啊，问题是，我要怎么邀请凛哥？我跟他说：凛哥，你有空吗？我这里有一部豆瓣评分2.8的片子，想跟你一起去看看？他不觉得我有病，也会觉得我以为他有病吧？

全世界第一可爱：这是个问题。所以，首要矛盾，我得先找水军去给我刷一下好评？

夏天一点都不热：我觉得这很 OK。

全世界第一可爱：……

在冯媛的提点下，夏霜霜打定了主意，觉得自己可以试着跟纪寒凛做一点类似情侣之间的事情。好歹，看一看自己在纪寒凛心中的地位，是不是至少有那么一点不一样？哪怕是略高于队友的范畴？

于是，在当天纪寒凛十分自来熟地推门进来的时候，就看见夏霜霜穿了一身红色吊带长裙，头发披散开来，但不杂乱，显然是带有小心机地梳理过。

纪寒凛迈着长腿，走到她跟前，夏霜霜嘴角弯起一个弧度，露出一个好看但明显很做作的笑容来。

"凛哥……"夏霜霜嗓音温软地叫他，"那个，这几天谢谢你照顾我。刚好最近有部新电影上映，我请你一起去看吧？"说完，小心翼翼地抬眼看跟前的男人，看他视线投射过来，她赶忙低下头，双手有些紧张地在裙边来回摩挲。

稍过了会儿，才听见男人的声音传来："你不用特意感谢我，你以前帮忙照顾过展颜，我这么做，算是……"纪寒凛顿了顿，找了个合适的措辞，"报恩。"

报恩！去他的报恩！

夏霜霜握拳，长这么大，第一次无比讨厌道德感对人的约束力。

这几天无微不至的照顾！居然是因为报恩！这跟让许仙知道白素贞对他好，不是因为爱他而是为了报恩有什么区别？

心太痛了！太痛了！

"不过，你既然已经可以出门看电影了，那身体应该好得差不多了吧？"话说完，纪寒凛掏出手机，单手飞快地打字，末了，把界面停在"JS是KPL冠军"讨论组上的手机捏在手中晃了晃，"看群。"

夏霜霜摸出手机。

Lin：今天下午3点，开始训练，迟到缺席扣10分，满分5分。

全宇宙第一英俊：哎哟，凛哥，你这是要我们负分滚粗的意思啊！

138

Lin：理解能力不错，希望你的操作也能跟上。

纪寒凛把手机收好，看了夏霜霜一眼，把手里的东西放下，说："你吃完饭就开始。"

"为、为什么啊？"

"都说笨鸟先飞，你那一块两毛五的操作，不需要补课？"

"凛哥，其实我身体素质很差，我感觉自己并没有怎么大好。所以，其实，我刚刚说的看电影，是在家看的意思啊，哈哈哈……"努力"尬聊"着的夏霜霜，看纪寒凛正冷着一张脸看自己，不由得乖乖闭了嘴，"我知道了，吃完我就去开机……"

但他并没有规定这顿饭可以吃多久啊！她就吃他个三天三夜，凛哥能奈她何？

纪寒凛："不要妄想跟我玩文字游戏，你一顿饭要是超过半小时，我会让你下半生都在吃饭中度过。"

那画面想想，也是很可怕了。

夏霜霜笑："嘿嘿，凛哥你真是，一看就是老江湖。"

纪寒凛往门边走："至于你说的看电影的事情，"语气一顿，"我会考虑。"

话说完，他就迈开长腿走了出去，留下在身后几乎跳上房顶揭瓦的夏霜霜。他无奈地摇头，唇角却弯起一个自己都未曾察觉的弧度。

事实证明，一切都高兴得太早。

夏霜霜在吃完饭后刚收拾完桌面，纪寒凛的微信就来了。半个小时，30分钟，不多不少，时间精准程度堪称国际比赛计时。

Lin：吃完了。

句号，是个肯定的陈述句。

不可置疑。

夏天一点都不热：哎呀！吃完啦！在收拾啦！再简单打扫一下啦！我是个很爱干净的人，一定要收拾得干干净净才放心，见不得半点脏呢！

Lin：哦。

夏霜霜的心略放了放。

Lin：收拾完来我家，你一个人训练我不放心，直觉你需要被盯着。

夏霜霜的心又提了起来，纪寒凛啊纪寒凛，果然是个干大事的。

夏霜霜磨磨蹭蹭地在家收拾了好一会儿，才挪腾到隔壁去敲了敲门。纪寒凛仿佛在门后恭候多时，只在夏霜霜第二次叩门的时候，就把门打开了。

夏霜霜走进去的时候，还不忘夸纪寒凛一句："凛哥就是身手敏捷，开门的速度都这么快。"

纪寒凛在前头带路，冷不丁冒出一句："别以为嘴甜点就可以逃避现实。"

夏霜霜撇嘴，跟在他身后上了楼，绕上楼梯直走到拐角处。

那是纪展颜家，她唯一未曾踏足的区域。

那是纪寒凛的房间，充斥着他和他前女友的全部回忆，没有人可以轻易踏足。

夏霜霜忽然之间就有点儿泄气，看见纪寒凛的手握在门把手上，轻轻往下一摁，那个动作仿佛连带着把她的心也摁到了水底。

潮湿的、阴暗的、酸涩的。

统统席卷而来。

喜欢一个人啊，就会止不住地想要了解他的过去、知道他的过去，恨不得彻夜不眠地翻完他全部的"说说"和朋友圈。可当离他的回忆越近的时候，却越害怕。因为那里，有另外一个女人的影子。

怎么会不嫉妒呢？

怎么会不难过呢？

怎么可能言笑晏晏地去接受这一切呢？

不可能。

啪嗒一声响，房门打开，纪寒凛走了两步，忽然觉得一直跟在自己身后的人没跟上来，他转过身去看，才发现那小丫头正眼角泛红地站在门外，死活不肯进来。

"我房间养了老虎，你不敢进来？"纪寒凛皱眉。

夏霜霜眨了眨眼，泛起水光，摇头固执地道："没有。"然后抬起左脚，像是用尽了三生三世的力气，才迈进房间。

纪寒凛一脸"我再不送你去看脑科我就跟你姓"的表情，继续往前走。

纪寒凛的房间是原来的两室打通的，外间是工作室，里间才是卧室。电脑都摆在外间，一排过去5台电脑，全是高配，座椅舒适，仿佛一个小型网咖。

看夏霜霜一脸不解，他才说道："以前我哥有时候在家跟人开黑，怕吵到展颜她们，就把工作室放到我房间来了。"说完又随手指了指，"你随便坐吧，每台的配置都一样。"

夏霜霜随便捡了个位子坐下，纪寒凛也就在她旁边坐了。

网咖里除摆了几台设备外，其他基本没什么，整体十分直男。

夏霜霜的重点当然不在于此，那个所谓的有关前女友全部回忆的屋子，大概是在纪寒凛的卧室了。

多么珍贵，如珠如宝。

要想打败这样的前女友，得花费多大的力气啊？

想到这里，夏霜霜不由得叹了口气。

纪寒凛听见坐在一旁的少女突然叹气，皱了皱眉，一面点鼠标，一面说道："让你训练就这么大怨气，能委屈到假哭也是让人服气。"

"我才没有怨气。"夏霜霜撇嘴反驳，"也没有假哭！"然后手指十分用力地键盘上噼里啪啦一通乱敲。

纪寒凛实在不知道小丫头到底在作什么妖，只好一面登录游戏，一面转移话题，问："你刚才说的电影，是哪部来着？"

"凛哥你很想看电影啊？那就自己买票啊，还是说要我帮你把票买好啊？给你高规格，一个人，坐情侣座，好吧？"夏霜霜直勾勾地盯着屏幕说。

搞什么？说请看电影的是某人，说让自己买票单身狗一个人去观看的也是某人。小丫头这是精分了，还是失忆了？

纪寒凛仔细想了想，大概这两天无微不至的照顾把某位搞不清楚自己身份地位的主子给宠上了天，这下子有些飘飘然了，但他却又忽然觉得，小丫头对着自己飘飘然一点，也没毛病。

谁让他是……队长？

因果关系是想不明白了，纪寒凛也懒得再跟小丫头客气，直接给她丢过去一个组队申请。

第八章 住我家对门

夏霜霜一脸面无表情地点了接受，然后开局。

游戏进行到第四局，电脑屏幕前的两个人全程一个字交流都没有。纪寒凛走下路，夏霜霜就跑去上路，纪寒凛"gank"一波去中路，夏霜霜就回城。纪寒凛杀到对面高地塔下，夏霜霜为了保持自己与纪寒凛保持距离的坚定信念，不顾生死地往对方水晶上撞。

直到队友也忍不了这种猪队友行为，开始在公屏上质问夏霜霜。

电竞王大陆：哦，我说，Beauty，团的时候你躲那么远？可别是个傻子吧？

Beauty：我喜欢孤独一点。

电竞王大陆：……

终于，第四局结束，纪寒凛有点沉不住气，双手离开键盘，背靠椅背，问："你喜欢孤独一点？"

夏霜霜点头。

"我书房里有几本书，你帮我搬到楼下去吧。"纪寒凛又开了一局，"也许搬完你就不喜欢孤独了。"

夏霜霜这会儿只觉得待在纪寒凛身边有些窒息，气氛又尴尬到不行，能找到机会避一避，那还是避一避吧。

直到走进纪寒凛的书房，望着摆在书桌上的三大摞书，夏霜霜才发现，纪寒凛的数学可能是体育老师教的。

这一刻，她十分肯定，自己并不喜欢孤独。

无奈既然已经接了活儿，不把这些书搬下楼似乎也不大好。

夏霜霜只好伸长手，压到一摞书的下面，然后怀抱着一摞书，摇摇晃晃地往外走。

这一摞放的全是四大名著，且都是精装版，光是书封都比一般的书重。夏霜霜吃力，临到书架旁不小心一个手滑，直接把书架上搁着的几本册子给撞掉下来。好在纪寒凛在外头没什么反应，夏霜霜赶忙把地上的东西都捡起来，一一排好。

其中，一本写真集被包裹得很好，夏霜霜手贱地翻开，那竟然是——全智贤的写真。扉页上写了几个字：致小凛。落款是个"时"字。那写真集里竟然还夹了好几张海报，背面都有贴过的痕迹。显然，是原来贴在墙面上，后来被揭下来的。

夏霜霜一愣，纪寒凛居然还会喜欢韩流明星？

把东西都码好，夏霜霜抱着书本下楼了。

三趟跑完，夏霜霜感觉自己已经快断气了。

悔不当初的夏霜霜慢吞吞地挪到纪寒凛旁边，绝望地坐下。

纪寒凛见她过来："搬完了？"

"完……了。"夏霜霜大喘气。

"哦。"纪寒凛十分冷漠。

"不过……"夏霜霜抛出疑问，"凛哥，你还喜欢过全智贤？"

纪寒凛握住鼠标的手微微一滞，白皙的手背上略显出几条可见的青筋："你动我东西？"

"我、不小心……真的是不小心……如果是很重要又不想被人知道的秘密的话，凛哥，你应该藏得更隐蔽一点。"夏霜霜决心再补充一下，"而且，女神哦，哪个少男没有喜欢过全女神？我又不会说出去的，这也不是什么值得笑话的事情，是吧？"

纪寒凛唇动了动："都是过去的事了。"

那语调、那神态，仿佛他跟全智贤还真有一段过去似的。

等等！

"凛哥……展颜说你有个前女友，该不会是……"

纪寒凛凌厉的眼风扫过来，夏霜霜立马乖巧地闭了嘴。

是的！没错！

以夏霜霜对纪寒凛的了解，他那个眼神，分明就是被猜中了心事想要拼命掩藏！

夏霜霜在内心狂笑，差点想跳起来蹦迪，纪寒凛的前女友是全智贤！哈哈哈，谁还没有颗少男心呢？

夏霜霜一时兴奋，立马给冯媛发了微信。

夏天一点都不热：你凛神的前女友已经暴露了，你也认识。

全世界第一可爱：这就十分劲爆了，该不会是郑楷吧？凛神的眼神是不是有问题？

夏天一点都不热：你为什么要亵渎你凛神的眼光，是——全智贤！哈哈哈哈我前男友是李钟硕哦。之前还觉得有点小情绪，现在简直觉得实在很公正。

全世界第一可爱：李钟硕什么时候成你前男友了？不是你现任吗？！

夏天一点都不热：就在刚刚啊，分手了。

全世界第一可爱：我算是发现了，论单身狗的清香和脑洞，凛神跟你是一个套路的。你俩不在一起，天理难容。

夏霜霜心满意足地收了手机，甚至摇头晃脑地哼起轻快的小调。

纪寒凛实在不晓得旁边那位的脑子到底有什么毛病，一下子掉眼泪，一下子又像是中了大几百万。

呵，女人。

夏霜霜就着刚刚的话题继续聊："不过，凛哥，你把这些书搬下楼干吗？你不在书房看吗？"

纪寒凛："等你下次喜欢孤独的时候，再搬上来。"

夏霜霜："……"

两人瞎折腾了一波后，就到了战队训练的时间，队友们也陆续上线。

纪寒凛突然来了兴致，问身旁的小丫头："想试试下单吗？"

夏霜霜点头，拼命点头。

"想啊！当然想！"

"那我们俩换号。"

虽然不知道纪寒凛到底出于何意要让她练习别的位置，但夏霜霜自己也很想有新尝试。于是，她依言和纪寒凛交换了位子。

纪寒凛点着夏霜霜的号先进了组，纪寒凛戴着的耳麦里，立刻就有了郑楷熟悉的咋咋呼呼的说话声："小夏，你身体恢复得怎么样啦？真的可以高强度训练了吗？我跟你讲，身体健康最重要了，你不要理凛哥那个网瘾少年啊，简直是封建时代的地主阶级、资本主义社会万恶的吸血资本家。凛哥、凛哥没进组吧？"确认之后，他继续义无反顾地送死，"你不要怕，小夏，你要勇敢，我们都是你的后盾，会和你一起反抗的，我们可是铁血一般的队友呢！"

夏霜霜在一旁拼命扶额，想提醒郑楷大限将至，但又没办法暴露自己这会儿正在纪寒凛家的事实。百般无奈下，只能在公屏上敲了个句号。

Lin：。

十分有纪寒凛本人的气质。

"凛哥、凛哥！"对面好像一阵手忙脚乱，耳机里都是他拽耳机线和键盘敲击的声音，然后郑楷喘着气，仿佛刚刚经历过一场殊死搏斗一般，说，"刚刚是我弟弟上的麦，他说什么了吗？"

Lin：没有。

这波"cosplay"也是很逼真了。

郑楷："凛哥，你怎么只打字，不说话？"

夏霜霜眼风扫过，纪寒凛面无表情，看来是要她继续演了，她只好继续在团队频道打字。

Lin：在网吧，周围太吵。

郑楷："哦哦哦，那没事儿，凛哥你手速那么快，打字跟说话效果也差不多了。"

这马屁拍得也是前无古人、后无来者。

Lin：开了。

郑楷立马闭嘴，严阵以待。

开局夏霜霜在下路和对面对线，两边都升到四级后，一个操作失误，她贡献了一血，好在在一旁辅助的纪寒凛趁乱补刀，两边的人头数被拉到1:1。

夏霜霜只听见耳机里同时传来一阵"嘶"的吸气声，显然，是对他们操作的差距产生了某种程度上的怀疑。

夏霜霜更紧张了，手都开始发抖，抖着抖着，就感觉一只大手忽然笼在她握鼠标的手上。她一愣，侧头去看，纪寒凛对她做了个口型："放轻松。"

于是，那温热掌心传来的力量，忽然间就真的让她安定下来。

她微微闭了闭眼，然后也做了个口型，算是回应。

她说："我可以的。"

纪寒凛这才把手收回去，放回键盘上，继续盯着电脑屏幕。

第八章 住我家对门

145 ☆

夏霜霜调整了一波心态，比赛进到半程，作为辅助的纪寒凛，拿到了全场最多的人头，而夏霜霜则因为被纪寒凛辅助，拿到了不少助攻。

郑楷忍不住开口："小夏，不错啊，几天不见，操作犀利了啊！赶上凛哥了都快。"

对面居然也发来嘲讽。

抵制抄袭一万年：我说，对面C位也是可以啊，靠辅助拿助攻上分？有趣。

郑楷怒了："凛哥，对面的菜鸡嘲讽你！"

本着"骂我可以，但侮辱凛哥不行"的原则，夏霜霜第一次打出了王者风范。

一局结束后，夏霜霜给纪寒凛的号拿了一个五杀、两个四杀，获得本场MVP。

郑楷又开始抱大腿："哎呀，一开始看凛哥操作还以为换人了，原来都是幻觉啊，肯定是网吧的电脑不好，影响凛哥你发挥了……"

纪寒凛把麦关了，问夏霜霜："还换吗？"

夏霜霜摇头："我终于知道什么叫'欲戴王冠，必承其重'了，我打得双手都冒汗了，实在太考验心性了。"夏霜霜站起来，和纪寒凛换位置。

两人身形交错时，忽然听见纪寒凛问："那你说的看电影……还算数吗？"

第九章　你的电影

直到夏霜霜抱着两大桶爆米花，看着大荧幕开始放春节档期会上映的电影预告时，她才恍然清醒：我，夏某人，真的和有那么微微喜欢的高贵冷艳的凛神来看电影了，而电影的主题是——爱情。

不是青春励志！不是热血暴力！不是感人亲情！

是爱情！从头到尾的爱情！男女主从头到尾谈了足足两小时的恋爱，恋爱吵架分手和好，这样简单纯粹的爱情！

夏霜霜觉得简直是幻觉。

头一天，她上完纪寒凛的号，两个人互换位置的时候，他那句轻问言犹在耳——"那你说的看电影，还算不算数？"

"当然算数！"夏霜霜几乎是喊出来的。

纪寒凛意味深长地看她一眼，又问："你怎么突然想看电影，还非得拉上我？"

当然不能说是想泡你啦！

夏霜霜："哦，我刚想起来啊，我选修的《电影与艺术》布置了道作业，要写一篇3000字的影评，还得有新意。我们那个导师常年混迹知乎、豆瓣，我去抄肯定是不行的了，一定会被发现的，而且抄袭犯法。可那种片单里排行靠前的都太有深度了，理解起来费劲，我文字表达能力欠缺，只能搞点简单的不用动脑子的爱情片看。我就去找冯媛推荐啊，她刚好有部电影要上，我想做生不如做熟嘛，冯媛的思想能有什么深度？况且，她说跟同期上映的电影票房只差十几个亿，我就想，自己朋友，该帮还是得帮。刚好你这两天也忙着照顾我不少，就想着叫上凛哥你一起了。两张电影票，对票房的贡献，四舍五入就是一个亿啊！"

一口气没歇地把话说完，夏霜霜的眼珠子转了转。

这扯谎的能力，连夏霜霜自己都服气了。

纪寒凛看着眼前的小姑娘口若悬河、滔滔不绝、叽叽喳喳地说完一大通话，也没有抓住她想表达的要点。

仔细回想了一番这之间的逻辑关系，大概就是，因为他这两天帮忙照顾了她，所以她想要感谢他补偿他。而刚好她有一门选修课需要交一份影评作业，且又刚好她的朋友做编剧的电影要上映。她于是在想完成作业并且帮好友刷一波票房之余，想到可以顺便叫上他一起，把这个感谢补偿给做了。

顺便，嗯，顺便。

纪寒凛心里头略有不快，虽然他是不指望夏霜霜变身白素贞以身相许来报恩，但他堂堂纪寒凛被排在选修课作业以及帮好友刷票房之后，怎么听都不大符合他高岭之花的尊贵气质。

他准备摆一摆谱，委婉推辞一下，然后在夏霜霜的强烈邀请下，勉为其难地答应她的邀请。就在纪寒凛在心里预演这一幕时，夏霜霜见纪寒凛脸色微恙，不由得想可能自己刚刚编的理由真是太蹩脚了，要在敌人反应过来之前，化尴尬于无形，于是，她赶忙开口，道："如果凛哥你实在没空的话，我去找郑楷他们看也没事的！"

开玩笑，劳心劳力又当保姆又送外卖的人是我纪寒凛，凭什么便宜了郑楷那帮小子？

"哦，是没空啊。"夏霜霜的心一沉，就听见纪寒凛继续慢悠悠地道，"但我也选修了《电影与艺术》。"

夏霜霜："……"

远在大西洋彼岸度假的《电影与艺术》课的老师大概不知道，就在刚刚那么一瞬，他凭空多出来一个学生以及一个布置给学生的作业。

老师表示，这"锅"我不背！

电影院内的灯次第灭掉，夏霜霜微微侧头，看见荧幕上的光照在纪寒凛的脸上，显得他鼻梁高挺，侧颜俊朗，眼眸如星。光线明灭，在那一闪一灭的剪影中，微光在他的眼底映出动人的清泉。夏霜霜连心跳都快了，甚至，想上手捏一捏，坐在她夏某人旁边的，到底是不是凛哥真人。

身旁的人动了动，夏霜霜赶忙把头转回去，一本正经、眉目紧锁地盯着眼前的大荧幕，双唇抿住，两手紧紧地攥住盛爆米花的杯子。

于是，纪寒凛转头就看到这样一幕：小丫头抿着唇，如临大敌一般紧紧抱着怀里的两大捧爆米花，眼睛一眨不眨盯着电影屏幕上放的莫名其妙的广告。

纪寒凛伸手去拿其中的一杯爆米花，就看见小丫头手臂微一收紧，整个人忽然坐直，背部绷紧，像只煮熟的鲜虾。

什么情况？

电影还未开场，影院内上座率不高，稀稀拉拉地坐了几对小情侣。

纪寒凛拧过身子，慢慢将头凑到小丫头耳边，压低嗓音问："好看？"

小丫头仿佛被电击一般，连耳朵尖儿都不自觉地动了一动。"好、看……"小丫头迟疑地回答。

"你看个广告也这么用力？"纪寒凛伸手一把抢过爆米花，收回身子，坐了回去。

夏霜霜只觉得自己怀里空了一大块，她手臂收了收，才恍然反应过来，纪寒凛刚刚那样贴近过来，角度刚刚凑到她的脸颊旁，不是要偷偷亲吻她，做一些羞羞的事情，而是，要拿走他那份爆米花？

所以，她刚刚那波紧张又多余的心理活动，到底是什么鬼？

夏霜霜还在忧郁，即使是看个爱情片，对纪寒凛来说，跟看思想道德教育片没有任何区别啊！

电影在不知不觉中开始了，而看电影的人都是心猿意马。

在进电影院前，冯媛已经再三叮嘱夏霜霜，爆米花买一捧，到时候两个人在黑漆漆的电影院里，伸手进同一捧爆米花的时候，手心手背轻擦相撞，都是甜腻的爱情的味道。

夏霜霜也是认可的，并且也按照计划实施了，唯一的问题出在，纪寒凛对她夏某人食量的预估。

第九章 你的电影

149

当夏霜霜在柜台前掏钱要买情侣套餐（内含一大份爆米花）的时候，纪寒凛从她身后快一步把钱递了过去，跟售货员说道："再多加一份爆米花。"

夏霜霜一抬头，就对上了纪寒凛的下颌，弧线优美，她抢着说道："凛哥，不用，我有零钱，而且一份套餐足够了！真的！"

纪寒凛低头，灯光亮在他的头顶，他眉梢一抬："只要一份？你怎么够吃？"

在经历了这样一波疑问后，夏霜霜自觉反思后，竟无言以对，只能悲伤绝望地看着售货员挖了两大桶爆米花出来，她只能哀莫大于心死地把爆米花抱到了怀里，跟在纪寒凛身后，屁颠屁颠地进了电影院。

那么，如果还想在观影时间内和纪寒凛有亲密接触的话，重点也就不言而喻了，指望纪寒凛以风一般的速度吃完一桶爆米花是不存在的了，只有靠自己，以反人类的速度啃完那一桶爆米花，夏霜霜才会有机会，把邪恶的魔爪伸向纪寒凛——手里的那桶爆米花。

夏霜霜实在佩服自己清晰的头脑，在大脑迅速做出反应后，她的肢体也做出了良好的配合。

于是，电影开场后，夏霜霜努力做的第一件事情就是——吃爆米花，拼命吃！

而纪寒凛余光所见，就是坐在他旁边的小丫头，手上仿佛装了发动机，两只手争先恐后、拼命来回，将爆米花往嘴里塞，甚至连咀嚼的动作都来不及做就拼命咽下去，一张小嘴被爆米花塞得鼓鼓的，仿佛一只偷吃狗粮的二哈。

纪寒凛觉得好笑，低头摆弄手机，没一会儿，夏霜霜的手机屏幕一亮，上头是纪寒凛发来的微信。

夏霜霜忙里偷闲，让了一只手出来，把屏幕亮度调到最低。

在电影院里不大声喧哗，也不讨论影片剧情，这种行为十分的有素质，真是越瞧越喜欢，夏霜霜甚至想给纪寒凛发好人道德卡。

Lin：我就说一桶不够你吃，是不是神预判？

夏霜霜还没来得及敲字，纪寒凛的微信又来了。

Lin：吃得这么拼命，晚饭没吃饱？

晚饭自然是吃饱了的，但这个时候如果她回答吃饱了，那不是轻易暴露了自己心里那点小九九？夏霜霜狠了狠心，在屏幕上敲字。

夏天一点都不热：没饱，那么点吃的，不够我塞牙缝。

纪寒凛看到夏霜霜回的讯息，不由得虎躯一震。

两个人晚饭吃的是火锅，因为赶时间，所以最后上的那一碗扬州炒饭只吃了两口就匆匆结账了。看来，小丫头是真的没吃饱了。

虽然之后，纪寒凛没再回话，不过他也全程没动过自己跟前的那桶爆米花。

过了十分钟，仍在尽情与爆米花搏斗的夏霜霜手机又是一振，她伸手捞过手机，点开一看，是纪寒凛的微信。她鼓着嘴，侧头去看男人，男人情绪稳定，没有什么异样，只是单手捏着手机转来转去把玩着。

Lin：这是冯媛编剧的？

"？"表示了强烈的不可置信。

夏霜霜在黑暗中点了点头，轻轻嗯了一声。

Lin：你朋友智商都这样？你平时也够辛苦的了。

夏天一点都不热：……

夏霜霜觉得没法好好看电影了。更不用说冯媛事先预想的，两个人在黑暗中拿爆米花时，不小心蹭到手背这种事情了。纪寒凛不立马站起来甩手走人，已经是很给她面子了。

夏霜霜之所以没有反驳，是因为，她也开始怀疑冯媛的智商。

这电影都讲了什么玩意儿？

夏天一点都不热：凛哥，要是你真觉得这电影对你来说太无聊了，要不你先出去等我会儿？至于影评，待会儿我们再去看别的电影，算我赔你的。

一旁的手机屏幕一暗，没再回话。

黑暗中，男人的身影一直在那儿，坐在那里没有挪动半步。

经典的电影是没有尿点的，而夏霜霜刚刚看的这部，从头到尾，处处都是尿点。

艰难地熬完两个小时，夏霜霜觉得，如果不是有纪寒凛这根精神支柱杵在她旁边，她一定会为了不瞎眼而愤然离场。

=第九章 你的电影=

电影院里的灯都亮起的时候,夏霜霜跟纪寒凛都默契地暗暗吐了口气,仿佛刚刚历劫成功,飞升上神。

两人一个简单的眼神交流,准备站起身来,夏霜霜的手机又是一振。

全世界第一可爱:先别离场!坐回去!

夏霜霜吓得一屁股坐了回去。

全世界第一可爱:我掐着表算着时间呢!这会儿正片是不是已经播完了?我跟你讲,一般人我不告诉他,电影院没有进度条,没办法出卖我。这片子后头还有个彩蛋,你一定要看!整部电影画龙点睛的一笔,就在那儿了!

纪寒凛眉头一皱,看了眼坐着的夏霜霜,问:"你不舍得走了?"又朝她屁股下坐的凳子颔首,"跟这把椅子坐出感情来了?"

夏霜霜仰头:"老冯说这片子还有个彩蛋,属于必看的那种,能升华主题。虽然我也不晓得这部爱情片的主题到底是啥。那个,凛哥,你要不要坐下,和我一起升华一下?"

纪寒凛犹豫了一秒,选择了坐下和夏霜霜一起升华。

等两个人目瞪口呆地看完彩蛋,夏霜霜有点迷茫地问:"凛哥,你升了吗?"

纪寒凛咋舌:"我觉得,升了。这彩蛋,确实比正片好看。"

摸着良心说,就这玩意儿,豆瓣评分 2.8 估计还是请了水军吧!

夏霜霜跟纪寒凛一出电影院,就看到冯媛站在门口拼命朝他们挥手。

仿佛刚刚那部羞耻的片子源于自己之手和脑洞,夏霜霜有点抬不起头见冯媛,她要如何找一百个理由来说这部电影很 OK?完全 OK?

冯媛快跑了两步过来,拉着夏霜霜的手就问:"怎么样,怎么样,看见我的编剧署名没?片子怎么样?好看吗?"

夏霜霜点点头,违心地道:"好看啊,特别好看。"

冯媛一脸兴高采烈:"真的啊?"转头问纪寒凛,"凛神,你觉得呢?"

夏霜霜心中一紧,生怕纪寒凛这个耿直 boy 说出内心的真实感受。冯媛嘴上说着不在意,心里一定比谁都想获得肯定吧?这毕竟是她的荧幕处女座啊,哪怕 5 个编剧她的名字在最后一个呢?哪怕她苦心孤诣编出来的剧情台词都被剪光了呢？

她又怎么可能不放在心上呢？

就像自己第一次打比赛时候，所谓的不在乎都是演给别人看的。

见纪寒凛唇一动，夏霜霜连忙伸手拽了拽他的衣角，纪寒凛眉头一撇，夏霜霜的手依旧紧紧拽着他，不肯松开，那副样子，全然比冯媛本尊还要紧张。

"很好看。"纪寒凛说话。

冯媛开心地用双手捧住脸，爆发出一阵欢呼："好看！凛神也说好看！老夏，摸着良心讲，你说好看我是不信的，你肯定是为了安慰我！但是凛神就不一样了！连凛神都夸我了！我就说嘛，一定是同期上映的电影请来的水军黑我们的！老子天下第一嘞！"冯媛喜悦了半分钟后，整个人冷静下来，从背包里拿出本子和笔，宛如采访一样严肃认真地问纪寒凛，"那么，凛神，请你简单讲一下，这部电影，哪些个地方是好看的。"

夏霜霜刚松的那口气，瞬间又提了上来，甚至更堵得慌了。

这戏得是要演崩啊！

夏霜霜伸手，不露痕迹地又扯了扯纪寒凛的衣角。

纪寒凛只觉得小丫头刚刚那只白白嫩嫩的小爪子又不乖地攀上自己的衣角，宛如自家二哈一般上手了就不肯放。若是搁在平时，他指不定就牵过来细细看了。秋风一过，星火明亮，他脑中思绪清明，余光瞥过，伸手轻轻一拍，就把小丫头的爪子拍落，然后往前腾挪了一步，小爪子在身后跟了跟，却没再勾上来。

纪寒凛觉得那小爪子白晃晃的，晃得他眼睛都疼，遂挪了挪眼，佯装没看见，也不管那小爪子的主人在他身后一副急得要跳脚的样子。

纪寒凛唇角一弯，开始长篇大论："这部电影节奏明快，笑点密集，结尾感人又不落俗套，片尾的彩蛋更是升华了全篇。男女主人设特别，引人入胜。感情线明晰，剧情一波三折，美好的爱情带有童话的浪漫色彩，却又和现实恰到好处地结合起来。文艺一点来说，心中有爱，便会欢喜。"

夏霜霜一度怀疑眼前这个人，是不是加了一个亿的特效。明明是在胡说八道，可是却一副一本正经的样子，完全不会"破功"。她仰着头去看他，整座城市的灯火迷离，细碎星光落在他的眼眸里，亮出一片银河。

她就快要沉醉在他的眸光中。

心中有爱，便会欢喜。

夏霜霜觉得，纪寒凛的专业范畴已经不光是电竞大神了，他要是肯去写青春文艺小说，销量绝对能绕地球三圈，令无数少女沉迷。

"凛神，真有你说得这么好？"冯媛自己都慌了，"你刚刚说的这片子，仿佛和我写的是两部。"

纪寒凛一笑："一部好电影，传达的不只是主创自己想表达的价值观。不同的人因为自己的需求而有不同领悟，你已经成功一半了。而大部分的创作者，连成功的十分之一都做不到。"纪寒凛瞥见身后的小爪子晃了晃，继续说道，"你不用在意那些网络上的评分，或者说，你可以在意，但那不应该是影响你全部创作理念的东西。你这部片子的主题就是在讲爱情，比起高尚道德情操那类型的片子，本来就输了一半了。如果一定要说，这部片子有什么缺点，也只能说，它是生不逢时。七情六欲，皆是合理，没有高低贵贱，给他们分出阶层的，是人而已。"

"……"冯媛仿佛在看一个神一般，星星眼似的望着纪寒凛，"凛神，你夸得我……都害怕了。"

"怕什么。"纪寒凛勾唇一笑，"要想经得起赞美，就要能经得起诋毁，是吧？"纪寒凛转身，问身旁那位。

夏霜霜还在自己的 YY 里遨游，忽然被点到名，整个人一个立正，双手紧紧贴在大腿边："是是是，对对对，凛哥说得有道理。"

虽然心不在焉，但纪寒凛对某人条件反射性的回答十分满意。

凛哥帅，凛哥说得都有道理。

这就是原则。

冯媛因为收到来自男神的鼓舞，整个人兴奋癫狂到极点，飞快地告别了两位，扬言要彻夜不眠立马投身创作该片的下部。

夏霜霜望着冯媛在前头蹦蹦跳跳的身影，脸上漾出笑来。

她同纪寒凛一起往街边走，一场电影散场，在外面打车的人有点多，于是，两人合计了一下，决心走到前边的路口去打车，力求截断身后那帮敌军的粮草。

夏霜霜沿着马路牙子，跟在纪寒凛身后半步，说："凛哥，你刚刚睁着眼睛说瞎话的时候，真是厉害，仿佛刚刚在豆瓣上搜了一篇速成影评。"

纪寒凛斜睨夏霜霜一眼："你高考语文不考阅读理解？"

夏霜霜："……"

两人走到路口，纪寒凛伸手去拦车，夏霜霜看着他站在前头，伸长双臂，像是拥抱了一整座城市，不由得问："哦，凛哥。你刚刚最后那句话，也是说给我听的吧？"

纪寒凛头也不回，问："哪句？"

夏霜霜的表情一百分认真："要想经得起赞美，就要经得起诋毁。"

"强调一下，你那个不叫诋毁，叫阐述客观事实。"

夏霜霜："……"

纪寒凛退回来，眯了眯眼："你刚刚还听了？我以为你在神游外太空。"

夏霜霜一哂："那凛哥你太小瞧我了，我一直可以左手画圆、右手画方，嘴巴里念英文，脑子里算数学题，眼睛还能闲下来看部韩剧的。"

"嗯。"纪寒凛轻轻应了一声，"就是游戏打得差了点，跑步慢了点，跳远近了点，不会骑自行车，游泳可能会淹死……"

"闭嘴！"

纪寒凛耸肩一笑："算了，看你可怜兮兮的样子，给你个扳回一程的机会，我就大方地让你说我的缺点好了，不反驳。"

夏霜霜："……"

沉默，良久的沉默。

夏霜霜搜肠刮肚地想挖出一点纪寒凛的缺点来，才发现，根本找不到！

纪寒凛："你看，机会给你了，你却把握不了。当然，问题的症结不在你，在我。我，毫无缺点。"

"……"夏霜霜望天，"脸大，算不算？"

夏霜霜还在试图找一找某人的缺点，好压一压他的嚣张气焰时，身子忽然被人一拉扯，连带着撞进一个厚实的胸膛里。等她反应过来，从那个怀抱里抬起头，才看见纪寒凛那弧度完美的下颌。他的胸膛一起一伏，仿佛刚刚经历了什么可怕的事情，而夏霜霜却茫然不知。直到，她顺着他的目光看过去，才发现是一辆电瓶车，刚刚疾驰而过时带起一阵风，而那时，她正满脑子心思地想着如何好好报复某人。一个不留神,她大概就是要上明天的微博头条了。

夜风凉凉,夏霜霜这才惊觉后怕,冷汗一层层地冒上脊背。好在,那个怀抱温暖,那个胸膛坚实,才让她稍稍将心安定下来。

"你如果继续像一条八爪鱼一样黏着我,我怕明天我俩都要上微博头条。"

纪寒凛的声音不合时宜地传来,夏霜霜低头去看,自己果真像只八爪鱼一般,死死地黏着纪寒凛。她忙脱开他的怀抱,退开几步,强自镇定,问:"什、什么头条?"

纪寒凛的嗓音稳稳地从头顶传来:"惊!某少女竟与不愿意透露姓名的如风一般英俊的男子在街边做这种事情!"

夏霜霜:"……"

好在电影院身处闹市,周围来往的空车还算多,两个人多等了会儿,总算搭上了一辆车。

司机师傅十分健谈,见这对小年轻上了车,就开始问东问西:"刚看完电影啊?小伙子,你女朋友真好看;小姑娘,你男朋友真帅。"

夏霜霜脸一红,想解释,被纪寒凛抢了先:"师傅,你夸我就单纯夸我好了,不用因为怕她尴尬,非得把她也扯进来。"

师傅又笑道:"男孩子要让让女孩子的!不然女孩子会跑掉的!"

于是,两个人整段车程就在接受司机师傅关于爱情、婚姻、家庭观的熏陶。

好不容易到了楼下,两人飞快地付钱下车。

夏霜霜的手机在此时振了,打开一看,是冯媛发来的微信。

全世界第一可爱:老夏,到家了吗?老夏,凛神是个好男人,真的。我现在才回过味来。他这是看了你的面子,才肯说这么多瞎话来哄我的吧?

夏霜霜收了手机,望向纪寒凛,开口道:"谢谢啊……"

"谢什么?"纪寒凛不解,这声道谢来得太突然。

"谢谢你没有打击我朋友的自信,谢谢你哪怕违背自己的良心也去说那些善意的谎言……"

"哦。"纪寒凛一脸无所谓,"看过一部韩剧吗?宋仲基演的,片名很精准地概括了我的气质形象。"

"看过!看过!"夏霜霜赶忙接话,"太阳的后裔!"

"不。"纪寒凛否定,"是善良的男人。"

夏霜霜:"……"

两人到各自家门前时,分别。

纪寒凛站在自家门口,跟夏霜霜隔了一条走廊,说:"我看着你进门。"

夏霜霜瞬间觉得自己被铠甲包围了。自从念高中以来,她已经好久不这么有安全感了。每次乘坐电梯,她都会在脑海里补上一场"如果突然出现歹人,她要摁下哪些电梯楼层以求生"的画面。现在,忽然就有一个自己心里在意的、喜欢的人,站在离自己不远的地方,跟自己说,"我看着你进门"。

喜欢有的时候实在很难言说有什么道理,时常只是因为某一个举动,不小心戳中了心底最柔软的地方,然后,他全部的形貌,就开始一点点被放大。再然后,就发现,他这个人,真是哪里都好,好透了。

纪寒凛看着小丫头走进家门,那扇门被彻底关上,才摁开自家房门。蹲在玄关处换鞋的时候,他又发散了一下思维,上一次他这么关爱他人,还是送小侄女展颜去外婆家的时候吧?对门那个小丫头,可是连点个外卖都不敢留自己家住址的人。胆子这么小,以前是怎么敢跟他纪寒凛对着干的?仔细想想,她好像也没有特别激烈地反驳过自己,每次被自己气到,都会忍气吞声地认了,然后继续来抱他大腿求上分。

但看她又气又急的样子,竟然意外地有些好笑,甚至……喜欢看她那副样子?

纪寒凛换完鞋,也很果断地把自己的思路给掐断了。

有些事情不能细想,一细想,甚至会发现,其实自己都不那么了解自己。

临睡前,夏霜霜摸过手机,又熟练地拍了纪寒凛一波马屁。

夏天一点都不热:凛哥,我仔细回味了一下,你今晚演老冯那段,真是太优秀了。

Lin:凡人所不能理解的,统一称之为——神。

夏天一点都不热:……

夏天一点都不热:好的,神。

Lin:早点睡。

第九章 你的电影

夏天一点都不热：晚安！

于是，在微信里互相道过晚安的两个人，一个躲在被窝里刷起微博，拿着小号在各大吐槽微博下疯狂评论。另一个，则坐到电脑前，点开了游戏的图标……

在夏霜霜认真下了决定要睡觉的时候，冯媛的电话忽然拨了过来，夏霜霜刚接起来，那头就开始陈述："老夏，沈至回国了……"

夏霜霜一愣，应了一声："嗯。我看到他的朋友圈了。"

冯媛那边停顿了一会儿，然后爆发出一声怒吼："靠！这个王八蛋，把我朋友圈屏蔽了！"

夏霜霜安慰冯媛道："想开点，万一他设置的是只对我可见呢？"

冯媛："你这波安慰还真是合情合理，让人信服。"

夏霜霜："过奖。大半夜的，什么事情，劳你亲自打电话？"

冯媛："这不，沈至回国，刚好又是假期，班长就打算搞一个同学聚会，让我通知你呢。"

夏霜霜捏了捏怀里抱着的玩偶："什么时候啊？"

冯媛："沈至早上9点的飞机，班长说去接个机。"

夏霜霜犹豫了一会儿："也不让人睡会儿？那个……我还是不去了吧？不太合适。"

冯媛："老夏，谁不知道，全班跟沈至最好的就是你了，他放不放得下不重要，重要的是，你得放下了……"

夏霜霜盯着自己的指甲看了有一会儿，才点了点头："那行，明早机场见吧！"

挂了电话，夏霜霜忽然觉得有点难眠。

之所以难眠，大约是因为沈至这个人。

沈至，夏霜霜高中同桌，标准的问题少年。基于《老司机带带我》这首歌所传达的理念，老师开学第一天就把沈至安排在了学霸夏霜霜的旁边。

沈至上课不听讲，手藏在桌子下面玩手机。

夏霜霜上课也不怎么听课，总能一边听一边干别的。

两个人考试都拿第一，只不过沈至拿的是倒数的。

每每看见夏霜霜的满分成绩，他都觉得那一抹红，红得刺目、红得心疼。

分明两个人都不是什么正经学生，凭什么她夏霜霜就成天被老师夸"一心多用、思维开阔"，而他却要被骂"不务正业、不思进取"？

沈至不服，他想干掉夏霜霜。

夏霜霜那时候是标准的学霸，属于乐于助人、为人解惑的那款。沈至就从网上找了一堆乱七八糟的难破天的数学题来让她做。夏霜霜乐见自己的同桌有了一颗上进心，拿过题目也不多说话，就在草稿纸上演算。做出来了之后，再讲解给沈至听，沈至自然是听不懂。夏霜霜就想尽办法、绞尽脑汁地给沈至讲题，这简直比让她自己做题还要难一百倍。

有时候看夏霜霜两眼盯着习题本，额头上冒出细微的汗，嘴却一张一合地说个不停，偶尔偏头看看沈至，见他一脸不懂的迷茫表情，只能忍着火气不发，伸手轻轻在鼻子上擦一擦，然后继续想更通俗易懂的表达方法，沈至就觉得，自己很是缺德。

在自己作天作地一年，夏霜霜不厌其烦地调教他一年后，沈至忽然在一个晴光潋滟的午后，想明白了一件事情——他大概是喜欢上他的学霸同桌了。

青春期时的喜欢，小心谨慎，好像一阵风都能偷跑的那种喜悦。

夏霜霜眼见着从前只知道拿难题来坑她的沈至，渐渐地把难题换成了冰激凌、芝士蛋糕后，才恍然觉得是不是有哪里不对。

他对她的攻击，已经从智商上升到了肉体，他想让她吃胖！

而沈至本人，忽然也不闹腾了，上课也专心听讲了，老师喷他也不顶嘴了。

等到夏霜霜生日的那天，沈至表白了，正在悠哉背单词的夏霜霜吓得一愣，差点把"ornithophobia"（恐鸟症）这么复杂的英文单词给拼错了。

夏霜霜也没想着怎么拒绝，只回了他一句："你真的喜欢我？要不，你想想清楚再来？"

这句话后来被冯媛称为婉拒别人表白的十大经典用语之首。

夏霜霜也不知道沈至后来到底有没有想清楚，因为在她知道结果之前，沈至出国了。

现在他放假回国，夏霜霜其实是不大想见的。虽然说当初的拒绝是年轻不懂事，但细想起来，多多少少都有些尴尬。

毕竟，她现在也懂了，喜欢一个人，到底是什么样子的感觉了。

　　但这么藏着掖着不见，总归也不是个事儿，过去的事情，总要有人手拿纸笔，添上一个句点。

　　第二天一大早，夏霜霜就被设定好的闹铃吵醒，市中心去机场，得快一个小时呢。她磨蹭着刷牙、洗脸，换了衣服就出门。

　　夏霜霜蹲在玄关处换鞋，想到自己几乎整个假期都跟纪寒凛待在一块儿，这会儿出去参加高中同学聚会，也该跟他讲上一声，万一他来找，没见着自己人影，炸了怎么办？

　　到时候再哄着顺毛，又是件麻烦事了。

　　她于是站起身，一面跺了跺脚、把鞋子穿好，一面握着手机给纪寒凛发了条微信。

　　夏天一点都不热：凛哥，我今天去参加高中同学聚会。

　　发完微信，她兴冲冲地把手机揣进包里，刚走出家门，想了想又觉得刚刚发的微信似乎有哪里不对。

　　夏霜霜把手机翻出来，对着屏幕上的那段话仔细琢磨了好一会儿，为什么隐隐有一种女朋友跟男朋友报备的感觉？她这句话发得也太没来由了一点，纪寒凛会不会就想多了？觉得她和外面那些妖艳贱货一模一样？

　　夏霜霜心里头一咯噔，赶忙欲盖弥彰地在后面补充解释了一条。

　　夏天一点都不热：可能要晚上才能回来呢，所以，今天不能训练啦！以后会努力补上的！

　　夏霜霜美滋滋地看着自己补充的回答，觉得自己简直就是暗恋界的一股清流。

　　于是，这会儿正在自家舒适无比的大床上躺着睡觉的纪寒凛，就被枕头下手机的振动给惊醒了。他忍住想要骂人的冲动，从被拱得乱七八糟的被子里冒出头来，伸出手残暴地把手机拎过来，迷迷糊糊地长按关机键。毕竟，这节假日的早晨，这么没眼力见儿扰人清梦的，除了推销澳门赌场的垃圾短信，简直不做他想。

　　半眯着的眼无意识地扫过手机屏幕，手指在滑到一半的关机选项上突然顿住。手移开，一双眼慢慢睁大，确认了屏幕上发来的讯息确实来自于一个备注为"夏二霜"的人之后，纪寒凛点进了聊天界面。

夏天一点都不热：凛哥，我今天去参加高中同学聚会。

纪寒凛一愣，夏二霜现在是行踪都开始报备了？真是孺子可教，这样想着，心底哪个角落里，就膨胀出一股得意之感。纪寒凛收敛起嘴角的那一抹微笑，捧着手机，两手敲字，想问一问小丫头是不是想趁机偷懒，人名那栏忽然显示："对方正在输入……"

好兴致的纪寒凛这会儿睡意也消散了，拎着枕头半靠着床头坐起来，眼睛盯着："对方正在输入……"六个字外加一个省略号出神。

且看那小丫头还要说点什么。

是关照自己莫忘了一日三餐，还是会早些回来叫他不要担心……

兀自想象力开始漫无边际的纪寒凛手中的手机又是一振。

夏天一点都不热：可能要晚上才能回来呢，所以，今天不能训练啦！以后会努力补上的！

训练？

纪寒凛伸手抓了抓早已被睡成鸡窝一样的头发，有些恼。

所以，夏二霜这个家伙大清早地就跑去参加同学聚会，一玩一整天，还特意扰人清梦地来报备一下，就是想跟他炫耀一波自己有人玩，以及她不是来关心他纪寒凛本尊如何，而是来请假的？

纪寒凛摁手机的力道仿佛要透过屏幕把夏霜霜给摁死，手速飞快地敲完几段话，这会儿才彻底关机，把手机扔到一边，躺下身子，带着一股"迷之怨气"，继续去睡了。

Lin：别想着偷懒。

Lin：晚上八点前我要在我家门口看到你。

Lin：不然你等着跪键盘。

Lin：反正键盘这玩意儿，我家不缺。

Lin：你要觉得不够用，我现在就上某宝当天达买它20个给你存着。

夏霜霜看了眼纪寒凛的回复，心微微一沉，哦，凛哥果然是冷漠无情无理取闹的典范啊，这种同学聚会摆明了就是要玩一整天啊，还什么让她晚上

第九章 你的电影

八点前一定要回来，不然就跪键盘？

哪有让女孩子跪键盘的？那不是男孩子的专利吗？

纪大班主任还真是时不时散发出胡搅蛮缠的少女气质呢！

夏霜霜也不晓得是不是打开方式不对，从前沉默寡言、见她就怼的纪寒凛，眼下不知道怎么了，竟然时不时给她来一波傲娇？

可爱！

意外的可爱！

无辜被嘲了一波的夏霜霜居然满脸笑意地把手机塞回包里，哼着小调儿坐进电梯。

纪寒凛睡醒的时候，已经是下午两点了，他只觉得胃里空空如也，挣扎着从床上爬起来，下楼摸到厨房，从冰箱里拿了一瓶矿泉水出来，拧开盖子，喝了两大口。

大约人还没睡清醒，这会儿还有点蒙，纪寒凛背靠着冰箱，摸出手机，打开外卖APP，开始叫外卖。

附近有家烤肉饭味道不错，他前两天才跟夏霜霜一起吃过，她一面拍手一面强烈要求收藏店铺。

纪寒凛点进店家，系统自动推荐了上次已点过的菜单。

纪寒凛刚下手准备下单，才恍然想起来，小丫头好像大清早就跟自己请过假了？

伸手抓了抓头发，把单子里小丫头爱吃的那份土耳其烤肉饭给退了，于是右下角那个下单的界面就灰掉了——还差20元起送。

纪寒凛简直气得想摔手机，小丫头不在家，连凑单都凑不到。

以前也是自己一个人吃，没觉得有什么毛病，为什么这会儿就觉得处处都是毛病了？

纪寒凛没来由地起了一通火，在饮料区选了可乐，连摁了5下，才算达到起送价。

等纪寒凛收到外卖，十分凄凉地一个人坐在餐桌前用勺子扒饭的时候，夏霜霜正在高档酒店里和她的一干高中同学热热闹闹地吃团圆饭。

纪寒凛捏着手机，滑进夏霜霜的朋友圈里的时候，就看到她发的九宫格：吃、吃、吃，还是吃！九张图，全是不同的吃的。纪寒凛真的觉得，小丫头上辈子是不是食神。

夏霜霜自然不晓得，不远处她的队长兼邻居正在怎么腹诽她，从一大早迷迷糊糊地赶到机场，接到沈至，她觉得自己的脑子就没有转清醒过。

饭桌上夏霜霜已经被人强灌了几杯，这会儿已经有些犯晕乎了。沈至坐在她旁边，有意无意地替她挡下了不少不怀好意的敬酒。

夏霜霜决心出去吹吹风透个气，就找了个上洗手间的理由先撤了。

她站在窗口，晚风将她的衣裙吹起，宛如白色的浪花卷卷。她托着腮，把手肘支在窗台上，将头伸出去，轻风阵阵，耳边是城市街道上来来往往的车辆声。

"喝多了？"

夏霜霜转身去看的时候，沈至已经站在她身后，手里端着一杯酸奶。他从前杀马特式的乱糟糟的头发已经修剪得十分精炼，衬衣袖口卷了两卷，露出小半截手腕。他把酸奶往夏霜霜跟前递过去，夏霜霜看了一眼，接过来一饮而尽，然后摇了摇头，回答他："还行，不算多，但也喝不下去了。"

两年多国外生活的磨砺，沈至稚气已脱，整个人已比从前成熟了不少。

他勾唇轻轻笑了笑："看来还不算醉得厉害。"

夏霜霜把杯子递了回去。

沈至接过来，问："霜霜，你还记得，我跟你表白后，你说的话吗？"

夏霜霜内心愧疚，只点了点头，"大概……还记得……少许吧。"

沈至又笑："你让我想清楚后再来找你。两年的时光说长不长，但其实也不短了。这两年我经常想，那时候的喜欢究竟是什么。你看，没有你，我一个人在国外，也能过得很好……"他喉头忽然一哽，像是酒气里蒙着的鲜明泪意，眼圈都泛了红，"只是你不会知道，我也只是过得好而已。"

夏霜霜没想到沈至忽然这样深沉地同她讲话，他以前那副吊儿郎当、万事不挂心头的样子，早已经在过往的岁月里被掩埋消失。

"那个……我……"夏霜霜莫名觉得有些心疼，曾经的少年不见了，哪怕她也不曾喜欢过他。

第九章　你的电影

"我原本想再熬一熬,看看自己到底能撑多久。可现在,我撑不下去了。"沈至克制地道,"我是真的……喜欢你。"

这边正在深情告白,那边担心自家好友喝多栽进马桶里起不来的冯媛便找了出来,看见窗口站着的那两人,她急吼吼地冲了过去,上手就把沈至给拉开了。

冯媛也喝多了点,脸颊泛着红,跟沈至划清界限:"沈至,老夏有男朋友了,你总该死心了吧?"

沈至一愣,只看着夏霜霜:"你有喜欢的人了?"

夏霜霜也不打算扯谎,那个人虽然还算不得她男朋友,但确实是她喜欢的人,遂点了点头,承认道:"他人很好,你不用担心。"

冯媛也在一边附和:"是很好啊,厉害得不行,哪儿哪儿都好,毫无缺点。"

沈至沉默地低下头,良久,他才说:"那就好。"

时钟指向晚上八点,纪寒凛第三次拉开自家房门,也没有看到那个本应该蹲在他家门口求饶的小丫头。

真是胆子越来越肥了。

纪寒凛纪爸爸十分生气,手机划开锁屏、锁屏又划开数次,也没见小丫头来个信息给个说法。

直到楼梯间里想起电梯到楼层的叮的一声响,纪寒凛这才仿佛被打了鸡血一般,刚刚萎靡不振的状态瞬间消散,直接从沙发上蹦到了地板上。

等他打开门时,就看见一名长相尚可的陌生男子正扶着夏霜霜在她家门口开锁。夏霜霜整个人仿若无骨一般委身在那个男子的臂弯中,从纪寒凛的角度看过去,甚至略有点享受。

夏霜霜思绪不清,只觉得自己喝大了,然后吵吵嚷嚷中,同学们让沈至送她回家。她用力睁了睁眼,确认了一下眼前这扇门,正是自家的,再一低头,看见沈至的手正扶在自己的纤腰处,不由得一怔,立马跳开。

夏霜霜醉醺醺地:"我到家了,自己进去就好了。沈至,你回去吧!"

沈至似乎不放心,摇了摇头:"你这个样子,我扶你进去,看你睡下再走吧。"说着,就要开门拉夏霜霜进去。

夏霜霜只觉得男女之间这样亲昵不好，背对家门的时候，恍惚间她看见纪寒凛正站在他家门口，目色森然地看着这边。大约是气血上涌，她便拼命蹦跳着、用力朝纪寒凛挥了挥手："凛哥！我回来了！"

沈至停下手上的动作，转身去看，便看见一个穿着家居服、身材高大的男子正看着他们，脸色似乎不大好。

纪寒凛踩着拖鞋沿着走廊走过来，余光微微瞥了一眼沈至后，就从他怀中把夏霜霜给接过去了，仿佛亲爹接放学的女儿回家一般自然。

而那一个眼神，沈至只觉得，好大的杀气。

纪寒凛也不理沈至，只看了眼手表，然后，直直地盯着夏霜霜，嗓音冷冷地问她："是你去的地方跟我有时差还是怎么了？晚了一个小时十三分钟……"

夏霜霜嘴一撇，用力晃了晃仿佛灌满水的脑袋："凛哥，键盘呢？键盘呢？我现在就跪……"

纪寒凛一把握住夏霜霜的手腕，人凑了过去，闻到她身上浓烈的酒气，不由得微微一皱眉。

小丫头在他怀里挪了挪，小脑袋靠在他的臂弯上，鲜红欲滴的双唇不自觉地咬了咬。

纪寒凛万万没想到向来有分寸的夏霜霜，竟然也会有喝到这么醉的时候。他眉头一皱，扶着小丫头的腰，将她从地上托了起来，然后腾出一只手来在门锁上摁了密码。临进门前，他丢给沈至一句话："麻烦你送她回来了啊。"不知道哪里来的意气，纪寒凛又补了一句，"本来该我去接她的。"然后转身进门，用脚踢着把门关上。整个动作一气呵成，徒留下沈至一人站在门口，仿若在风中凌乱。

刚刚那个就是夏霜霜的男朋友吗？

沈至苦笑，倒真的是很相配。

纪寒凛扛着夏霜霜进屋："刚刚送你回来的那个是谁？"明知道，怀里的那个家伙已经醉得不省人事，问也未必有回应，但他心底莫名蹿上一股火气来，就问出来了。

小丫头把脑袋在他胸口蹭了蹭，含含糊糊地回答："是我高中同桌啊，

第九章　你的电影

165

在一起坐了一年半呢。嘿嘿嘿。"小丫头偷笑,"以前最爱抄我作业了,考试时还偷看我答案,嘿嘿嘿……"

"记这么清楚。"纪寒凛甚至想把怀里的小东西直接扔到地上算了,好让她疼一疼,清醒一下。手微微松了一松,感觉怀里的人往下沉了沉,他又赶忙将手收紧了。

舍不得。

舍不得。

舍不得。

纪寒凛自我否定。

纪寒凛也搞不清,自己什么时候这么会心疼人了。

他小心翼翼地把小姑娘放到床上,手臂一点点从她的脖子下抽出来,生怕把她惊醒。

很明显,喝多了的人是睡不沉的。

夏霜霜只觉得自己胃里一阵翻江倒海,酸涩之意涌上来,脑子里迷迷糊糊,半点也不清醒。我是谁?我在哪里?我在做什么?她半点也不晓得。只记得自己好像是被沈至给背回来的,后来好像被转了一道手,把她从沈至背上抢下来的那个人,似乎是纪寒凛?如果不是纪寒凛,那就是人贩子了。

但是……人贩子会有那么温暖又厚重的怀抱吗?人贩子会把自己轻拿轻放吗?人贩子会伸手在她额头上轻轻一探,看她是不是热得厉害吗?

答案应该是否定的。

但是如果把人贩子的参照物替换成纪寒凛的话,夏霜霜十分确信,还是人贩子做这么多贴心的事情更靠谱。

夏霜霜觉得委屈,她吸了吸鼻子,伸手在人贩子的腿上用力拧了一把。人贩子正忙着烧水、倒水,忽然觉得大腿一阵痛,低头一看,小姑娘正铆足了劲儿在跟自己的大腿死磕。

夏霜霜正拧得起劲,就听见耳旁一道温润嗔怪的男声响起:"别闹。"

然后一只杯子就塞到了她手里,仿佛怕她把那杯子打碎,人贩子又把杯子抢了回去,托着她的脑袋,给她喂了水。

水温适中,夏霜霜仰头饮了两口,只觉得那人贩子似乎也很贴心。

于是，她就仿佛着魔一般，乖乖地不再动弹。但实在觉得人贩子和纪寒凛有那么点相似的，小爪子不由得慢慢挪腾过去，拉了拉他的衣角，委屈巴巴地问："你要把我卖到哪里去？"顿了顿，又说，"可不可以不卖？"

　　纪寒凛眉头一皱，这小丫头是疯了吗？他，纪寒凛，江湖颇有名声的凛神，会卖队友？

　　看不起谁？

　　小丫头打了个嗝，继续说："一定要卖的话，千万记得卖个好价钱。"

　　纪寒凛觉得好笑，又见小姑娘一副迷迷糊糊的样子，不由得来了兴致，想逗一逗她。

　　"你这样的，能值几个钱？"

　　夏霜霜噘着嘴，思索了会儿，才反驳道："我会得很多。"

　　纪寒凛问："多在哪里？"

　　夏霜霜认真回答："我词汇量超多！看美剧、韩剧、日剧、泰剧都不用字幕！"

　　纪寒凛唇角一勾，索性坐到地板上，靠着床榻，问："就这么点？"

　　"高维庞加莱猜想、策梅洛定理、杨－米尔斯规范场存在性和质量缺口假设……"夏霜霜掰着手指头开始一一细数。

　　纪寒凛只觉得头大，但看小丫头脸颊通红，却一本正经的样子，又觉得十分好笑。

　　"行行行，知道你厉害。别的呢？"

　　"别的？"夏霜霜歪脑袋。

　　"嗯……"小丫头忽然凑近他，两个人不过寸许相隔，她温热的呼吸喷洒在他脸上，他原本想要接着说的话，瞬间吞回了肚子里。

　　纪寒凛伸手摁在小丫头额头上，将她往后推了推，小丫头懂事地挪了挪，继续刚刚的话题："洗衣、做饭、书画棋，我都能行。"

　　纪寒凛笑道："那估摸着能稍微卖个好价钱了……"

　　夏霜霜一愣，人缩到被子里去，有些怯怯地问："那个……能把我卖个好人家吗？"

　　"好人家？"纪寒凛尾音一抬。

第九章　你的电影

"嗯！"夏霜霜点头如捣蒜，"我有个人选，手机里也有他的电话，你问问他，愿不愿意买我……"

纪寒凛眉头微拧："谁？"

夏霜霜眼珠子一转，压低嗓音，如同做贼一般，小声道："纪、寒、凛……凛哥，嘻嘻嘻……"那股子兴奋劲儿，仿佛如果眼下就被卖了，她还会兴高采烈地帮着人贩子数钱。

纪寒凛本尊不由得虎躯一震。

"那……我问问他。"纪寒凛说。

夏霜霜羞涩地躲进被子里。

纪寒凛拿着手机，半晌不知道该如何做，自己给自己发微信？也太骚气了吧？

稍过了会儿，他伸手，在被子里拱起来的那一大块上拍了拍："发完了。"

"哦……他怎么说？"小丫头缩到被子里，只露出一双眼。

"他说，不超过50块就行，超过50块免谈。"

"啊……"小丫头从被子里一点点钻出来，"50块这么多！比我预估的多了20块！"她嘿然一笑，"答应他！差价我补给你！"

纪寒凛忍着笑意，问："你补？"

"嗯！"小丫头用力点了点头，"反正你说的我这种也不值几个钱！我能补得起！把我卖给凛哥！快！"

"你这是强买强卖吧？"

小丫头不干了，从被子里爬出来，一脸不满地看着跟前的人贩子，骂道："你管得真多！拿了钱就赶紧走！我的蚂蚁花呗都给你了！"

纪寒凛是没见过她这副样子的，平日里她都是抱他大腿，连句话都不敢大声说的，眼下竟然酒壮人胆，指着他的鼻子骂起他来。

他竟然觉得很刺激！

小丫头大概是力气用尽，酒意上了头，终于停止了折腾，瘫倒在床上，不言不语。纪寒凛看了她一眼，将她团了团，硬生生地塞进了被子里。稍坐了一会儿，确认小丫头已经睡熟，他才站起身来准备离开。身后那一团忽然动了动，含含糊糊地喊了句："凛哥……"

小姑娘不安分地翻了个身,大长腿直接从被子里钻出来,白晃晃的一团,叫人看了眼晕。纪寒凛偏头,不去瞧那无边春色。

"凛哥……"她又在喊他。

纪寒凛无言,帮她把被子盖好。小丫头哼哼唧唧:"凛哥……我下次再也不敢晚回家了,能不能不跪键盘……"

纪寒凛笑着摇了摇头,关门走出夏家。

宿醉醒来的夏霜霜自然不晓得昨晚经历了什么,仅存的记忆大约就是沈至费尽九牛二虎之力把她扛回来。她觉得头疼,伸手用力敲了敲,就看见床头放了杯柠檬水。夏霜霜想,沈至倒是真的很贴心,从前送蛋糕、巧克力,现在晓得她醒来会口渴,连柠檬水都准备好了。

比起某位姓纪的大佬,可真是贴心了一万倍了。

可有什么办法,偏偏她夏霜霜就是喜欢那个呢?

夏霜霜踩上拖鞋走出房门,一通收拾后,才恍然想起来,昨夜是不是还欠凛哥一个交代来着?她赶忙四处摸自己的手机,翻出来一看,除了冯媛和沈至几个同学的慰问,并没有纪寒凛的信息。

大概是……真的生气了?

夏霜霜一阵心慌,在客厅来回踱步,心想到底要怎么卑躬屈膝才能把纪寒凛给哄回来。

她先是小心翼翼地给纪寒凛发了条信息。

夏天一点都不热:凛哥……早……你起床了吗?

夏天一点都不热:如果起了的话,有想吃的吗?0_0我刚好也饿着肚子,想着你也没吃的话,可以一起买回来呢!

夏天一点都不热:凛哥……拼单吗?好饿啊!真的好饿!

没反应,一直没反应,夏霜霜泄了气。

此人一是没醒,二就是真的生她的气了,不打算搭理她,大概也只有她负荆请罪,跪断20个键盘,才能让他消气了。

手机在此时一振。

Lin:小龙虾。

第九章 你的电影

Lin：六两的。

Lin：十斤。

要求也是很低，消气也是很干脆。

现在别说是十斤六两的小龙虾了，就是让夏霜霜去河里捉活虾，她也是乐意的。

等夏霜霜叫的外卖到纪家时，纪寒凛正跷着二郎腿坐在沙发上看电视。

夏霜霜捧着外卖盒子到纪寒凛跟前，一脸谄媚地笑："凛哥，你洗手了吗？可以开吃啦！"

纪寒凛挪了挪屁股："你挡着我看电视了。"

夏霜霜继续拍马屁："那凛哥，我帮你剥好吧？"

见纪寒凛看也不看她一眼，夏霜霜十分识相地自己戴上手套动手剥虾，不时抬头看他一眼，见他眼眶下浮起一圈青色，面露疲态，她不由得问："凛哥，你昨晚没睡好吗？"

"托某人的福……"纪寒凛拿起筷子，夹了两只虾肉，塞进嘴里。

夏霜霜只当自己没给纪寒凛交代，害他等了一夜，自觉内疚，剥虾剥得更卖力了。

纪寒凛见小丫头干活儿卖力，心中不由得略觉舒畅。

夏霜霜干活儿起劲，手机忽然一振，屏幕亮起，是沈至发来的讯息。

何至如此：霜霜，你醒了吗？

夏霜霜忙脱了手套，缩到一边，回微信。

夏天一点都不热：醒了。昨晚谢谢你送我回来啊。

纪寒凛眼角微微一瞥，见小丫头躲在一旁捣手机，难道是见不得人吗？纪寒凛开始多想。

何至如此：没事。应该的。你睡得好吗？

夏天一点都不热：好啊，特别好！倒在床上就睡了，一觉到天亮呢！

何至如此：那就好。昨晚我把你送到你家门口，你男朋友就把你接过去，送回家了。他人不错，也很紧张你。虽然很不愿意说，但，还是祝你们幸福。

啪！夏霜霜的手机掉在大理石地板上，磕出老大一个花来。

纪寒凛听见声响,见夏霜霜一脸紧张兮兮地捡手机,便问:"怎么?发泄心中怨气?"

夏霜霜赶忙摇头:"没有、没有……"转头对上纪寒凛的视线,她又赶忙拿手去挡脸,她很少喝酒,自然也很少喝醉,所以,她实在不清楚自己喝醉后到底有多可怕。

她昨晚会不会特别挫?

还是不小心以下犯上触怒龙颜?

这些都不是重点,万一……她自己一不小心说漏了嘴,叫纪寒凛知道了她心里那点小心思,那岂不是 game over?

夏霜霜根本不敢看纪寒凛,但瞧他今天冷冰冰的态度和以往完全没有任何不同,大概是,她也没有做什么逾越的事情,叫纪寒凛挂心了吧?

夏霜霜拼命回忆,却连一星半点的片段也想不起来,看来是真的喝断片了。

她没有办法,只好向冯媛求助。

夏天一点都不热:老冯,你昨晚见到我喝多的样子了吗?

全世界第一可爱:没有。我醉得比你还早,据说我是被人拖上出租车,强行扭送回家的。咋了?沈至对你做了什么?!

夏天一点都不热:不是!昨晚沈至把我送到家门口,我就被凛哥劫镖了……

全世界第一可爱:那就是凛神对你做了什么!天哪!好开心啊!

夏天一点都不热:也不是!我说你能不能有点三观?昨晚貌似是凛哥照顾我的,关键是……我喝断片了,我也不晓得自己在他面前是副什么样子……

全世界第一可爱:你要是不方便问他,那就再喝断片一次,我帮你录下来,给你看?

夏天一点都不热:你真是我的好胖友!

夏霜霜把手机扔到一边,实在不想跟冯媛这个损友继续对话了。

纪寒凛见夏霜霜把手机收了,才拿着筷子敲了敲碗,喊她:"断货了、断货了!"

夏霜霜一惊,赶忙转回身子,戴上手套,继续剥虾事业。

她一边剥一边悄悄抬眼看纪寒凛,一身居家服,鼻梁高挺,眸如星辰,真是太帅了。

纪寒凛被夏霜霜看得发毛，趁着吃虾的间隙，问道："你老看我做什么？你以为这样就可以减刑？"

"不不不！"夏霜霜摇头，探寻地问道，"就是，凛哥，昨晚是你送我回房间的啊？"

纪寒凛甩甩手，仿佛很疲倦的样子，说："是啊，重死了，险些废了条胳膊。"

夏霜霜拼命道歉："对不起，对不起，我不该这么重的！"

纪寒凛都被她那副严阵以待的样子逗乐了。

夏霜霜："那个……那凛哥，我昨晚有没有，做出什么异常之举啊？如果有的话，你千万不要当真啊！我可能是被穿越了，你不要信啊！"

纪寒凛看她一副努力辩解的样子，没有说话，良久，他才回答。

纪寒凛："没什么……"

纪寒凛："你什么也没说，也没闹腾，睡得很安稳。"

就让她说的那些傻话、做的那些蠢事，成为只有他一个人知道的秘密好了。

第十章 你的小号

7天假期结束,学生们陆续返校,却没有想到,到校后发现出了事情。

全国校园网络因为黑客入侵,大部分学生的电脑都染上病毒,夏霜霜的电脑也不幸中招,望着电脑上弹出的要求汇钱到账才给解锁的窗口,夏霜霜一阵犯愁。

全世界第一可爱:老夏、老夏!我昨晚通宵写的剧本!被黑了!

夏天一点都不热:别说了,我刚建完的数学模型,数据也全没了。

全世界第一可爱:完了,那我昨晚发给你的备份肯定也没了。天下竟然有如此厚颜无耻之人。我去微博上看看,有没有人已经找到解决办法了。实在不行,我就先汇钱了……那可都是老娘智慧的结晶啊!

夏天一点都不热:你先别急,自乱阵脚,肯定有办法的,我去查一下看看这种东西的原理,然后试试看能不能破解。

全世界第一可爱:不想跟你这种学神说话……对了,你不是有凛神吗?放着这么尊大佛干吗不请出来用用?万一他能解决呢?

夏天一点都不热:给我时间,我也能行。

全世界第一可爱:我今晚就要交稿了啊,交钱还是拿命,你帮我选吧!

夏天一点都不热:……好吧,我去试试吧。

夏霜霜捧着电脑到教室的时候,正看见纪寒凛被一群莺莺燕燕围在中间,他拧着眉头,一脸严肃,掷地有声地教育那帮女生,道:"我们计算机系不是给人修电脑的。两个办法:一、上学校网站看通知;二、换台新电脑。"

那帮女生就悻悻地离开了。纪寒凛一转头,就看见夏霜霜像是受惊的二哈,宛如十分流行的那个"紧紧抱住小鱼干"的表情包，一脸紧张兮兮地抱住自己手中的电脑。

"夏二霜！"纪寒凛喊她。

夏霜霜仿佛学渣被老师点名回答问题，十分紧张，大声道："凛哥！我的电脑很好用！一点问题都没有！我不是来找你修电脑的！我知道计算机系不是给人修电脑的，就像我们数学系也不是只算1+1为什么等于2的！"

"……"纪寒凛白了夏霜霜一眼，拉了张凳子坐下，朝她朝了朝手。

"凛哥……"夏霜霜慢腾腾地挪到他身边，喊他。

"你的电脑也被入侵了？"纪寒凛头也不抬。

"嗯……"拼命点头。

"让你平时少看点小黄文，摊上事儿了吧？"

"没有！凛哥！要不要我双手举过头顶以证清白？"

纪寒凛："拿过来。"

"嗯？"

纪寒凛不耐烦地抬头，把夏霜霜怀中的笔记本电脑抢过来，掀开电脑盖就开机。

"凛哥……你们计算机系……不是不……"夏霜霜紧张地对手指。

纪寒凛面无表情："没有在修电脑，我只是在搞课外素质拓展而已，破解这个病毒，是我自己给自己安排的一节课。"

夏霜霜："……"

厉害了我的凛哥！

窗外那一群围观的女生这会儿才明白什么叫打脸。说好的不修电脑呢？凭什么夏霜霜的电脑就可以？好气呀！

夏霜霜坐在纪寒凛旁边，看着他写了无数串自己根本不认识的代码，七七八八地捣鼓了半天，屏幕上的警报忽然就解除了。

"凛哥！"

纪寒凛一脸看弱智的表情看夏霜霜："干吗？"

"凛哥你太厉害了惹！崇拜！"说完，立马打电话给冯媛，"老冯，凛哥搞定了，我马上把文件发你邮箱。"

电话那头传来冯媛惊喜万分的声音："我靠！太厉害了，凛神他们计算机系修电脑果然一流呢……"

纪寒凛："……"

夏霜霜："……"

挂了电话，发完邮件，许沨眼下挂着两个大大的黑眼圈，背着书包出现了。

出于队友间的关怀，夏霜霜问："许沨，昨晚没睡好啊？"

"嗯。"许沨低低应了一声，拉了凳子出来坐下，动静不小。

纪寒凛看也不看夏霜霜，只问："我也没睡好，为什么不问我？"

夏霜霜都被逗笑了："凛哥，你气色这么好又不可能是化了妆，哪里像昨晚没睡好的样子。"

"嗯……"纪寒凛尾音拉长，"我也就是吃了天生皮肤好的亏而已。"

夏霜霜："……"

于是，夏霜霜就看着许沨一面打着哈欠，一面在《神话再临》的世界里拼命翱翔，俨然一副为这游戏生为这游戏死的样子。

午饭间，撇开纪寒凛，夏霜霜、郑楷、林恕三个人进行了简短的交流。

郑楷："沨子这是真的疯了吗？你看他吃饭都闭着眼睛，也不怕把饭塞到鼻孔里？"

夏霜霜："那你去喂他。"

郑楷："我们不是在讨论为什么沨子这么拼地打游戏吗？小夏，你为什么忽然开起了车？"

夏霜霜："让你喂个饭就是开车？"

林恕："你俩别争了，你们难道没有发现，许沨没上自己的号吗？"

夏霜霜："该不会是登录的小号吧？"

郑楷："我去，不会是用小号带妹子上分吧？沨子这是陷入爱河了？"

夏霜霜若有所思地点头："应该就是这样，没错了！"

于是，他们最后得出的结论就是：许沨从前网瘾可没这么重。现在忽然用起了小号，一定是有了喜欢的人，所以才不眠不休地陪着对方。

夏霜霜总结："爱情真是个玄妙的东西，能把黑帮老大的心性都磨平，成为一只忠犬。"

第十章 你的小号

郑楷、林恕纷纷鼓掌。

加菜回来的纪寒凛看了他们一眼，坐下，问："你们聊什么呢，一脸春色？"

夏霜霜答："爱情。"

"爱情？"

夏霜霜："是的，爱情，凛哥你又不懂，嘿嘿嘿……嘿？"

纪寒凛手中筷子一顿，咬了口嘴里的香肠："我不懂，你懂。"

夏霜霜全然不察纪寒凛的语气已经有些降温，一面咬了口炸鸡，一面说："那是，凛哥我跟你可不一样，我好歹也是……"

"好歹是什么？"纪寒凛手中的筷子搁下了。

夏霜霜这才看见郑楷和林恕在拼命同她打眼色："也是看过108本言情外加208本'耽美'的博学多才之女子……"

郑楷同林恕这才松了口气。

在一片外界看似祥和、内在云谲波诡的气氛中，JS战队的诸位终于解决掉了他们的午饭。

回教室的路上，郑楷拉着夏霜霜，万般庆幸，道："小夏，刚刚真是太悬了，差点就暴露了我们觉得凛哥没有情根这件事情了。"

林恕："凛哥这么拽酷拽酷的人，没有爱情线，不会喜欢人，应该是正常的吧？"

夏霜霜："正常什么正常，许沨都找到灵魂伴侣了……"

林恕："那你呢？"

夏霜霜一卡："为什么忽然提到我，我、我当然是喜欢彭于晏啦！"

郑楷、林恕："……肤浅！"

下午的时候，因为其他几个人都有事情，电竞教室只有夏霜霜和许沨在。

夏霜霜一个人拿着新练的英雄单排数把后，有点绝望："我是不是上错车了？为什么我仿佛每次都排到了掉分车队？"

一旁的许沨鼠标啪啪点了点："夏霜霜，你帮我上个号，做个成就，行吗？"

夏霜霜手一抖。

难道是许沨灵魂伴侣的号，许沨为了给她惊喜偷偷帮忙做成就？

黑帮大佬谈起恋爱来，也是很酥很甜的嘛！

那是许沨第一次主动开口请她帮忙，夏霜霜自然不会拒绝。练习嘛，哪个账号不是练？赠人玫瑰还手留余香呢？许沨要是能从此被爱感化、改邪归正，她就再也不用看他摆着那张黑煞煞的脸了。

是好事情！

夏霜霜爽快地答应了："没问题啊，账号密码发过来。"

许沨飞快地把账号密码发到夏霜霜的微信上，夏霜霜立马输入，果然，是个女号！

夏霜霜仿佛窥探到什么隐秘而伟大的爱情，暗自在心里嘿嘿笑了两声。

毕竟做了这么长时间的队友了，许沨和夏霜霜配合算是默契，而且许沨似乎对这个成就十分熟练，半个小时就带着夏霜霜把成就做完了。

"这个号也要做一下……"许沨顿了顿，探寻地问夏霜霜，"行吗？"

夏霜霜一愣，还有个号？转念一想，谁玩个游戏还没几个小号来着？于是就点了点头。

账号密码又一次发到夏霜霜的微信里，这次的成就做得更快，二十分钟就结束了。

夏霜霜偏头，看见许沨将要张口，她抢先问了："不会还有个号也要做吧？"

许沨点了点头，单眼皮皱成了双眼皮："可以吗？"

夏霜霜一边退出账号，一边回答："来吧。"

心中却不由得腹诽，许沨这是要做出个520来送给灵魂伴侣？

这样的疑问没有持续多久，许沨就又发来了第四个账号密码。

等等，许沨这灵魂伴侣的号是不是有点多？

夏霜霜刚登录，好友系统一个头像就闪了闪，她顺手点开，是一个ID为"恋恋沨轻"的人发来的密聊。

"许沨，有个叫'恋恋沨轻'人给这个号发密聊哦。"

许沨眉头一皱，果断地道："不用管。"

"咦？她说她是这个号的号主？"

许沨一顿："问她什么事情。"

夏霜霜飞快地在键盘上敲字：有什么事儿吗？

第十章 你的小号

177 ☆

仔细想了想这个语气很不符合许沨的气质形象，她点了删除键，重新打上"什么事"三个字，然后回车键，发了出去。

那边停顿了一会儿，过了50秒，发来一段话。

恋恋沨轻：=￣ω￣=没什么啦，就是看到自己的号在线，就想看看你现在是不是有空。我现在用的这个号想上个分，你要是在忙的话，我就自己找别人帮我上一下分啦！

10秒钟后，那头又发来了消息。

恋恋沨轻：……你忙吧，不打扰啦！

夏霜霜太懂了，当一个女孩子说"你去忙吧、你去睡吧、我自己一个人也可以啊、没事儿的你去吧……"等等一系列表面上看起来是让你去做自己的事情的时候，实际上，她们心里想的是，"我靠你个傻×，你要是真的敢去，你信不信老娘现在就拿刀把你劈成两半？"

夏霜霜拍了拍胸口，幸亏这会儿是她在上号，要是换成许沨那么耿直的个性，一定会中招！

夏霜霜赶忙敲字回复：不忙。

恋恋沨轻：0(∩_∩)0~~真的吗？

恋恋沨轻：那个……其实，我有话想跟你说的。

夏霜霜继续许沨上身：你说。

恋恋沨轻：沨哥……其实，我、我有一点点喜欢你。

恋恋沨轻：啊！不是一点点，是很多，很多很多！

恋恋沨轻：因为不想造成你的困扰，所以才一直没有说呢！可是，如果有一天我真的忍不住跟你表白了，不是因为我今天才喜欢上你，是因为我实在憋不住了，我想让你知道。

恋恋沨轻：是不是吓到你了？如果很为难的话，就当作没有看到好了！你就当我一个人自言自语b(￣▽￣)d……

恋恋沨轻：但是，还是想知道，我可以做你女朋友吗？或者，你愿意做我男朋友吗？！

夏霜霜隔着屏幕都可以感受到对面那个妹子手心发汗地在键盘上敲这些字的样子，明明紧张得不行，还要用萌萌的语气说这些话，打字速度这么快，背地里却不知已经预演了多少遍。谨慎地、小心翼翼地、珍而重之地，好像至宝一样把自己的喜欢捧在手心里，一点一点递到喜欢的人的面前，就是想看到他一抹笑意，得到一个回应。

那样的喜欢，真是不忍心让人摔碎。

夏霜霜酝酿了一会儿，才开口："许沨，号主说，她喜欢你，问能不能做你女朋友？"

许沨飞快操作的手忽然一顿，慢悠悠地转头看了夏霜霜一眼，夏霜霜只觉得那眼神里都藏了刀子，他从自己的位子上起身，双手放到夏霜霜的键盘上："我来。"

然后，夏霜霜就看着许沨一个字一个字打到对话框里。

"你是不是不想付代练费了？"

夏霜霜内心："喵喵喵？什么鬼？只是代练而已？许沨什么时候干上代练了？以及，一个这么萌的妹子的表白，许沨居然觉得对面是想跑单？"

恋恋沨轻：不、不是的！

"把之前的费用都结一下吧，你的单子，我以后不接了。"

打完这行字，许沨又面无表情坐回自己的位子上。

恋恋沨轻：可不可以当我刚刚什么都没有说过？

恋恋沨轻：报告！刚刚是我弟弟上的线，我现在就去打死他！

夏霜霜：……

这么萌且可爱的妹子，许沨居然只想着跟她收钱？！

夏霜霜盯着电脑屏幕，问许沨："许沨……你怎么干上代练了？所以……你通宵不睡是在给人做代练？你……很缺钱？"

许沨手指一僵，低低应了一声："嗯。"

夏霜霜："那……"

"不需要。"许沨把夏霜霜的话打断，"我还能应付过来。"

夏霜霜偏头看了许沨一眼，少年的面庞憔悴，长长的刘海儿搭在额前，眼底浮起的青色透出疲惫。想了想她又开口："我不收你利息……"

"不用。"许沨顿了顿，破天荒地说了句人话，"谢谢。"

好意再次被拒绝，夏霜霜抬手敲了敲脑袋："还有别的号要代打吗？"

"有……"许沨回答得很干脆。
"……"还不如直接借钱给他呢!

于是,纪寒凛回来的时候,就看见夏霜霜伸长脖子盯着电脑屏幕,拼命敲键盘。
"练了一下午?不累?"纪寒凛坐下,问。
夏霜霜明显感觉到一旁许沨的手一僵,年少时的尊严是比命还重要的东西,夏霜霜不知道许沨出于什么原因会愿意把脆弱的那一面留给自己,但考虑到许沨对自己的信任,她还是决定替许沨"挽尊"一波。
"还好,决赛在即,应该的。"
许沨的手又飞快地敲起键盘来。
纪寒凛摁开电脑:"夏二霜,来双排。"
夏霜霜和许沨的手同时一顿。
纪寒凛的鼠标在好友列表里滑过:"你怎么不在线?"
许沨以"APM800"的脚速直接踢翻电脑排插,夏霜霜的电脑屏幕以光速黑掉,两人皆在安静的空气中深深地叹了一口气。
"凛哥你看错了吧,我明明在线啊。"随即,夏霜霜弯腰翻到桌子下面,以奥斯卡影后的演技开始表演,"我靠,谁把我的电源线给踢掉了?"
夏霜霜抖着手把电源插回去,坐回位子上时,已经面色平静,好像刚刚的一场戏并不是在演的。
纪寒凛偏头深深地看了夏霜霜一眼,这二霜到底在搞什么鬼?偷懒?他纪寒凛可不是眼里能容沙子的人,傻子一样不行。
以及,她跟许沨两个独处一个下午后,为什么两个人的气场都潜移默化地和谐起来?
纪寒凛不由觉得脑内警钟大鸣。
夏霜霜是他一个人的这种观念,不知何时竟然已经植入他的意识,在他的脑中生根发芽,以至于,看着她和别人稍微亲近一些,他都觉得牙疼?
"快点!快点!"纪寒凛敲桌子,"双排!双排!"纪寒凛抖腿。
夏霜霜好不容易重启电脑,登录上游戏,就立马收到了纪寒凛的组队邀请。

直到夏霜霜点了同意，头像出现在他的队伍里后，纪寒凛才觉得，脑袋里那恼人的钟声稍微小了一些。

训练一直持续到晚饭时间，郑楷在微信群里约他们一道吃饭，纪寒凛也觉得自己是不是逼夏霜霜太过了，就退出了游戏：“走吧，去吃饭。”

"我就不去了。"许泖蓦然开口。

不去就不去，纪寒凛懒得问原因。

"你不吃会不会饿啊？要不待会儿我给你打包点回来？"夏霜霜站起来，语调关怀地问道。

许泖抬头看了眼夏霜霜，而后点了点头："谢谢。"

夏霜霜一面把包背到身上，一面说："不用客气，你……你也别太累着了，注意休息啊！"

许泖再度点了点头。

一旁手插口袋看戏的纪寒凛心潮有些涌动了，这两人平时一个月都说不上三句话，刚刚短短的一分钟里，居然讲了这么多字？这个下午到底发生了什么？驱散了夏霜霜对许泖的敬畏之心，磨灭了许泖对夏霜霜的不屑之心？

纪寒凛有小情绪了。

去吃饭的路上，纪寒凛步速极快，且沉默不言。跟在他身后的夏霜霜一脸迷茫，不知道为什么纪班主任的情绪这么不稳定。

难道是她双排的时候表现不好？

不应该啊，她明明优秀地辅助纪寒凛拿下了无数个MVP啊！

难道是她下午说错什么话了？

更不应该啊，一个下午她因为怕自己说漏嘴许泖代打的事情，一直咬着嘴唇不敢多说半个字啊。

难道是……

走在前头的纪寒凛突然停下脚步，夏霜霜就猝不及防地撞了上去。

少年的脊背宽阔有力，少女的身体散发着淡淡清香。

夏霜霜揉着额角，面色不爽地埋怨，道："凛哥，你停车，你要亮灯啊！"

纪寒凛掏出手机，把手电筒的功能打开，照着夏霜霜的眼睛晃了晃："好了，亮过了。"说完，又把手机收了回去。

夏霜霜："你……你这犯规！"

纪寒凛无赖地道："我有延迟而已。"

夏霜霜："……"

纪寒凛："所以，你刚刚在想什么？"

呃……被看穿了吗？

夏霜霜展颜一笑："我在想等下吃什么！"

纪寒凛面色如霜："郑楷约我们去的是火锅店，你还打算吃牛排吗？"

夏霜霜卡壳了："所以，后来我就在想，给许涑带什么回去。"

"哦？"纪寒凛尾调一扬。

夏霜霜很怕他接一句霸道总裁的标准自言自语——有趣。

"其实、其实，凛哥我是看你好像有点生气，但是又不知道你为什么生气，所以在猜你到底在生什么气……"

仿佛一个费尽心机去猜女朋友心思的男朋友。

纪寒凛眉尾一抬："我生气？我为什么要生气？！"

这……当然要问你本尊了啊！

"对……我有努力在训练，而且操作也越来越溜，所以，我觉得凛哥你当然没有在生气！"

哄哄女朋友好了。

"你的意思是，我纪寒凛只可能生你一个人的气？我为什么只能生你一个人的气？我不能生别人的气吗？你是我的谁啊？我就只能对你生气？"

夏霜霜："……"

这个人絮絮叨叨说了这么长一段，到底在说什么，简直比女朋友还无理取闹。

夏霜霜投降："是是是，凛哥你长得帅，说什么都对。"

纪寒凛傲娇地仰头："不要以为你尊重客观事实夸我帅，我就不生你气了。"

"？"夏霜霜简直黑人问号脸，绕了一圈，纪寒凛还是生她的气了？以及，生气的原因不明？

而纪寒凛在跟夏霜霜莫名其妙地辩论完一番后，也觉得自己似乎有哪里做得不太对。

他好端端地为什么要生夏二霜的气？以及，从前的自己也不是个会随便生气的人吧？！

两人各怀心思地走了一路，到了火锅店时，郑楷和林恕已经在抖腿等了。

郑楷朝他们挥手，望了望身后，才问："沨子怎么没来？"

"他还在训练。"夏霜霜拉开凳子坐下，"待会儿给他打包点吃的回去就好了。"

郑楷察觉到气氛有些诡异，小夏什么时候对许沨的事情说得如此日常了？

纪寒凛补充道："吃剩下的就可以。"

林恕在郑楷的眼神示意下，也开口了："许沨最近的训练有点勤。"

正在烫羊肉的夏霜霜手一抖，煮熟的羊肉掉进了热气滚滚的锅里，被纪寒凛捡了漏。她无奈，又夹了一筷子羊肉，在辣汤里轻轻抖了抖。

"也许是觉得决赛快到了，想要加紧练习吧。许沨要面子嘛，输了多不好。"夏霜霜搪塞道。

纪寒凛把羊肉在调料碗里略略蘸了蘸，送进嘴里，"我也要面子。"嚼了嚼，"夏二霜你也多练习。"

夏霜霜："……"

喂！许沨要面子所以自己努力练习，为什么你纪寒凛要面子，就要我夏霜霜努力练习啊？

林恕："霜霜已经进步很大啦！"

郑楷喝了一大口饮料，拼命点头附和："以前是送命题，现在是送分题，确实进步了！"

夏霜霜："……快点吃，你队还有一名队员不知生死、在几公里外嗷嗷待哺呢！"

于是，纪寒凛夹菜、烫菜的动作更加优雅缓慢起来，吃东西的时候仿佛视频开了 0.5 倍速的慢动作播放。

一顿火锅在声讨夏霜霜中悠然度过，四个人均吃饱喝足后，夏霜霜开始忙着给许沨打包饭菜回去的事宜。

她端着菜谱认真研究："来份海鲜炒饭吧，再来一杯苹果汁。整天对着电脑还熬夜，需要多补充维生素才行……"

夏霜霜合上菜谱，抬头就看见同桌而食的三个人均一脸震惊地看着她。

郑楷眼睛一眯："有情况？"

夏霜霜瞪他一眼："狗屁的有情况，这是队友之间应有的、正常的关心！"

纪寒凛拿湿巾擦了擦手："一点都不正常。"目光皆聚焦在他的身上，话筒都想递给他，"我对他就没有这种关心。"

夏霜霜："……"

你自己冷漠无情、无理取闹，为什么要"甩锅"给我啊？

好在还有林恕这个朴实无华的老实人在，他站夏霜霜这边，道："霜霜说得没错，许沨确实该补补的。"

回到教室的时候，夏霜霜把还热乎乎的饭菜搁在许沨的桌子上："还热着呢！快点吃吧，是不是饿死了？"

许沨手背把饭盒往外推了推："我打完这局就好。"

夏霜霜瞥了眼许沨的电脑屏幕，一局比赛才开始 5 分钟，场上的人头已经是 1:7，可见许沨这场队友有多猪。要打赢一局，必然要许沨 carry 全场，逆风局守水晶来来回回可能就是一个小时朝上。夏霜霜又看了眼饭盒，起了善心："你先吃吧，我帮你打一会儿。"

许沨看了夏霜霜一眼。

"没事啦，反正我用哪个号不是用，你就当我是超智能托管好了，你吃完再回来接管嘛。"夏霜霜推了推许沨的肩膀，"让我就好啦！"

一旁的纪寒凛有点看不下去了："你这是不信任夏二霜的技术，想让我替你上？"

夏霜霜望着天花板翻了个白眼，许沨这才让了宝座，唇动了动，还是发出了那声微不可闻的"谢谢"。

夏霜霜坐到许沨的位子上，开始心无旁骛地代打。倒是跟她隔了两三个人远的纪寒凛十分心不在焉，不时地余光瞥过来，目光所及不是勤勤恳恳代打的夏霜霜，就是埋头苦干拼命扒饭的许沨。

牙疼……疼得很。

许沨一顿饭吃得很快，收拾饭盒的时候，夏霜霜一局刚好结束。

"MVP！6不6？"夏霜霜指着屏幕上的结算信息，跟许沨吹嘘。

郑楷伸了脑袋过来："6666！"

夏霜霜看许沨要起身去扔垃圾，赶忙把位子让了出来："许沨，你过来接着打吧，我去帮你扔垃圾……"看四周目光如刀，"刚好我想去个洗手间……"一个有效的挽救。

于是，夏霜霜如芒在背一般逃出教室。

一个晚上的训练结束，众人纷纷收拾东西回寝室，只有许沨还在电脑前纹丝不动。

"我还有一会儿，你们先走吧！"电灯关到只剩他头顶的一盏，夏霜霜收了手。

想了想，她又掏出手机给许沨发了条微信。

夏天一点都不热：早点休息吧，还有号的话，明天我帮你打。

等夏霜霜走回宿舍，才收到许沨的回信。

社会你沨哥：就快了……

再也没有下文。

隔天定的五人训练时间是下午两点，夏霜霜早早到了之后，发现许沨的位子上空荡无人。

约莫是昨天又通宵了，所以这会儿还在补觉吧！

夏霜霜开了电脑，打开《神话再临》，继续练习补兵。

时间飞快，等其他三个人也来了后，许沨还是毫无动静。

郑楷抬手，看了看他手上镶钻的名表："说好的今天打团呢？沨子怎么还没来？"

夏霜霜："兴许还在睡吧？"

郑楷皱眉："给他打个电话？"

夏霜霜："那不太好吧，让他多睡会儿呗！我们先练……"

话音刚落，纪寒凛眉头一皱，拿起手机翻起通讯录。

=第十章 你的小号=

让他多睡会儿？

不可能的。

尚未翻到，夏霜霜的手机先响了，来电显示是许沨的名字。夏霜霜眸光一闪，转过身去，把电话接起来，压低嗓音："喂？"

电话那头是许沨的声音，略显沧桑。

"霜霜。"他头一回这么亲昵地叫她。

"嗯。"夏霜霜应道。

仿佛有些犹豫，许沨开口："能不能帮我个忙？"

第十一章 学分是命根

夏霜霜一开始觉得许沨给自己打电话，肯定是遇到麻烦了，他肯开口让她帮忙，好歹算她半个自己人，帮他再代打几个号也是可以的，没问题。直到……直到他开口说要跟她借20万的时候，她吓得手机都要掉了。

"你……"夏霜霜舌头发抖，"你是遇到很大的麻烦了吗？这么多钱……我、我一个人不行的。"她抬眼看了看坐在电脑前的三位，"我可以，找他们三个，帮忙吗？"

电话那头顿了顿，有吵吵嚷嚷、哭天抢地的声音。

"麻烦你了。"许沨说完就挂了电话。

接着，就是嘟嘟嘟的忙音。

郑楷凑过去："怎么？沨子是有理由地逃避团队训练吗？"

夏霜霜双手捏紧手机，握在胸前："许沨遇到点麻烦，想跟大家借点钱……"

郑楷一脸轻松："我当什么事儿呢？能用钱解决的问题，都不是问题，要多少？"

郑楷已经打开支付宝准备转账了。

"二、二十万……"

郑楷手一抖，林恕抢先问了："这么多？"

郑楷："虽然我本人觉得这一点都不多啊，可是，沨子到底是出什么事情了，突然要这么多钱？"

夏霜霜摇了摇头："我也不清楚，电话里也说不明白，等他回来再问吧。"

说完又看郑楷,"这钱也不用你一个人借,我这么多年跟爹妈斗智斗勇存下来的压岁钱和奖学金,能拿出来一些,不够的再由你贴吧?"

林恕也抢着说:"是啊,我也有,我也拿出来。"

纪寒凛冷冷一哂:"这年头有抢着欠钱不还的,没听过还有抢着要借给别人钱的,我出五毛……"

话虽这么说,纪寒凛也眼明手快地打开银行 APP 查余额去了。

等把钱凑齐了打到许沨的卡上,跟他确认过后,一群人已经没有训练的心思了。

郑楷:"沨子这个人平时就阴沉沉的,该不是摊上事儿了要花钱摆平吧?"

林恕:"许沨虽然不爱说话,但不至于做违法乱纪的事情。咱几个有事儿的时候,他虽然嘴上不说,可都是帮了忙的。"

郑楷点了点头:"也对。"

夏霜霜不停地看电脑桌面右下角的时间,一面伸手敲着桌子:"也不知道许沨怎么样了,最好能帮到他……"

纪寒凛手指叩了叩桌面:"与其有那个心思编故事会,不如安安心心训练,你们的担心也不能给许沨加 buff。"

夏霜霜翻了个白眼:"冷漠。"

郑楷横了纪寒凛一眼:"无情。"

林恕张了张嘴,摇了摇头,没把"无理取闹"说出口。

许沨回来的时候,满脸疲惫,队友们都朝他投去关切的目光。但大家也只是看着他,看着他推门而入,看着他拉开椅子,看着他把背包卸下摔在桌子上,全程只字未问。

沉默良久,还是许沨先开了口:"你们不问吗?"

众人齐齐摇头。

"那可是 20 万,你们不怕我跑单?"他的语调里已带了些许湿意。

郑楷:"怕是怕的,不过爸爸有钱,就没有特别怕了。"

夏霜霜:"那我就要继承你的《神话再临》账号了。"

林恕:"沨哥你不会的,我相信你不是那样的人。"

纪寒凛:"你要是跑单了,我就把你的头拧下来。"

许沨:"……"

他眼眶泛红,眼前这几个人,相识不过数月,彼此之间的默契在一场一场的比赛中堆积成山,即便在外人看来他冷漠不多言辞,开口求助也是万般无奈之举,却从未想过那场帮助来得这样果断及时,不问因由,不问去向。

只是毫无条件地信任他罢了。

许沨深深地吸了口气:"虽然你们不问,我也不是很想说,但我还是该给你们一个交代。"

众人皆凑过去,捧脸一副听说书的表情。

"我借钱是给我叔叔还赌债的,我从小就没了爸妈,被叔叔婶婶领回去养的。这不是他们头一次跟我拿钱,最早打游戏的时候我才发现,原来这玩意儿竟然还可以赚钱。这么多年了,这是最后一次了,欠他们的,我已经都还清了。"

三言两语,复杂的人情关系、过往的黑暗历史、如今的困境困局,统统交代得一清二楚。幼年痛失双亲的经历,都仿佛在漫漫人生路中一点一点烟消云散。

许沨:"欠你们的钱,我会还的,就是时间可能会久一点。"

"那得多久啊?靠你一个单子一个单子地打出来?"郑楷笑眯眯的,"要不你肉偿吧?"

许沨脸色一紧,严阵以待。

"我的意思是,给咱们战队拿外卖、收快递、买奶茶,时薪算你贵一点,一小时 20 块!"郑楷笑道,"瞎紧张个什么劲儿啊?"

夏霜霜开始飞快地计算:"一小时 20 块,一天就是 240 元,20 万得还 833.33 天,零头不要了算你年终奖好了,那就是两年 3 个月零 13 天。"

林恕:"一天工作 24 小时,太惨了吧?"

纪寒凛点了点鼠标:"他倒是想一天工作 48 小时呢?老天爷不赏他这口饭吃。"

众人:"……"

凛哥的思路如果偶尔不这么清奇,也许大家还能成为好朋友呢!

许沨:"那……"

郑楷补充:"雇主就是上帝,以后你可不许这么一副黑帮大佬要生要死的脸对着我们了啊,你必须保持微笑,要让雇主身心愉悦!"

许沨:"我……"

夏霜霜接上:"附议。"

林恕:"附议。"

纪寒凛:"准奏。"

众人:"……"

凛哥真是一个会占人便宜的高人呢!

于是,在郑楷的调教下,许沨从之前那个不苟言笑、只会放狠话的"社会型沨哥"成功转型为面带微笑、谦卑有礼的服务型小沨子。

郑楷看着面带微笑收外卖的许沨,不由得感叹:"钱真是个好东西啊,能把人变成截然不同的样子。"

夏霜霜纠正他:"与其说是钱改变了许沨,不如说是我们改变了许沨啊。我觉得他现在这副样子,比从前可爱一万倍。"

郑楷若有所思地点了点头:"也对。"

林恕托腮:"不敢想象,居然有朝一日可以用'可爱'这个词语来形容许沨……"

夏霜霜点头:"确实有点都市玄幻悬疑惊悚的意味了。"

纪寒凛坐在一旁,看着眼前四个熊孩子一样的队员,不由得唇角一弯。

轻风拂过,芳草萋萋,充满生活气息与友谊长存的教室里,正焕发着勃勃生机。

于是,半个月飞快地过去,JS战队迎来他们生平第一次决赛——虽然只是一个校级的比赛,但对于他们来说,也是有划时代的意义了。

其中,第一紧张的就是夏霜霜了。

"怎么办?我有点小紧张还有点小焦虑!"

林恕十分好心,递过去一瓶矿泉水:"霜霜,别慌,喝口白水压压惊。"

纪寒凛眉梢一抬:"作为你的队友,我们都没有紧张,你凭什么紧张?"

郑楷:"我靠,凛哥你不说还好,你一说我腿都软了……"

许沨："德行。"

夏霜霜："……能不能有点集体荣誉感，关心一下队友，认真安慰我一下？孕妇还有产前忧虑症呢，我凭什么就不能赛前紧张啊？好歹对面KY战队是职业战队好吗？平时训练时间是我们的三倍还要多。你们能不能不要盲目自大啊？！"

纪寒凛冷冷一笑："哦？当初忽悠我们来参加比赛的时候，是谁说的'我觉得你们很强'？现在自己打脸了？"看夏霜霜两条腿不停地抖着，纪寒凛又忍不住说了句好话来让她安心，"你心放宽点，学分不是已经拿到了？"

"跟学分没关系！"夏霜霜很快地回嘴。

另外三个正在捣鼓背包的手也停了下来。

跟、学、分、没、关、系！

为什么会没关系？从一开始她参加比赛不就是为了拿学分吗？从一开始她选择电竞这门课程不就是为了拿学分吗？从一开始忽悠大家一起跟她打比赛，不就是为了学分？甚至跪舔各位大佬，求他们带自己上分？

究竟是从什么时候开始，一切都不一样了？

是她熬夜通宵补兵练英雄，身旁都有那么一群人在？

还是自己在游戏里被人欺负了，队友们的无脑护让她觉得很有安全感？

又或者是，和队友们并肩拿下一场场比赛？

还是坐在赛场上，看到下面摇晃闪烁的灯牌，占有欲旺盛，希望那里也能有自己的一席之地？

总之，真是说不清楚。

纪寒凛眼底有隐隐的笑意："哦？你的初心呢？啧啧……"

初心？那是什么？可以吃吗？

夏霜霜不想跟纪寒凛纠缠："哦，不要再来打扰我，让我认真地紧张一下，可以吗？"

夏霜霜一面抖腿，一面翻出自己的小本本，上面记录了KY战队主力的习惯操作和打法。临开赛前两天，夏霜霜不仅练兵，还特意从网上找了KY战队之前的比赛视频，有针对性地一一分析研究，但其实，实战和理论还是有很大差距的，眼下她只希望自己能熟悉对方的套路，在面对时能最快应对。

纪寒凛斜眼瞥了一眼她的小本本,又是一幅幅灵魂画作,旁边还做了批注,比如,"这个套路很 666,但我不慌,一个定身过去就好",又比如,"这个大招很强,但是我一个闪现交过去就很能犀利地打断",再比如,"这个时候已经没有办法了,只能跑!记住,要快!"

"我觉得你以后就算成不了职业选手,也可以去出书了。"纪寒凛抬手摁了摁眉心。

"凛哥,你也觉得我这样写得很生动形象吧?!"

"反正真正的股神是没有空教你怎么炒股的,有空上电视给你分析技术面的,都是想骗你当接盘侠的。同理……"

"我没有要找人当接盘侠!"为什么这个解释很是苍白,强行不接盘侠?

"好了好了,凛哥。"郑楷上前劝说,"小夏都紧张成这样了,你就别给她施压了,你不知道,她慌,我更慌,万一直接给对面助攻了怎么办?"

夏霜霜:"……"

这都是什么队友?

一行人吵吵闹闹,直到比赛开局。

先是 BAN&PICK 环节。

夏霜霜依旧抖着腿,嗓音都发着抖,强势宽慰队友:"凛哥,你放心吧,妲己我玩得贼溜!"

话音刚落,对面 ban 了妲己。

夏霜霜:"……"

郑楷嘴角一抽:"小夏,你还真是毒奶啊。"

夏霜霜腿抖得更厉害了:"那个,其实,凛哥,我……"

纪寒凛:"闭嘴!别说!"

夏霜霜乖乖闭了嘴。

对面也不知道什么毛病,把他们平时训练的常用英雄都给 ban 了。

林恕:"对面有备而来?怎么这么准?"

郑楷:"不至于吧?职业战队有这个必要?"

许涢松了口气:"还好我英雄池深不见底……"

纪寒凛斜睨了夏霜霜一眼,意有所指地道:"那也抵不过队伍里有个叛徒，英雄池浅得站起来都能冒出脚踝。"

夏霜霜："……"

话是说得没错，但是为什么听着就全是毛病呢？

夏霜霜："你说的肯定不是我夏某人，我最近有练新英雄，只是你们不知道而已。"

说完，直接PICK了膀大腰圆的项羽。

众人："……"

项羽这个英雄十分讲究操作技巧，大招推人技能可以直接沉默对方技能3秒，造成大规模伤害值并且推行一段位移距离。而操作重点在于，推人的方向，新手经常存在不小心把敌手推回对面塔下然后自己被防御塔爆死的情况以及……把敌人推向队友的反方向直接把人送走的情况。

而夏霜霜练了个连自己队友都不知道的新英雄，简直令人害怕到毛骨悚然。

郑楷："你、你就这么锁了？你不问一下队友的意见？"

林恕："要不，霜霜你来和我手牵手打野？"

许泅："求你别和我碰面，我怕我刚抬手要锁定对方，你直接给我把人推走。"

夏霜霜握着鼠标的手也跟着抖了抖，牙齿打战："凛哥，你来讲句公道话！"

纪寒凛："这局比赛，大家心态要稳，虽然，我方4打6。"

夏霜霜："……"

"闭嘴！我没有你们这样的队友！"

哦……我们也不想有啊！

台下看着夏霜霜选了个项羽的冯媛不由得在心中感慨："哇，我家老夏就是厉害，选个英雄都自带反差萌呢！"

真是无脑护到不行。

比赛开始，战斗的号角吹响。

夏霜霜一马当先冲出泉水，直奔下路，然后在兵线那一片挥舞大刀，胡乱走位。

纪寒凛："我已经当我队没有下路了。"

郑楷："我是谁？我在哪里？我怎么在中路？"

林恕："感觉自己上场直奔的是对方野区……"

许泖："只要支援一路，感觉轻松了起来。"

虽然，每个人的嘴巴都没停，但手也一样没停，补兵一个不漏地都拿下。

夏霜霜："哼，让你们看看我的成长！"

话音刚落，一个大招直接挥向空地。草丛内纹丝不动，啥也没有。

众人："……"

纪寒凛："我仿佛看到了一个巨婴，年纪轻轻，眼睛就瞎了？"

夏霜霜轻咳一声："这叫预判，不出意外，很快就会有敌人路过这里了，你们信我！"

纪寒凛眉梢一抬："两个小时后？"

夏霜霜："……"

对面一阵窸窸窣窣，夏霜霜忙里偷闲地抬头看了眼对面的表情，KY战队队长暗战脸上露出轻蔑的笑容，几个人的嘴唇都动了动，仿佛交流了一下对面项羽真是菜鸡的心得，然后齐齐朝下路而来。

三人围攻到夏霜霜身边，夏霜霜补完兵，丝血逃回防御塔下，后方打野、ADC追进，夏霜霜抬手秒回血后，释放大招。

"First blood！"

"double kill！"

游戏提示音瞬间在赛场上响起，JS战队的诸位都愣了一瞬，我队除了夏霜霜还有第二个卧底？

再一看战队比分。

2:0。

？

竟然是我方的人头？还两个？还都是夏霜霜的？！

夏霜霜得意一笑："不懂了吧？我这种操作叫松懈敌方心智，先让对面以为我是块短板，内心产生必胜的幻觉，然后火力朝我而来，最后被我一刀毙命。"

纪寒凛："打个竞技游戏跟玩橙光游戏宫心计似的，还得意成这样。"

夏霜霜轻松一摁鼠标："这叫战术，所有可以制胜的方式，都叫战术。你们都学着点。"

KY战队的几个人脸色都不太妙，没有想到一下子赔进去两个人头，这下子才明白，对面的那个Beauty，其实就是个扮猪吃老虎的。

于是，他们的心态也谨慎了起来。

比赛进行到36分钟，比分已经是23:47。JS战队已经被推到只剩一座水晶，而KY战队还保留有3座高地防御塔。

毕竟是职业战队，彼此之间的默契程度不是一朝一夕就能练就的。

夏霜霜他们的心态倒也尚可，毕竟差距还是可以接受的。

于是，第一把输了之后，大家都心平气和地去准备下一把了。

夏霜霜在选手休息室稍歇片刻后，去了趟洗手间。

于是，在洗手的时候，就听见外头KY战队几名队员的全程聊天。

"不是说那队很强吗？阿青在直播的时候，都吹到天上去了？"

"野鸡组合而已，能厉害到哪里去？"

"也不是吧。"夏霜霜走出去的时候，正是暗战在说话，"除了那个女的，其他几个的意识都还不错啊……"他轻蔑一笑，食指擦了擦鼻尖，"来我们队做个替补，还是够格的吧？"

"哈哈哈——"一段极具反派特性的大笑。

看到从洗手间出来的夏霜霜，暗战脸色一凛，而后勾唇坏坏一笑："怎么？小美女，以后，要不要哥哥带你上分？"

夏霜霜都快气笑了，她不过低分高能而已，有纪寒凛他们在，什么时候轮得到这个叫暗战的棒槌带她上分？再说了，她凭自己的实力，难道还当不了最强王者？

"不用。"夏霜霜张嘴准备回击的时候，身后传来一声熟悉的叫唤。

"夏二霜。"

夏霜霜准备捍卫组织搞事情的心瞬间收了，立马一个标准的立正，转头，纪寒凛就站在她身后。

"听说你要叛变？"纪寒凛站在洗手台前，摁了几下洗手液在手上绕了一圈，起了一层白白的小泡泡。

"没、没有！怎么可能？"夏霜霜赶忙摆手。

"哦。"纪寒凛抬手摁下水龙头，清水倾泻而出，他将手洗净，"那你在这里废什么话？"

话毕，他伸手钩住夏霜霜的脖子，直接把她拖走。

"凛哥，你勒住我脖子了，我要窒息了……"

纪寒凛把手松了，夏霜霜白皙的脖子都勒出了一道红痕。

"凛哥，我刚刚就是气不过，他们不过是赢了一场而已，有什么了不起吗？我们有那么好笑吗？一点都不好笑啊！还有，让凛哥你们去给他们当替补，算个怎么回事儿？"

纪寒凛俯视夏霜霜，眼前的小丫头满脸的怒气，一股子要怼天怼地跟人打架的样子，虽然必定是打不过的，但之前自己遇事的时候，也没见着她这么激动。

"我们输了，这是事实，不争的事实。"纪寒凛平静地道。

"可是，凛哥，他们嘲讽我就算了，凭什么嘲讽你们？！"

"你还不明白？"纪寒凛眸色转深。

"明白？明白什么？"

"不管我们操作如何，在外人看来，我们都是一个整体，你没有办法在战队里还把自己当作一个独立的个体，让外人把对我们战队的评价割裂开来。你是你，但你也不只是你……"纪寒凛深深地看了夏霜霜一眼，"我知道你心里在想什么，但是，一个战队，不是只有我们四个强大就可以的。又或者，我这样说，你希望别人评价 JS，是四个最强王者加一个倔强青铜的战队，还是，那个战队里的每个人都有神操作？"

夏霜霜有些愣，她一直以来想的确实是，自己要不断强大起来，不再拖队友后腿。别人喷她队友的时候，她也会生气、会想要挺身而出帮他们怼回去，并不断强调所有的失误都是她一手造成的。而唯一没有想的是，把自己放在和他们一样的位子上，所谓并肩作战，她也只做到了形式上的并肩而已。打心眼里，她都觉得自己是矮了队友一截的。

"所以，想让别人看得起你之前，你要先自己能站起来，站得高，站到最后……"

夏霜霜抬眼，看着眼前的这个少年，剑眉星目，薄唇微抿，鼻梁坚毅，周身仿佛散发着心灵鸡汤的光芒，甚至想给他颁上一座人生导师的奖杯。

很奇怪，每次一被纪寒凛教育，或者说是开导，夏霜霜都觉得自己仿佛有了全新的认知，她内心是有干柴的，却总是缺一把火来烧旺，而玄妙的是，每次那火把都握在纪寒凛手里。

"走吧。"他伸手拍她脑袋，推门进了休息室，夏霜霜望着他的背影，捏了捏拳。

我也会强大起来的，和你们站在一起，一起站在最高的地方！

然而，强大不是一时就可促成的，接下来的两场比赛，JS战队都惜败于KY战队。

KY战队暗战接受采访的时候，夏霜霜就一脸面无表情地收拾外设装包，一边收拾一边问："待会儿吃什么？我知道有一家烤鱿鱼不错，个头大、劲儿足，一起去吧，我请大家，都辛苦了。"

郑楷有点慌："为什么听着有点像散伙饭？"他神色紧张，"这太反常了，小夏为什么没有抢着背锅，反而这么平静？难道她是想脱团？"

林恕点点头："毕竟学分已经拿到了……"

许沨埋头把鼠标键盘一起塞进背包里，沉默着不说话。

纪寒凛把外设收拾完，眉梢微微抬了抬："散伙儿？她不舍得，也不敢……"

夏霜霜把包背好："你们在说什么？吃饱了再聊天行不行？打了一下午，我都饿死了！"

众人都不敢违逆圣意，生怕弄出个回光返照来，纷纷点头："好啊好啊，烤鱿鱼！很期待哦！"

召唤上冯媛，一行六人浩浩荡荡地到了"光鲜烤鱿鱼"。

老板显然跟夏霜霜已经很熟络，招呼他们进去，给安排了个空调顺风又不至于太凉的位子。

刚坐下，又有几个年轻人走了进来，不巧，正是今天赢了他们的KY战队。

"打赢了比赛的人，才有资格庆祝吧？那种输比赛的人，有什么脸在这里吃吃喝喝啊？"KY战队的打野跳出来唧唧歪歪。

夏霜霜瞥了一眼那小子，跟老板打招呼："再来一百串烤鱿鱼须，越辣越好啊！"

冯媛一脸鄙夷："赢了场比赛而已，犯得着连别人吃个烤鱿鱼都要管？又不是输了以后的三餐温饱。"

"不是管得多啊，要是换作我们，输场比赛就得难过得连水都喝不下了吧？玩票就是玩票啊，一场比赛而已，输了，没什么的啊。"KY战队的上单开始搞事。

冯媛："哦，搞得好像有些人都是必胜的，从来没输过一样，这么厉害拿世界冠军为国争光去啊，在这里瞎叫唤什么？"

"你说谁瞎叫唤？"上单拍案而起。

老板见场面十分尴尬，赶忙上前劝解："哎哎哎，能先点菜吗？"

这似乎是一个很重要的问题。

一直保持沉默的暗战开口了："烤鱿鱼100串……"

KY战队众人："……"

两队人分桌而坐，老板看得出他们脸色有异，全程只巴不得他们快点吃完散伙回家。

夏霜霜他们吃得很快，临结束的时候，暗战忽然又说话了，虽然背对着他们，但夏霜霜一行却都听得一清二楚。

"进决赛了也不一定就能去省级比赛啊，毕竟宝哥他们就要回来了呢。"

仿佛一种并不好的预感在头顶上空盘旋。

宝哥是谁？听名字就很牛×且小公主的角色？

林恕负责科普，道："张大宝，江湖人称'宝哥'，上届LSPL冠军。据说，原本NO战队就是个打酱油的，宝哥是后期加入的，直接带他们拿了LSPL冠军，也算是块宝贝了。"

"所以，那个宝哥回来跟我们能不能参加省级比赛，有什么关系？"

众人都沉默了，倒是纪寒凛开了口："你们有什么不敢让她知道的，如果有全智贤可以去参加选美，你觉得学校还会推你去吗？"

夏霜霜一震："你、你的意思是……我们的参赛资格可能会被取消？"

不知为何，原本对电子竞技并没有什么热情的夏霜霜，这下子却忽然特别不想失去这次机会。

众人的脸色都跟着暗了一下，似乎大家的情绪都不怎么高涨，即便是一百串烤鱿鱼也无法治愈的伤痛一般。

第十二章 坚强如你

于是，暗战的话一语成谶。

第二天，JS 战队的五人就被唐问叫到办公室，一字排开坐在凳子上，各个脸色都不大好。

唐问扶着办公桌，看了他们几个一眼："有件事情要和你们说一下，考虑到你们战队的业余性及训练时间的问题，原本由你们和 KY 战队一起去参加的省级比赛，改由 NO 战队参赛。"见众人脸色阴郁，他补充道，"这是学校的意思，校方的顾虑也是客观事实。我知道你们会有情绪，该有的学分奖励，学校会给的。一切为了荣誉，我很抱歉，但无能为力。"

五个人相视一眼，纪寒凛脸色阴沉，原本交叠架起的大长腿这会儿也收回来坐直了。他唇动了动，轻蔑一笑，问："学校这么搞，就不怕食言而肥？"

唐问抬手推了推眼镜："电子竞技，菜是原罪。"

"哦。"纪寒凛突然站起身来，与唐问平视，道，"这种比赛资格，我也不稀罕。"说完，就径自摔门走了。

剩下四个也陆续站起来，许汎走到唐问跟前，盯着他看了三秒，然后摇了摇头，走了。

郑楷张了张口，想说什么，最后还是憋回去了。

林恕还挺礼貌地和唐问道别，被夏霜霜拖着胳膊拉走了。

"霜霜，你……"林恕顿了顿，"我头一回看你这样子，凛哥欺负你的时候，你也没这么气。"

"就是好气！"夏霜霜在走廊里气得跳脚，"我多不容易啊，从一名青铜女孩成长到现在的钻石女孩。比赛资格说取消就取消？那干脆一开始就不要定那种奇奇怪怪的规矩啊，好想举报他们！"

"跟谁举报？"纪寒凛突然开口，"原本就是口头的说法，又没有形成文字。该干吗干吗去，回家洗洗睡吧。"

"凛哥，你也不争取一下？你作为我队队长，一句不稀罕，就把我们最后的希望给磨灭了？"

"我磨灭你们的希望？"纪寒凛冷笑，"我们本来是有希望的？"

"凛哥、霜霜，你俩别吵了，回去训练吧。"林恕劝解道。

许沨眉头一皱："还训练个屁！"

郑楷忽然蹲在地上："突然不用训练了……应该开心啊，为什么我竟然有点难过？"

难过？

夏霜霜心脏一抽。

短短三个月，她对电竞，从一无所知，到如今已经算得上个"高手"，期间经历了那么多，和眼前这几个人从吵吵闹闹互相看不顺眼，再到现在的合作默契；从素不相识的陌生人，到现在的携手并进。

她抬头，看眼前那个高大的男人。

是他一点点带着她从小豆苗走到如今的参天大树，她没想过，忽然有一天，他就说，他们这个队伍是没有希望的。

一开始的一切就像是个笑话。

不如，让一切回到最初，她为学分而来，也因得学分而放下好了。

以后……也许没有什么以后了。

夏霜霜抿了抿唇，眼睛有些发涩："我还有个作业要交，先走了。"

话说完，她就埋着头走开，长长的走廊上，尽头窗户透进来的光，笼着她一个人孤单决绝的身影，纪寒凛伸出去的那只手就这样悬着——

抓住她，只要抓住她就好了啊。

可是，没有。

让她如同空气中的烟尘一样，从自己的身旁溜走了。

你的骄傲

　　回到寝室，打开电脑，夏霜霜眸光扫到电脑桌面上《神话再临》的游戏图标，鼠标点过去，手抖着拖到了回收站。再打开《神话再临》的文件夹，里面满满当当的文件，记录了她收集的英雄攻略、高手直播视频，以及……JS战队在游戏里每一次战队赛的实战视频。

　　足足20G的文件，右键，删除……

　　手指在鼠标左键上摩挲良久，终于还是没舍得摁下去。

　　脑海里不断回想着纪寒凛那张冷若冰霜的脸，像极了他们初次相见时的样子。明明，这么久了，她以为有什么会不一样。

　　原来，也只是她以为而已。

　　冯媛刚接起电话，就听见电话那头夏霜霜一阵号啕大哭："老冯，凛哥不要我们了……"

　　冯媛慌了："咋了，老夏？你别哭啊，你俩分手了？"拧着眉头又想了想，"不对啊，那个'们'字是什么意思？"

　　夏霜霜一边打着哭嗝，一边把前因后果给讲了一遍。冯媛听完，先是拍胸："还好不是你俩分手。等等！我说，你校这种行为也太不要脸了吧？！你们分明就是第二名啊！凭什么不让你们去参加省级比赛？"

　　夏霜霜抽了纸巾，揉了揉眼睛："学校的意思是，我们实力不如NO战队，打不过上届LSPL冠军。与其派我们出去，不如派NO战队胜算更大。"

　　"那就跟他们打啊！"冯媛站到凳子上，豪气盖天，"别人说你们打不过就打不过吗？凭什么啊？吃瓜群众说话能算数？揍他们啊，揍到那个什么宝哥承认自己不如你们，让他们跪下叫你们爸爸妈妈！"

　　"对……对啊！"夏霜霜忽然间福至心灵。

　　之前，他们不也说她夏霜霜是菜鸡，没得教、没得救吗，可她不是也成了MVP？一开始不肯承认她实力的许飒不是也会说她打得不错？输给他们的阿青不是也夸过她是他遇见的最犀利的女选手？

　　凭什么他们连打都没和宝哥他们打过，就说他们不行？

　　打！

　　打到他们叫爸爸！

夏霜霜飞快地挂断电话，打开网页，开始搜 NO 战队这一年来的所有比赛视频，通通下载下来后，夏霜霜一个一个地看过来，把 NO 战队每位队员的打法和常用英雄全都记录下来。

等这一切做完，窗外已经传来啾啾鸟叫，天光大亮。夏霜霜的眼睛都熬得发红了，抬眼一看电脑右下角，已经是早上 6 点了。

夏霜霜打了个哈欠，跑到洗手台边洗了把脸，又把几场比较重要的比赛重新复盘了一遍。终于，赶在 9 点前，到了唐问的办公室。

夏霜霜到的时候，唐问刚好从办公室里走出来，见到夏霜霜时，他薄薄镜片后的茶色瞳眸微微一缩，未等他开口，夏霜霜就一个 90°庄重鞠躬："唐老师，请再给我们一次机会！"

唐问斜靠到门框上："什么机会？"

夏霜霜直起身："唐老师，其实，从小到大，我参加的比赛不少，所有的比赛资格都是老师直接给我的。我从来没有想过，有一天，我会被剥夺比赛资格。可能以前的机会都来得太容易，所以，我也不明白所谓的失去是什么意思。但是，唐老师，我想努力一次，试一试。我明白，这是学校的荣誉，可这也是我们 JS 战队的荣誉，我不想就这么轻易放手。恳请唐老师，看在我们想赢的心上，再给我们一次机会！"

唐问推了推镜片："你确定你的队友也和你想法一致？"

夏霜霜被问得一愣："应该……吧？"

唐问直起身子，把门推开："你是今天第四个这样回答我的了。"

第四个？

夏霜霜一怔，然后就看见郑楷、林恕、许沨他们三个站在唐问的办公室里，歪着头频率一致地朝她招手。

唐问把夏霜霜让进办公室："不知道还会不会有第五个？"光线反射到他的镜片上，遮住眼底的神色，"如果有的话，也不错。"

于是，JS 战队除了队长的四个人皆十分乖巧地宛如幼儿园大班生一样坐在唐问的办公室里，焦急地等待他们队长的到来。

郑楷："你们说，凛哥会来吗？"

林恕："应该会吧……"

第十二章 坚强如你

203

夏霜霜："我预测这个点凛哥还没起床，要等到他可能得午饭时间，大家心态好一点，戒骄戒躁啊！"

许沨："呵呵。"

众人："谁许你呵呵！呵呵你还坐在这里！"

许沨："我的意思是，我们可以给他叫个早吧？"

话音刚落，门锁微微转动，纪寒凛推门而入，抬眼就看到唐问坐在办公桌后，唐问身后，是自己战队的那四个死小孩。

"……"

仿佛石化。

"我走错了。"

纪寒凛飞快地转身，正准备关门，被夏霜霜一个眼明手快的虎扑给拦住了。

"凛哥！你别走！"夏霜霜牢牢攥住纪寒凛的手腕，宛如小鹿一般的眸子直直地盯着他，嘴巴微微一撇。

真是见不得她这副装委屈的样子。

唐问偏头："来都来了，进来坐坐？"

剩下的三个坐在凳子上，双手摆在双腿上，动作乖巧，目光渴望地看着纪寒凛。

真是没办法。

他松了握在门把上的手，跟着夏霜霜走进办公室。

而夏霜霜此刻的样子像极了在游乐场怕走丢的小女孩，死命抓着纪寒凛的手腕不肯松开。

唐问喝了口咖啡："关于你们战队想晋级省级比赛这件事情，如果你们愿意成为职业选手，我可以和学校再做商量。"他转头看纪寒凛，"你怎么看？"又顿了顿，"或许，我该再给你们一点时间考虑？"

"嘶——"纪寒凛一声轻嘶，夏霜霜这会儿正用力掐着他的虎口，目光恶狠狠地盯着他，仿佛如果下一秒他给出一个否定的回答，她就会立刻将他就地正法。

纪寒凛伸手摸了摸眉毛："我没意见。你问他们。"眸光移向夏霜霜。

夏霜霜赶忙摇头："我没意见。以我的实力，别说双修，就是同时修十个专业,我也能顺利毕业。"一个有效的炫智商。

郑楷:"我没问题啊,只要拿几个富二代豪赌输个倾家荡产的新闻给我们家老头子看,他准保求着我做电竞选手。"

林恕:"我说过的,只有在电竞的世界里,我才找回了真正的自己。也只有和你们在一起,我才能做到真正的自己。"

许泓:"我还欠你们巨款呢,战队解散了,我上哪儿给你们搞服务去?隔得远了还麻烦。"

夏霜霜赶忙总结:"唐老师,我们都愿意成为职业选手。请您和校领导再说一说,至少,哪怕让我们和 NO 战队打一次,输了我们也甘心。"

唐问点了点头:"我相信你们的实力,只要给你们时间,打败张大宝他们未必不可能。你们先回去吧,我会和校领导说这件事情的。"

几个人从唐问的办公室里走出来,互相看了看,突然笑了起来,恍然间,又觉得有些尴尬。

莫名其妙的尴尬。

也许是因为昨天的那场争吵,也许是因为今天不约而同地出现。

夏霜霜抖着腿,问纪寒凛:"凛哥,你起这么早,早饭吃了吗?要不,我们一起去吃个早饭吧?"

纪寒凛斜了夏霜霜一眼:"早饭?那是什么?没听说过。"说完,晃晃悠悠一个人走了。

郑楷望着纪寒凛的背影,小声道:"凛哥这是傲娇,一定是傲娇吧?"

林恕:"虽然凛哥昨天话说得是重了点,但我觉得,凛哥心里头肯定也不想我们就这么散了,要不然,他也不会来找唐老师吧?"

许泓:"男人心,海底捞,深不可测。"

郑楷:"一家人,当然是要整整齐齐啦!"说话一股子 TVB 风。

夏霜霜听着他们在耳旁你一言我一语,手不由得摸到手机,打开微信,点开 Lin 的对话框,聊天记录还停留在昨天。

夏天一点都不热:凛哥,我错了,跪下磕头,咣咣咣。我不该质疑你作为一个队长对我们战队的责任心,是我的锅,全是我的锅。别的不求,只求你能原谅我。

第十二章 坚强如你

你的骄傲

夏天一点都不热：凛哥，你在吗？我知道你在！你肯定看到了我的消息然后假装没看见！

夏天一点都不热：汪汪汪！

夏天一点都不热：你那么帅一定很贵吧？

……

夏霜霜持续骚扰纪寒凛 30 条微信后，终于收到了回音。

Lin：吵死了。闭嘴。下午两点教室训练。

夏霜霜突然一下子蹦了起来，抱着手机在胸口啦啦啦地哼起了歌。

虽然凛哥骂我了，但是凛哥肯骂我了呀！开心！

这奇妙的心理转变也不知道是为什么，反正看得另外三个都觉得毛骨悚然，刚刚还死气沉沉气压极低的夏霜霜，这会儿仿佛被打了鸡血。

郑楷："小夏的手机里藏了个男朋友吗？怎么能傻乐成这样？"

"……"

夏霜霜下午到教室的时候，纪寒凛已经如往常一样，端坐在电脑前了。夏霜霜拎着热乎乎的奶茶挪到纪寒凛身边："凛哥，喝奶茶，你最爱的绿茶味！"

纪寒凛斜睨了她一眼，抖了下眉毛，于是，夏霜霜心领神会地帮他把奶茶的吸管给插好，双手捧着，恭敬地端到他面前。纪寒凛冷哼了一声，接过奶茶，愉快地喝了起来。

茶味浓厚，唇齿余香，纪寒凛从书包里掏出一个U盘，扔到夏霜霜面前。

"NO 战队的战术技巧和视频复盘，拿去看。"见夏霜霜一脸目瞪口呆，他又补充道，"很随意、很不用心地做的。如果不是因为你们这些人带不动，我为什么要去看一群菜鸡互啄？"

夏霜霜觉得纪寒凛肯张嘴嘲讽她，本质上应该已经没气了，于是心情也很好地不同他计较。

她拎过U盘，插到电脑上，点开里头的文件，文件名也很有杀气，叫"猪对手"，可见，纪寒凛对 NO 战队也是意见不小了。

20 个 G 的 U 盘被塞得满满当当。

几乎每场比赛的视频都做了详细解说，截图旁边还配了文字说明，勾勾画画，讲解得十分详细到位。对比夏霜霜做的那份，纪寒凛的这份简直就是教科书一般。

如果这样也算随便和不用心的话，那夏霜霜熬了个通宵做的，只能算是个毛坯房了吧？明明很在意，嘴上说着不要，身体却很诚实，真是标准的"口嫌体正直"啊！这得花多少时间啊？

夏霜霜偷偷侧脸看纪寒凛，冬日的暖阳笼在他身上，空气里是细小浮动的尘埃，他眉眼坚毅，鼻梁高挺，唇角微微上扬，仅是个轮廓就宛如画中人一般。

真是个好看的少年郎啊！

纪寒凛修长的手把键盘往前一推，背靠到椅背上："你打游戏应该需要两只手。"

"所以？"

纪寒凛目光移到夏霜霜眼前的奶茶上。

"所以，凛哥你要喂我喝奶茶？那不好，那太逾越了！"夏霜霜拼命摇头，这要是让外头那些小姑娘们看见，她二十个头都不够剁。

"所以，你的那杯，我来喝。"

夏霜霜："……"

很快，唐问那边给了回音，学校同意了他们转职业选手的申请，并会在省级赛开始前再进行一次校内比赛，在JS战队、NO战队、KY战队中决出两支队伍代表学校参赛。

张大宝他们的反应很平静，毫无表情。

JS战队的诸位则开心得要蹦起来。

至于……全程最炮灰的KY战队整个是莫名其妙，明明我们是冠军啊，为什么还要再比一次？对着张大宝他们发作不起来，只好把仇恨全部转嫁到JS战队诸位身上。

为了方便训练，JS战队也集体搬到了学校的基地住宿，冯媛对此十分激动。

全世界第一可爱：老夏！你要跟凛神同居了！

夏天一点都不热：？

全世界第一可爱：你为什么一点都不兴奋？想象一下，你们每天生活在一起，你睁眼看到的第一个人就是凛神，闭眼睡觉之前见到的最后一个人也是凛神，甚至，朝夕相处下，他指不定还会入你的梦。我的妈！我好激动，好开心啊！

夏天一点都不热：老冯，你想多了吧？学校的战队住宿都在基地，除了凛哥之外，还有郑楷他们啊……又不是只有他一个。

全世界第一可爱：这是重点吗？我问你，老夏，除了凛神，你眼里还容得下别的网瘾少年吗？你们那个基地，形象点说，应该就是个高级网咖吧？想象一下那个画面，凛神之外，你还想搭理谁？你们队内必需的交流不许算。

夏霜霜捧着手机，愣了愣，想象了一下那幅画面，好像……似乎，是真的没有了。

于是，脸噌一下就红了，夏霜霜拍了拍自己的脸，好好地转职业、打比赛，怎么能想那种事情？

"哎，小夏，小夏我住你对门吧？"郑楷凑过来，一脸笑嘻嘻的，伸手要拿夏霜霜对门的房卡。

"啪！"郑楷的手被纪寒凛一掌拍开，"这间房我住。"

郑楷捧着拍红的手，不满地道："凛哥，为什么啊？难道你也喜欢小夏？"

站在桌前领房卡的剩下几个人，一起抬头看纪寒凛，哪怕那目光充满玩味探究，纪寒凛自岿然不动，动了动唇："不喜欢。"

夏霜霜心尖忽然蹿上一股莫名的酸意，缭绕心头。

哦，不喜欢啊……

为什么会失落啊？

"但是，"纪寒凛又补充道，"我喜欢这间房。没有原因，我喜欢不讲原因。"

郑楷气极："你这是霸权主义和强权政治！"

纪寒凛用手指夹住房卡，凌空晃了晃："那你来造反啊。等你。"说完，揣着房卡上二楼了。

郑楷望着纪寒凛潇洒的背影，娇嗔一般骂了句："……臭不要脸的！"说完，随便挑了张房卡，也上楼去了。

林恕挑了剩下的那张，帮着夏霜霜把箱子搬到房间。

林恕："两点的时候，唐老师要来讲战术，别忘了啊！"

夏霜霜点了点头，关上房门，呆呆地坐在书桌前，有些发愣。她脑海中不断响起的，依旧是纪寒凛那句冷冰冰又斩钉截铁的"不喜欢"。

原来是，不喜欢啊。

夏霜霜一脸悻悻，本来就不该有什么奢望和期待的啊，纪寒凛对自己所有的不同，也都只局限在为 JS 战队的发展之上吧？

她蹲下身子，把行李箱打开，把东西一件件收拾起来。

翻到压箱底的那只小龙虾玩偶时，她忽然又想到纪寒凛那天在游乐场里一脸不爽的样子，以及花掉的 98 个游戏币，剩下的那个，她还留在钱包里呢。

睹物思人，总是要拿出点不在意的态度，才能装作是真的没把某人放在心上过一点点吧？

嗯……那把小龙虾拿来垫脚好了。

床铺完，桌子也收拾好，夏霜霜觉得有些累了，就躺到床上去，闭眼休息。

结果，她就这样沉沉睡去了，原本以为只是小憩个十分钟而已，直到敲门声把她彻底吵醒。她慌乱间，顶着睡乱的头发，一只脚没顾得上踩上拖鞋，就扑过去开门。

于是，纪寒凛就看到一个头发炸成烟花、一只脚没穿鞋踩在地板上、衣服裤子皱皱巴巴的夏霜霜揉着眼睛给他开门。

……

明明是一副刚睡醒的样子，但怎么就这么撩人？

这让她以后还要跟这一群网瘾少年住一起，可怎么成？

纪班主任开始犯愁，夏霜霜自然不晓得，只看着纪寒凛眉头深锁，猜测大概是自己睡过了头，又该挨骂了。

"凛哥，我洗个脸刷个牙就来！飞快！"夏霜霜猛地把门拍上，钻进洗手间就一通洗洗涮涮。

等夏霜霜一通折腾完，唐问已经在楼下了。

夏霜霜悄悄地挪到纪寒凛的旁边，在他一边坐下，打开手里的笔记本，搁在膝盖上。

纪寒凛侧头看她，这会儿她的衣服已经理平整了，头发也一丝不落地束起，耳边垂落的几根被她挽到耳后,她的皮肤通透白皙,甚至可以看见脸上的细小绒毛。

清水出芙蓉一般清丽。

再转头看一看周围那一帮狼崽子。

太愁人。

"鉴于有新队员加入,两周后的省级联赛征战队伍,将在 JS 战队、KY 战队和 NO 战队中三选二。选法不用我再说了吧?所以这段时间,你们的首要任务,就是争夺省级联赛的参赛权。"唐问一番话说完,现场的气氛都有些针锋相对。

尤其是 KY 战队的队员,各个都很气愤,暗战代表发言:"老师,凭什么啊?我们已经是校级赛冠军了,还要再打一次?"

唐问推了推眼镜,还没开口,倒是坐在电脑前拼命摁键盘的张大宝先说话了:"怎么?电子竞技,不打比赛,来摸鱼?"

张大宝在他们学校算资历最老的职业队员,冠军拿了数个,话语权自然是有的。暗战作为晚辈也不好顶嘴,只好点头:"打就打吧,反正也不怕。"

唐问给他们讲了两小时的战术课就离开了,临行前让他们进行战队训练,《神话再临》是团队竞技,必须时刻保持练习,才能保证团队之间的默契。在正式比赛中,往往一个小小的判断失误或是默契出了问题,不能迅速而有效地领会队友的意思,都可能造成崩盘的后果。

而 JS 战队眼前最大的问题就是——坐哪里。

基地的电脑配置最高端的都已经被 NO 战队和 KY 战队正式队员使用,许泓拎着外设包找了一排稍微低配一点的电脑,还没坐下,就被 KY 战队的给拦住了。

夏霜霜:"不会这么邪门吧?还要搞幼儿园大班占座这种事情?"

郑楷:"我们转职业了,KY 那几个本来就不爽吧,还不得想点法子搞我们啊?"

暗战嘴里叼了根牙签,坏笑地看着许泓:"这排座是我们的,你们要用电脑,去那边。"然后手一指,就是角落里几台凑数的快过时的老爷机。

林恕:"我觉得泓哥想动手了,他身体里的每一个细胞好像都在膨胀。"

郑楷:"你眼睛是显微镜做的啊?"

就在夏霜霜他们几个捏爆心脏担心许渢随时会动手时,许渢忽然把包拎了起来:"哦。"然后,走向了角落里的那排老爷机。

居然没动手?

站在他们三个身后的纪寒凛轮番拍了他们脑袋一下:"许渢又不傻,对面摆明了来找碴儿,他现在动手,不就是落人口实?严重点,甚至会被开除。他不动手,是长大了、懂事了,不像你们……"

夏霜霜看了一眼坐在角落里老爷机前整理外设包的许渢,微长的刘海儿遮住他眼底的神色,他慢慢地将一件件设备掏出来,连接好,不带一丝怨气,气质沉稳得和从前一点就炸仿佛两个人。

凛哥说得没错啊,许渢的妥协是成长,是为了他们JS战队才磨灭掉自己性子中最尖锐的那一块,让自己渐渐变得柔软温和。

于是,夏霜霜看那几台老爷机都仿佛自带了柔光美颜的效果,恨也恨不起来了。

然而,美颜效果很快消失,就在电脑屏幕右下角弹出某杀毒软件提示:"开机时间4分36秒,恭喜你打败全国1%的用户"时。

郑楷摇了摇头:"原来全国还有1%的群众活得比我们还水深火热啊!改明儿我就弄十台新电脑过来,最高配的那种,五台用来打游戏训练,另外五台用来看电视剧。"

夏霜霜托腮,看着自己点开IE时转了半分钟的鼠标圈圈,有点寂寥:"你这行为也太招摇了,不怕造成反效果啊?"

倒是纪寒凛伸手用力拍了电脑屏幕一下:"炫富可以,但别买多,五台就行了。"

夏霜霜:"……"

于是,这一整个下午,JS战队的五个年轻人,就在点开一个网页平均需要3分钟的环境中,下完了《神话再临》的客户端……

郑楷:"我真是要疯了,不是我说,就这电脑,APM300到这里也变成3了吧?直接被对面打成狗啊?"

刚刚受了一肚子气,早已在暴走边缘却努力压制的许渢这会儿彻底憋不住了:"我觉得给我的步步高点读机接个键盘都比现在这样强吧?"

纪寒凛看了一眼时钟,给了在座的各位一个有效的安慰:"都别这么丧了,先想想晚上吃什么吧!"

于是,大家纷纷举手提意见,最后决定去一家口碑极好的牛排店,引来其他两队只能吃外卖的队员的艳羡。

走出基地,许沨才活动了下筋骨,仿佛沉寂千年的黑山老妖:"刚刚可憋死我了,差点就没忍住。"

郑楷快走两步过去搂住许沨的肩膀:"沨子,你是为了我们才忍的吧?"

许沨那张常年冷峻的脸突然逢了甘霖,红了一大片:"什么为了你们?别恶心人了。"

郑楷笑眯眯地拍了拍许沨的肩:"你不好意思说,我还不好意思猜啊?你就是怕动了手,到时候给咱们战队惹上事儿,影响咱们的比赛资格,对不对?"

许沨为了贞操宁死不从一般不肯改口:"你脑洞这么大,怎么不和冯媛做同行去编青春励志言情电视剧啊?"

郑楷脊背一直,强力甩锅:"是凛哥分析的!"

许沨抖了抖肩膀,想把郑楷攀在自己肩膀上的爪子抖下去:"也……没错,咱们战队要是散了,我怎么给你们当牛做马来还债啊?再说了,总决赛拿奖的话,战队奖金就有50万,分下来,够我还你一半的债了。"

"许沨……"向来不怎么敢跟许沨逗乐的夏霜霜这会儿开口了,笑盈盈地看着他,说,"你连我们总决赛拿奖都想好了啊?看来你对我们,尤其对我这块短板,很有信心嘛!"

于是,许沨就像一个被人戳中心事的大姑娘一样,一跺脚,飞快地跑远了,剩下的四个相视而笑。

第十三章 你的队服

夏霜霜他们到牛排店后，服务生热情地为他们介绍："现在《神话再临》在推广手机 APP，最近做的线下活动也很多，如果同一桌客人当中有铂金段位的打 8 折，钻石段位的打 7 折，王者段位的话打 6 折，如果一桌客人都是王者段位的话，就可以打 5 折，不过，优惠不可叠加哦！"

夏霜霜开心一笑："那我们可以打五折！嘻嘻嘻，从来没有想过打游戏厉害还有这种好处！"

纪寒凛见夏霜霜那副得意的样子就好笑："所以呢？"

"所以，我们可以多吃点啊！"

纪寒凛："……"

也不是没有道理。

服务生好像也很有兴趣："啊，那你们超厉害啊！你们可是我们店里今天第二桌打五折的客人呢！"

郑楷抖着腿："第一桌是谁啊？"

服务生指了指不远处的一桌客人，那里坐了五位少年，其中一个气质出众，皮肤白皙到发光。

"就是他们呢！好像是个什么战队，其中还有个是韩国人，长得超帅呢！"

夏霜霜他们飞快地点了单，然后开始等菜上来，之前给他们点单的服务生这会儿过来了，指了指刚刚的那桌王者客人，说："那桌客人听说你们都是王者，也很有兴趣，想在等菜的时候先和你们打一局，不知道你们有没有兴趣。"

夏霜霜他们朝那桌客人看去，发现那边也都在看他们，那个韩国小哥朝他们招了招手，微微一笑，杀伤力十足。

郑楷皱了皱眉："我怎么觉得他们领头的那个长得有点眼熟？"

林恕点了点头："很像那个韩服第一ADC——阿煌。"

许沨评价："韩国人都长得差不多吧，阿煌不是有秋季总决赛要打，怎么可能还在这里吃牛排？肯定是你的脸盲症又犯了，我赌两包辣条，这绝对不可能是阿煌。"

夏霜霜看过阿煌的比赛视频和直播录制，知道阿煌人称"冥皇"，和他对线，基本不死就伤，4级前必定取对面人头大于等于一次。夏霜霜对他那张脸十分有印象，说："阿煌不是电竞圈颜值第一吗？搁国内和小鲜肉们比，都能出道了吧？"

一旁的纪寒凛低咳了一声。

夏霜霜赶忙补充："但那是因为他们不认识咱们凛哥，不然怎么轮得到阿煌？"

纪寒凛唇角一弯，十分满意地点头："确实是他们见识少了点……"

众："……"

郑楷继续抖腿："反正闲着也是闲着，就跟他们来一局呗。"

服务生很开心地过去和那边说了会儿话，没过一会儿，那桌的王者客人就都走了过来。

韩国小哥用生涩的中文同他们打招呼："你们好，我听说你们是很厉害的选手，所以想和你们打一局试试看。"

郑楷的腿抖得更厉害："来吧、来吧，别磨叽。"

于是一桌人很快开了房间，开始联机。

因为《神话再临》风靡，到处都是拥趸，所以，也引来了不少闲得没事的顾客来围观。

开局十分钟，两边各推掉3座远程防御塔，经济水平差不多一致。

可以看得出来，韩国小哥的水平远在其他四人之上，中路一直被压制，但其他两路却很容易崩，并且支援不及时，默契程度显然不如夏霜霜他们。是以两边优劣各半，暂时不能分出胜负。

前餐在此时已经被端上来，夏霜霜咽了咽唾沫："宝宝饿了……"

纪寒凛盯着手机屏幕："那就快点结束。"

十分钟过去了，两边各剩下3座高低防御塔。

夏霜霜看着端上来的油滋滋的牛排，怒喷队友："一群菜鸡，王者段位给你们打出青铜水平，能不能推了对面的水晶啊？你们四个这样，要不要干脆在旁边给你们开一桌打麻将啊？"

纪寒凛动了动唇没说话，其他三个也闷头不讲话，显然也是饿了的节奏。

夏霜霜一面补兵，一面继续喷道："牛排要凉了知不知道？凉了就不好吃了知不知道？我饿了你们晓不晓得？队花就是这个待遇吗？你们连队花的饭都保不住！辣鸡！"

显然，向来沉默打辅助的夏霜霜，此时此刻的话实在是太多了。

这是一个吃货的崛起！

纪寒凛冷冷地道："那挂机。"

夏霜霜飞快地反驳："不行，我也是要面子的。"

事实证明，能镇得住夏霜霜这匹脱缰野狗的，也只有她的班主任纪寒凛纪大佬了。

比赛进行到第32分钟，两边都只剩一座水晶，且都是神装状态。

夏霜霜带着队友一路冲向对面水晶，口中高喊："一波了、一波了！牛排君！我要来了！"

果然，在把对面的水晶看作是牛排这样诱人的存在后，JS战队终于强拆了对面的水晶。

"终于结束了！"夏霜霜丢下手机，就开始狂吃，纪寒凛觉得自家崽子真是太丢人了，只好摇了摇头："你慢点吃……"然后把自己面前的牛排切开，送到夏霜霜的盘子里，动作十分娴熟自然。而夏霜霜也毫不客气，直接叉起就往嘴里送。

夏霜霜鼓着嘴，问："凛哥，你不饿啊？"

纪寒凛露出慈父般的笑容："我看着你吃我就饱了……"

夏霜霜笑着点头："嘿嘿嘿嘿，那凛哥你以后饿了就喊我，我吃东西给你看。"

第十三章 你的队服

纪寒凛："……"

郑楷见周围一群人看得目瞪口呆,赶忙解释道:"我队活宝,就是这个样子的,让你们见笑了。"

一顿饭毕,对面的韩国小哥走了过来,用十分生涩的中文跟夏霜霜说道:"你们很强,我想约你们以后打训练赛,可以吗?"

夏霜霜紧张地喝了口红酒:"为什么找我啊?"

小哥灿烂一笑:"看刚刚的气氛,你比较像老大,所以来和你商量看。"

夏霜霜一脸得意,就看见小哥伸出手来要和她握手:"你好,我叫阿煌……"

夏霜霜的笑容忽然僵在脸上:"阿煌?"

阿煌点点头,笑道:"就是你想到的那个。很高兴认识你。"

夏霜霜僵硬地把手伸出去和阿煌握了手,又混沌地记下了他的联系方式,然后茫然地目送他离开……

一旁和她一起僵了的是许洌,郑楷抖着腿拍着许洌:"两包辣条!交出来!"

夏霜霜万万没想到只是出门吃个牛排而已,就能碰到上届KPL冠军阿煌本尊,而且刚刚她还在他面前如此不知天高地厚地大放厥词?

幸亏……阿煌的中文看起来似乎不怎么样,应该不知道她刚刚有多狂妄。

可是!他们居然打赢了KPL冠军?这仿佛是个虚假的梦。

猛然间,额头被人重重地弹了一下,纪寒凛:"你又在暗搓搓地兴奋了?"

夏霜霜这才回过神来:"凛哥!我们刚刚打赢了KPL冠军?我靠,我觉得我们太牛了!"

纪寒凛白了夏霜霜一眼:"一、阿煌刚到国内,水土不服;二、如果是韩援的话,和队友的配合时间还不够;三、人家看你太聒噪,所以,故意让着你。"

"让着我?!"

纪寒凛点头:"最后一波,如果阿煌他们坚持,能打一波团灭,来来回回大几波,谁胜谁负也未可知。"纪寒凛顿了顿,"但因为你们有我,所以,必胜。"

夏霜霜:"……"

离开牛排店，纪寒凛提议要给 JS 战队做队服。

郑楷举手赞成："对对对，虽然我们是个野鸡战队，但好歹也是职业选手了！我觉得确实得做队服了。那个，我待会儿就找个一线设计师给设计一套，然后纯手工制作，金银珠宝碧玺翡翠，什么贵往上面镶什么。啊对，给小夏多来几颗十克拉的钻石。"

夏霜霜："你是想累死我，好继承我的美貌？"

纪寒凛一票否决："我们战队不搞这些华而不实的东西，本身我的存在就已经很高调了，你要在物质上尽量低调，明白吗？"

郑楷："那凛哥你什么打算？"

夏霜霜已经掏出手机翻开某宝："什么怎么打算啊？直接某宝上面同款的捞个 5 件颜色尺码不一样的不就行了？你看这家，5 件包邮，团购 20 一件，多合适！"

纪寒凛继续一票否决："你这不是低调，是穷 ×。"

夏霜霜："……"

纪寒凛迈开步子，往隔壁商场里走："直接去商场里面买就行了。"

随行的四位只好跟上。

直到……纪寒凛带着他们在一家卖睡衣的店前停下。

夏霜霜盯着店里的牌子："道理我都懂，可是，凛哥，你为什么要选睡衣当队服？"

林恕："凛哥难道是想表达，我们在睡觉的时候也要心怀梦想，心系战队？"

郑楷摇头："我觉得不是，凛哥大概是想表达，嘿嘿嘿嘿，我们睡在一起？"

纪寒凛："我是来让你们做阅读理解的吗？"

许沨："那到底是为什么？"

"女装在三楼，男装在四楼，而我们现在在二楼。"纪寒凛顿了顿，"这家最近。"

众："……"

纪寒凛一走进店里，就直接走到一套十分朴实无华半点点缀也没有堪称老年睡衣的货架跟前，指着它对着售货员，道："这样的，按照我们五个人的尺码,来十套。"转头对着自家队伍里的小孩,道:"一人两套,好换洗。"

夏霜霜赶忙上前阻止:"道理我还是懂,可是,凛哥,为什么这个季节,你要买这么厚的长袖长裤?"

林恕:"难道凛哥是关怀我们,怕我们吹空调太冷,容易得关节炎?"

郑楷立马狗腿地道:"还是凛哥好啊,这么为我们大家着想,队长真是英明神武、英俊潇洒!"

纪寒凛摇头,指了指旁边"sales"的标牌:"因为只有它打折。"

众:"……"

离开商场的时候,每人手里都拎了两套远古睡衣,心情十分复杂地坐上车。

纪寒凛还在车上给诸位施压:"队服必须穿,如果被我发现谁违反队规,立马开除!"

郑楷欲哭无泪:"凛哥,你这样,我们会被 KY 和 NO 战队笑话的吧?一群老年人在电脑前打游戏,以后开直播都能被粉丝吐槽死吧?"

纪寒凛单手支额:"怕被粉丝吐槽死,也得先有命活着。"

夏霜霜侥幸:"凛哥,我女孩子的闺房,你不会擅闯吧?"

纪寒凛十分淡定:"只要你以后不出门吃宵夜,我肯定发现不了。"

不吃消夜?

不存在的。

于是,一车人都心有戚戚焉,而郑楷也适时地打开了车内音响,放了首《二泉映月》。

当晚,JS 战队的诸位就被强制穿上队服,坐到一楼,开了一场大会。

除队长外的所有队员,心情都万分悲壮。走出房门时,都自带一股"风萧萧兮易水寒,壮士一去兮不复还"的"BGM"。

夏霜霜他们并坐一排,双手搭在膝盖上,脊背挺得笔直,强制被限制为乖巧状。

旁边看着的暗战他们都快乐疯了。

暗战跟队友嘀咕:"我发现,纪寒凛他们,真的是很会搞事情啊?他们是不是想笑死我们,好直接抢了我们的比赛资格啊?"

二胖:"啊哈哈哈哈哈哦喔喔喔咦嘿嘿嘿,我今年过年的时候回家,我外公就穿着这个款式的睡衣呢哈哈哈哈！"

三金："哈哈哈哈哈，好想问下夏霜霜他们这衣服在哪里买的，正愁着今年我爷爷八十大寿不知道送啥礼物呢！"

……

夏霜霜他们板着一张脸，听着纪寒凛叨叨了足足有一个小时，重点是什么似乎已经不重要了。下课的时候，夏霜霜问纪寒凛："凛哥，我怀疑你这么做是为了锻炼我们心理素质吧？"

纪寒凛眉梢一抬："何以见得？"

"让我们经受住这种嘲笑，然后以后不管比赛遭遇什么跌宕起伏都能心如止水地如平常心一样对待？"

纪寒凛拉了拉睡衣，很显然，款式如此古朴的睡衣穿在纪寒凛的身上，依旧掩盖不住他清俊面庞的半点光芒："为什么我没有觉得是嘲笑？你们还是要找找自身的因素，譬如颜值。"

夏霜霜气得头也不回地上楼了。

站在她背后的纪寒凛，看着夏霜霜长袖长裤全身遮得严严实实，生无可恋地走进房间里，才松了口气。

找这么个理由想把她给包起来，也真是太为难自己了！

第二天一早，夏霜霜睡眼惺忪地从床上爬起来，拉开窗帘，早晨的阳光稀薄且无温度，她远眺了会儿，背山面水，风景秀丽，不由觉得此地当真是个风水宝地，就是，太清冷了些。

她飞快地洗漱完毕，基地一楼寂静无人，只听见张大宝位子上的鼠标咔嚓声。夏霜霜绕过去，只见张大宝头发凌乱，面色蜡黄，却仍旧聚精会神地盯着电脑操作。

显然是一夜未眠。

夏霜霜不好意思打扰他，只好站在一边稍等了会儿，好不容易等到一局结束，夏霜霜赶忙同他打招呼："宝哥……"

张大宝仿佛被午夜凶铃给惊魂，抬手搓了搓自己耳朵上的耳机，一脸茫然："什么玩意儿？我开语音了？"

夏霜霜只好伸手戳了戳他的背，指了指自己："宝哥，是我。"

张大宝这才转头，看见一个明眸皓齿的小姑娘站在他身后，好像是昨天新来的那个战队的。他摘了耳机，问："什么事？"

夏霜霜："宝哥，那个，早饭在哪吃，是要自己做吗？"

张大宝仿佛看见来自星星的美少女一样惊诧："早饭？电子竞技，没有早饭。"

夏霜霜："……"

张大宝把耳机戴回来，又开了一局，音效间隔期间，他仿佛听见身后少女的一声低低叹息，不由得张了张嘴："厨房冰箱里有食材，你要是会弄，就自己做。"

身后一阵轻快的脚步声跑远了，隐约间夹杂着一句"谢谢宝哥"，张大宝摇了摇头，继续聚精会神地盯着电脑。

夏霜霜摸到厨房，打开冰箱，发现食材倒也齐全，大概是基地的阿姨之前就储备的。

她抓了把小米，洗净了，放到锅里熬粥。

又磕了两个鸡蛋，洗了辣椒切成薄片，在锅里倒了油，做了个辣椒煎鸡蛋。

末了，又把火腿切片煎了个火腿。

锅里的小米粥滚起，咕噜咕噜地冒着白泡，她把洗干净的虾仁丢进去，拿勺子搅了搅。一旁的煎鸡蛋滋滋冒着油气，十足的生活气息。

高中的时候，她考上了外市的名校，幸亏爸妈早有筹谋，在H市给她置办了套房子，那时候的房价还不像现在这么膨胀。可爸妈又不能放下手头的工作过来照顾她，陪读，于是夏霜霜从那时候起，就开始学习自己做饭洗衣，料理生活。倒是念了大学之后，她反而愈懒了，能出去吃就绝对不自己动手。好在，她的厨艺还没有生疏，菜色依旧不错，色香味俱全。

她掏出iPad，放了她百看不厌的美剧《friends》，iPad搁在一旁，眼睛盯着菜，嘴里却念着英文台词，一字不差。

一旁又结束一局的张大宝抬手揉了揉肩膀，觉得脖子有些酸胀，便放下耳机，关了电脑，上楼睡觉前路过厨房时，忽然嗅到一股小米的清香合着油气。

他在门口站了一会儿，隔着玻璃看见昨天新来的那个小姑娘正手法娴熟地翻着锅内的鸡蛋，嘴里却念着对他来说生涩难懂的流利的英文。

虽然他什么也听不懂，但是他竟然意外地萌生出一种判断：这个小姑娘有点酷？

晨曦熹微，鸟鸣啾啾，基地早上7点的时候，竟然可见炊烟？

他竟然看得有些挪不开脚步。

夏霜霜把饭菜都拾掇好后，摆在桌上，一抬头，看见张大宝面如菜色地站在门口看着她。她只觉得一愣，想了想，招呼他道："宝哥，你要一起吃一点吗？"

张大宝这个人向来孤僻，眼里除了游戏再无他物，夏霜霜觉得自己瞎客气一下也算JS战队和NO战队的一场有利外交，张大宝他肯定不会吃啊，熬了一夜当然是去补觉啦！而且他自己说的——电子竞技，没有早饭。

夏霜霜当然不知道张大宝会这么快打自己的脸，心理活动刚进行了一半，就被张大宝一句"好啊，谢谢"给打断。

夏霜霜："……"

自己准备的分量大概是不够两个人吃吧？

张大宝十分自然地走到桌边，拉开凳子坐下，夏霜霜只好把舀给自己的那碗粥推过去，又转头在锅里捞了点剩下的米汤给自己。

张大宝看了夏霜霜的碗一眼："你吃得真少。"他夹了筷子煎鸡蛋咬了，又喝了口粥，觉得是酣畅于喉咙的美味，又补充道，"你挺瘦的，不用刻意减肥。"

"是你逼我的！"这句话夏霜霜当然没好意思说出口，只好强颜欢笑，"我早饭吃得不多。"

张大宝若有所思地点了点头，见夏霜霜十分淑女地一小口一小口喝着米汤："你手艺不错。"

夏霜霜眯眼一笑："还行……"

夏霜霜无聊地划着手机，屏保适时出现，张大宝看着壁纸上那个英俊男子的眉眼，有些迟疑地问："这是你男朋友？"

夏霜霜被问得一愣，然后抱着手机指着自家爱豆李钟硕，充满安利的情绪，喜笑颜开，道："是啊是啊，我男朋友，帅吧？最喜欢看他穿西装打领带和穿黑色衬衫的样子，可禁欲了呢！"

张大宝忽然有点落寞："你男朋友对你好吧？"

"好！当然好啦！他超爱我的！"夏霜霜作为迷妹，已经开始了她的表演。多难得才能遇到一个对韩流一窍不通的同龄人，陪着她这样无耻地尬聊还不拆穿她！

两人有一搭没一搭地聊着，夏霜霜始终保持着尴尬而不失礼貌的微笑，其实内心已经把张大宝凌迟了一百遍。

而张大宝看着眼前的少女，似乎头一次明白了所谓言情剧中的"一见钟情"为何物。

电子竞技，有早饭其实也不错。

只是可惜，她有男朋友了，而且看她甜蜜幸福的样子，两个人的感情一定很好。

于是，晨跑回来拎着一袋子早饭的纪寒凛就看到这样一幕：理论上应当寂静无人的基地，餐桌旁突然出现了两个人影，共进早餐，其中一个，正是他带回早饭的未来主人。可主人这会儿却一脸迷之微笑地看着那个长相和他有天渊之别的某网瘾少年，与他谈笑风生。

纪寒凛竟然觉得有些气结，一扭头直接地跑到楼上，随手把门拍上，带回来的早饭也被他扔到了写字台上。他走进浴室，冲了个澡，换了套衣服，出房间的时候，看见夏二霜正要推门回房间，她扭头，笑着叫了他一声："凛哥，起这么早啊？"

原本看到她那笑容，他心里头是欢喜的，可脑海里的画面却神不知鬼不觉地又跳转到刚刚她对着张大宝笑时的一幕，心里头又莫名蹿上一股气来。

夏霜霜注意到纪寒凛的神色变化，但也只当他是起床气，就问："凛哥，你要吃早饭吗？我刚刚没吃饱，你要吃的话，我给你……"

砰！纪寒凛的房门被他毫不留情地关上了。

"也做一份……"夏霜霜摇了摇头，小声嘀咕，"这起床气也太厉害了吧？"

夏霜霜进了房间，躺回床上，用脚踩了踩小龙虾，她这会儿是为了避免被张大宝看到她又做一次早饭，才回来躺尸的，想等张大宝睡了再去做一顿早饭，免得尴尬。她心里已经盘算着，待会儿把纪寒凛那份也给做了，甚至端到他面前，请他用膳。

躺了不到两分钟，一阵咚咚的敲门声响起。

夏霜霜一愣，基地大早上的还有其他活人？

拉开门时，就看见纪寒凛站在门口，脸色阴郁。

纪寒凛冷冷地道："为什么不问我是谁？"

夏霜霜一愣："啊？"

纪寒凛："谁敲门你都给开？"

夏霜霜："给凛哥你开门，有什么不对……吗？"

纪寒凛觉得当真是讲不通，只手一提，一袋子油条、肉包就露了出来。夏霜霜欣喜万分，赶忙拿过来："给我的？"

纪寒凛："那你当我是拿来给你看两眼的？"

夏霜霜："现在的外卖效率也太高了吧？"

纪寒凛："……"

夏霜霜啃了口包子："我刚刚还想待会儿做早饭给你也做一份呢，没想到你给我也带了早饭……"夏霜霜又啃了口包子，"嘿嘿，这包子真好吃，凛哥你真有眼光。"她吃得香气十足，看得人都有了食欲，她抬头跟纪寒凛说话，"咱俩真是处得久了，心有灵犀了。"

"别想太多，这是我吃剩下的，不想浪费而已。"纪寒凛说完这句话，就手插口袋，酷酷地转身飘走了，留下夏霜霜一个人在门前目瞪口呆。

夏霜霜抱着早饭回了房间，一边吃一边给冯媛发微信。

夏天一点都不热：说出来你可能不信，我吃到了班主任的爱心早餐。

冯媛回得很快。

全世界第一可爱：老夏你真是个好人，知道我起得早，还没吃饭，所以喂我一嘴狗粮？

夏天一点都不热：但班主任说是他吃剩下的。

全世界第一可爱：这你都信？凛神也真是傲娇啊。

夏天一点都不热：我不信啊，他饭量才没那么大，怎么可能剩这么多？

全世界第一可爱：哟，连饭量大小都一清二楚，你俩不结婚对不起我国《婚姻法》我告诉你。

夏天一点都不热：但我有点慌。

全世界第一可爱：你慌什么？

夏天一点都不热：我怕他不是日子久了对我日久生情，而是直接把我当个宠物养了。

全世界第一可爱：当宠物养怎么了？你可就知足吧你？多少人现在过得不如狗？首富之子的狗坐个私人飞机还能上微博热搜呢？我跟你说，别瞧不起宠物。

夏天一点都不热：……

夏霜霜觉得跟她和纪寒凛的 CP 粉实在没什么可聊的了，只好翻出雅思背了会儿单词，又去外文网站上搜了几篇论文过来读了一遍。

这一切做完，已经是上午十点钟，夏霜霜摸到基地一楼时，依旧没有一个人。

网瘾少年们真是可怕。

夏霜霜打开电脑，开启游戏，继续人机练习新英雄。

自从上次和 KY 战队的对战后，夏霜霜也意识到自己的英雄池太浅实在问题重重，只有一两个英雄熟练度满级并没有什么用，只有充实自己的英雄池才是硬道理。

发现软肋，解决软肋，甚至让软肋成为铠甲，这道理是纪寒凛教她的。

到中午十二点多的时候，才熙熙攘攘有人起来到基地一楼，一个个抓着头发，挠着屁股坐到电脑前开始打游戏。

阿姨这会儿已经在厨房里拾掇午饭了，香气四溢，夏霜霜味蕾大开。一顿饭吃完，就看见阿姨在数人头："张大宝呢！午饭也不吃了？这么大个人了！"阿姨把锅碗瓢盆甩得啪啪响。

NO 战队的老叶帮忙应了声："昨晚又通宵了吧，估计还在睡呢！"

厨房里又是一阵丁零当啷。

夏霜霜挪腾回电脑前，刚坐下，就被纪寒凛拉着衣领给拎了起来。

纪寒凛："吃完就坐着，不会消消食？"

夏霜霜横扫了一下旁边的三位，不满地道："他们三个也没消食啊，为什么只管我，不管他们？"

郑楷一面敲键盘，一面说："小夏你不厚道啊，以前温柔善良单纯可爱的你呢？现在凛哥在教育你啊，你为什么要把我们也拉下水？"

林恕："变了，变了，霜霜你变了。"

许泇："女人心，海底捞。"

纪寒凛："他们三个我懒得管，我队男性只要有我一个颜值担当就够了，关键你是我队一姐，形象气质很重要。"

众："……"

众OS："凛哥一如既往的毒舌且不要脸啊！"

夏霜霜只好站起身来，立在墙根那里罚站。

纪寒凛继续教育："既然我们已经转职业选手了，不光游戏要训练，身体也不能垮，整天坐在电脑前不动太伤身。所以，我决定，每天早上7点起床晨跑，晚上8点开始，要去健身房锻炼两小时。"

夏霜霜："……"

等等！她明明是为了逃避体育才选的电竞，为什么兜兜转转一圈，她不仅转了职业选手，还要开始体育锻炼？

剧情走向是不是有哪里不对？

夏霜霜举手，持反对意见："凛哥，我早上起来要背两小时的单词，恐怕……"

纪寒凛横了她一眼："两个选择。"

夏霜霜感恩道："凛哥你太好了，我以为没有选择呢，你一下给了俩。"

纪寒凛："一、早上5点起来；二、边跑边背。"

夏霜霜："我想学倒立，听说这样眼泪就不会流出来了！"

郑楷："小夏，你也可以试试45度角仰望星空，像我这样，可能也能起作用。"

林恕："到底还是搬砖的命啊！"

许泇："补给的东西我给你们背，毛巾、水应有尽有，但我要求加薪！"

JS战队的一群人，除了纪寒凛外，均在绝望的阴影笼罩下，度过了一个难熬的下午。

到点吃了晚饭，阿姨例行点了人头，又喊："张大宝呢！晚饭也不吃了？这么大个人了！"阿姨又把锅碗瓢盆甩得啪啪响。

老叶再次帮忙应了声："估计还在睡呢！"

厨房里又是一阵丁零当啷。

暗战和二胖他们嘀咕："宝哥这么睡，会不会睡死过去啊？"

"宝哥是不是被下了睡蛊啊，要不要找人去看看啊？"

"宝哥睡觉你敢去看，你忘了上次二胖一个屁把宝哥崩醒，他直接去厨房拿刀了吗？"

这时，楼上忽然传来一声大喊："不得了了，出大事了，宝哥不见了！"

也不知道是哪位壮士这么勇猛，敢入侵宝哥的房间。

但这事儿就很奇怪了，宝哥向来只在自己电脑前的一亩三分地坐着，活动范围最远不超过别墅顶层天台。计步器每天甚至都会因为记录步数太少而提醒可能出错，而今天，他竟然不见了？！而且，一声不响，毫无交代？

整个基地的人都慌了，差点要报警。

忽然间，听见一阵敲门声，暗战骂骂咧咧地去开门，看了来人一眼，他仰头朝屋子里喊了句："你们有人叫外卖了吗？"

"没啊——"

跟在暗战身后的二胖感叹："这年头外卖小哥都这么帅，而且还得穿正装了？"

暗战回道："我们没叫外卖，你找错了吧？"正要关门，却被一只伸进来的脚给挡了。

暗战："我说你这人……"

那人伸手就把暗战推开，长眉一抖："你游戏打多了，眼花？"

人是不认识了，可那声音不会认错："宝……宝哥？"

二胖捂着嘴如小岳岳一般惊诧尖叫："宝哥回来了！宝哥去整容了！"

夏霜霜他们也被叫得一起围观，只见张大宝身躯伟岸地站在那里，一身西装笔挺，黑色衬衫打底，乱糟糟的头发已经打理干净，就连长时间没剃过的胡子都刮干净了……

没人见过宝哥帅的时候是什么样子，但宝哥就是只潜力股！

但夏霜霜总觉得哪里不大对劲，她皱了皱眉，看了一眼自己的手机屏保，宝哥这是……也看上她家二硕了？打扮风格简直如出一辙。

也不知道张大宝究竟中了什么邪术，在这之后，从前那个邋里邋遢的宝哥不见了，存在于他电脑桌前的，一直都是一个脊背挺得笔直、一身西装革履的形象，与从前的他，没有半分的相像。

而夏霜霜也总是能在基地无人的时候，碰到张大宝。

他没有什么话，夏霜霜也只是点头打个招呼，直到有一天，张大宝主动喊她。

第十三章　你的队服

第十四章 背叛是啥，能吃吗？

张大宝喊她："霜霜，你过来双排，我要开直播，怕队友太坑。"

"……"丝毫不问夏霜霜乐意不乐意。但是，人在屋檐下不得不低头，他们后来的，面对前辈，该有的尊重还是要有的。

夏霜霜点了点头，挪腾着坐在张大宝旁边的位子上。

张大宝把直播打开，直播间的人数瞬间飙到两万，弹幕飞快闪过。

"宝哥，好久不见爱你么么哒！"

"宝哥，今天带妹子双排？？？"

"卧槽，宝哥铁树开花啊？单身20年的手速要就此终结了吗？"

"嘤嘤嘤，好羡慕小姐姐可以和宝哥双排呢！"

"6666，宝哥，我长得比这个妹子好看，可以带我飞吗？"

张大宝扫了眼弹幕："她？一个学妹。"算是对夏霜霜做了个简单介绍。

然后，直接点鼠标关了弹幕，开始匹配英雄。

夏霜霜辅助打得已经很好了，和张大宝的配合也算默契，两个人带着其他队友一路高歌，走向胜利。

张大宝打游戏的时候话并不多，沉默得像个老头子，但一局结束还是会说两句："你这把打得不错。""你下把用什么英雄？"

夏霜霜也都客气地谢谢，并且老实地回答："看宝哥你用什么英雄吧，我配合你。"

"不。"张大宝点点鼠标，"我来配合你。"

夏霜霜一愣，就看见张大宝目光直直地看着她，语气不容置喙："你选。"

于是,一场直播下来,夏霜霜倒是接触了几个自己之前不怎么熟练的英雄,也在实战中训练了打法。

后来,张大宝只要开直播,就会叫上夏霜霜,次数多了,也就引人非议。

暗战和二胖他们在后头窃窃私语。

"宝哥对夏霜霜的爱意都快溢出屏幕了,上场就帮抢蓝爸爸,好好一个ADC,硬生生打出了辅助的气质,王者的水平搞出塑料的操作,陷入爱情的男人太可怕了。"

"可不是吗?宝哥从前那不修边幅的样子,走的都是抠脚大汉的路线,你再看夏霜霜来了以后,他头发剪了、胡子剃了、之前跟个山顶洞人似的,拉他去找 Tony 老师都不要去的,还搞封建社会那套,说什么身体发肤受之父母。再这么下去,我都怀疑宝哥是不是要为博夏霜霜一笑,烽火戏诸侯,直接把晋级赛输给他们 JS 了。"

"宝哥这是在给他人作嫁衣啊。他带你们的时候也没见着这么尽心尽力啊。"

"说实在的,宝哥这是在送分啊。再这样下去,JS 到时候得是第一了吧?"

"自古红颜多祸水,夏霜霜这瓢祸水可真是厉害了啊,比妲己褒姒还祸国殃民啊……"

……

这些话一字不落全进了纪寒凛耳朵里,他面色严肃地站起身来,语气严厉:"夏二霜,你跟我出来。"

夏霜霜全然不知道发生了什么,但队长大人的火气似乎很旺。

她垂着脑袋跟着纪寒凛走到院子里,装出一副三好学生的乖巧模样来讨饶。

纪寒凛双手插在口袋里,问:"你觉得张大宝怎么样?"

"挺好的啊,其实有些英雄,我不大敢在你们面前掏出来,嘿嘿。但是,和宝哥一起的话,他都随我选,然后拿英雄配合我。我打得不好,宝哥也不会说我,跟他双排没什么压力,主要就是练英雄。总的来说呢,就是别人家的队长吧……"夏霜霜的滔滔不绝,忽然被纪寒凛打断。

"和我比。"

"啊？"夏霜霜眼睛眨了眨，看着纪寒凛眸色深邃地看着自己，"跟凛哥你比的话，五……四……三、三七开吧！"

"错。"纪寒凛把夏霜霜的话打断，"标准答案应该是，'凛哥你这么厉害，他怎么能跟你比？'"

夏霜霜："……"

"一个礼拜后就是决赛了，你知不知道你现在整天和张大宝一起练习，会耽误我们战队的训练？"纪寒凛眸色转深，"而且，你知不知道其他人怎么看你？"

"我不在乎其他人怎么看啊，我知道他们在想什么，但我就是很纯粹地想学习、想进步，有错吗？"

"我在乎。"纪寒凛一字一句地道。

夏霜霜一愣："凛哥、凛哥你……"

烈日当空，树木葱郁，夏霜霜觉得自己的心跳快得要爆表，纪寒凛这是要……表白的节奏？

"我怕别人说我这个队长管教无方，还用美人计迷惑敌军。"纪寒凛长眉一抖，"我也是要面子的。"

夏霜霜："……"

纪寒凛的嗓音忽然温柔了起来，拍了拍夏霜霜的脑袋："总之，离他远一点，如果有难处，我会帮你拒绝。"说完，就转身走回了基地。

倒是夏霜霜还有些蒙地愣在原地，怎么画风又突变到这里了呢？

等纪寒凛喜欢上自己，以及等纪寒凛跟自己表白，这种事情，一辈子都不可能发生了吧？看来真的是"0概率事件"了。

于是，到了下午的时候，张大宝又叫她："夏霜霜，我开直播，陪我双排。"

正坐在电脑前的夏霜霜脊背一僵，旁边纪寒凛的手速已经微微慢了下来。

旁边已经有人插科打诨："宝哥，你最近直播这么勤快，你粉丝有福了啊！"

张大宝不予理会。

夏霜霜有些吞吐："宝哥，我……"

张大宝脸上突然攒出笑来："为难的话，我陪你双排也行！"

夏霜霜："……"

夏霜霜看了一旁的纪寒凛一眼，抿着唇全然不说话。

本来今天下午也没有安排战队的团队训练，是个人分开练习，夏霜霜点了点头："好吧。"

"三排吧。"纪寒凛突然开口了，"宝哥，带我一个啊！"

张大宝："……"

夏霜霜："……"

郑楷："我靠，我们的队长是疯了吗？我认识他 103 天，他第一次主动提出求带啊？！"

林恕："我觉得自己仿佛在看一场拙劣的三角恋。"

许汎："为了缓解尴尬以及提供服务，我需不需要主动提出和凛哥双排？"

郑楷："我说，汎子，你活腻歪了？"

许汎："……"

算了，他还想多活几年的，不能拉低全国人民的平均寿命，于是许汎讪讪地闭了嘴。

夏霜霜从角落里腾挪到张大宝旁边，刚屈膝坐下，屁股尚悬在半空中，就被纪寒凛一把抓住衣领，推搡到旁边的位子上去了。纪寒凛面不改色，十分从容地在张大宝身边那张夏霜霜的御座上坐下。

张大宝转头看他一眼，"霜霜给我打辅助，坐得近点好。"

纪寒凛唇角一弯："我也能打辅助，我给你打。"

郑楷仿佛在看世纪灾难大片，十分激动地拧了许汎的大腿一把："我靠、我靠，我确诊了，凛哥就是疯了，他一个跟我一起打排位都不让的人，居然主动提出打辅助？"

林恕看了夏霜霜一眼，一副了然的样子，点了点头："确实是疯了。"

夏霜霜这才觉得，纪寒凛果然是个很要面子的男人，为了避免被外界传成是个靠女人上位的男人，不惜给别人家的队长打辅助。

夏霜霜如坐针毡一般在纪寒凛旁边坐着，而纪寒凛夹在张大宝和夏霜霜中间却十分平静。

三个人在尴尬的气氛中坐了两小时，打了 12 把排位，赢了 12 把，战绩十分显赫。

而围观群众似乎也感受到了张大宝和纪寒凛之间的刀光剑影。

二胖疑惑："纪寒凛是不是也喜欢夏霜霜，不然怎么浑然不觉自己是个1000瓦的大灯泡？"

暗战否认："纪寒凛喜欢夏霜霜？不可能，我就没听见纪寒凛说过夏霜霜一句好话。你要喜欢个妹子，能舍得这么怼？"

老叶附和："对啊，你看宝哥，恨不得灵魂附体、手把手地教了。再看纪寒凛，差太多了，不能够，不能够……"

两个小时后，张大宝先认了输。

张大宝看纪寒凛："我不打了，你坐回去，好吧？"

纪寒凛于是哼着小曲儿蹦跶着回了自己位子上，临行前还拽着夏霜霜一道。

纪寒凛似乎心情不错，跟着自家崽子们提议："晚上出去吃。"

郑楷眼里都放光："真的？！"

纪寒凛反问："我从来不骗人。"

夏霜霜撇嘴："不信。"

"那满足你好了。"纪寒凛往椅背上一靠，"你很好看。"

夏霜霜脸一红，然后联系了上下文，看见纪寒凛唇角正隐着一丝若有似无的笑意，才发现纪寒凛又是在耍她。

一行人关了电脑，见落日西沉，随便收拾了下就打算出门。

已守在门口小半会儿的二胖听见他们那边的动静后，在夏霜霜临出门前，截住了她。

他拉住夏霜霜，把她拽到一边，鬼鬼祟祟、探头探脑地查看一番，确定没有人发现他的所作所为后，往夏霜霜手里塞了一张毛爷爷。

夏霜霜拧眉，把钱推回去："二胖，你干吗？我卖艺不卖身啊！"

二胖又把钱塞回给夏霜霜："霜霜，你们今天是不是要去武林门啊，是不是顺便会去个商场啊？我知道那边有家特别好吃的芝士奶酪蛋糕，但是不外送……"

夏霜霜看了看手里的毛爷爷："你要请我吃？"

"不!"二胖伸手又从口袋里掏出一张毛爷爷,"不是,请你吃也行,就是……就是你回来的时候能帮我带一个吗?我馋了好久了,可我们队长不给我们放假,我快疯了。"

夏霜霜这才心领神会地点了点头:"就是让我给你当外卖小妹呗?"

二胖一急,脸都涨红了:"不,我没有,我就是……真的想吃了!"

夏霜霜一笑:"我逗你的,别紧张,我不是什么好人。"

二胖这才松了口气。

"不过……"

二胖刚松下去的那口气又提了上来。

夏霜霜笑道:"不过,你这种行为,搁古代,算是勾结敌国,该要判死罪的吧?"

二胖急道:"你、你、你别告诉队长!"

夏霜霜一边朝门外走,一边道:"放心吧,狡兔死、走狗才烹,飞鸟尽、良弓才藏。我留着你还有用呢!"

二胖觉得,自己背后的冷汗都快冒完了,只是让夏霜霜外带一份芝士奶酪蛋糕而已,却仿佛比经历一场剧烈运动还累。

夏霜霜跳到院子里的时候,纪寒凛靠着铁门等她,见她过来,问了句:"二胖找你什么事儿?"

秉持着"通敌之事"越少人知道越好的理念,夏霜霜摇了摇头:"没什么啊,就是闲聊了两句。"然后挥了挥手,蹦蹦跳跳地出了院子。

纪寒凛看了眼基地的窗子,又转头看夏霜霜活泼的背影,心中暗自思忖:夏二霜这丫头,还挺招人喜欢?

一行人愉快地到了武林门,其中心情最舒爽的大概就是纪寒凛了,嘴里甚至哼着小曲儿。

队长的好心情来得太意外,JS战队的诸位揣着忐忑的心跟着队长的节奏开始愉快起来。

到店之后,纪寒凛捧着菜单,手从头划到尾,各种口味的龙虾点了个遍。

等店员把做好的龙虾端上来的时候,夏霜霜已经迫不及待地戴上手套,

第十四章 背叛是啥,能吃吗?

张牙舞爪指着自己桌前的一大块空地，道："麻辣味的，麻辣味的，放我这里，放我这里。"

纪寒凛不由得皱眉："心急什么，本来就是给你点的。"然后接过托盘，把麻辣味的小龙虾搁在了夏霜霜面前。

坐对面的郑楷单手托腮，一脸生无可恋："凛哥，我不是故意搞事情，但是……我也喜欢麻辣味的。"

夏霜霜拼命拢住自己面前的麻辣味小龙虾："不给不给，我的我的，你要自己去点！"

站旁边的店员插话："麻辣味的是我们店里卖得最好的，今天已经卖完了……"

夏霜霜更紧张了，恨不得端起盘子把龙虾都倒进嘴里。

纪寒凛面色平静，端起碗、拿了勺子，从夏霜霜那盘龙虾里舀出小半碗龙虾汤来。

纪寒凛将碗放到郑楷面前，悠悠开口，道："别说我不仗义。"然后偏头问剩下的两位，"你们也喜欢麻辣味吗？"

两人摇头，拼命摇头。

郑楷看着自己面前的那半碗龙虾汤，甚至有想哭的冲动，他堂堂首富之子，何以沦落到吃不到龙虾肉只能喝龙虾汤的地步？真是世风日下。

郑楷的白眼都快翻出眼眶了。

其他口味的龙虾上来，先是被纪寒凛一一检阅过，然后个头大的都被他拣出来，放到了夏霜霜跟前的盘子里，动作自然熟练，让人找不到任何时机打断。

其他三位盯着盘子里宛如夏霜霜跟前大虾子孙的瘦小龙虾，敢怒不敢言。

纪寒凛熟练地帮夏霜霜把龙虾上缠着的几条蔫了的香菜给挑了出来。

郑楷讶然："小夏不吃香菜？"

夏霜霜埋头剥虾，正准备开口解释，纪寒凛已经先答了："只吃鸭血粉丝汤里的香菜。"

夏霜霜忙里偷闲地点了点头，十分欣赏地看了纪寒凛一眼，仿佛他这个代言人做得相当合格。

郑楷坚持尬聊:"说句题外话,凛哥,我也不吃香菜。"话毕,眼神扫了扫自己跟前那盘龙虾里的香菜。

"哦。知道了。"十分敷衍。

许沨看不下去了,支起筷子把郑楷盆里的香菜给挑了。

夏霜霜抬眼看到这一幕,意味深长地咦了一声。

郑楷不满:"你咦什么?"

夏霜霜挑了挑眉毛:"许沨很贴心嘛。"

"凛哥也很贴心啊——"郑楷反驳,眼神一歪,扫到纪寒凛那张冷若冰霜的脸,"我是说,凛哥对我们大家都很贴心啊!"

纪寒凛这才把目光移开。

郑楷仿佛劫后余生。

到底是哪里出问题了?为什么现在他活得这么战战兢兢?

一桌子人开始闭嘴不说话,只埋头吃菜。

夏霜霜倒是全然不觉现场气氛有何诡异之处,只沉浸在拼命吃麻辣小龙虾的幸福生活中。

鬓角的发滑落下来,夏霜霜嘴里吸着龙虾,一面用戴着手套的手背在脸上蹭了一下。坐在一旁的纪寒凛见到此状,直接脱了自己手上的两只手套,帮忙把夏霜霜那一缕头发丝儿给别回去了。

"满手都是油,也往脸上蹭?"纪班主任无奈地摇头,仿佛一位长者的谆谆教诲,"脱下手套有多麻烦?怎么能懒成这样?"

夏霜霜双手不停,将虾壳一扭,剥出一个Q弹爽滑的虾肉来,嘴上有辣油沾着,显得嘴唇红润生色,她把虾肉丢进嘴里,嚼了嚼,心满意足地说道:"哦,吃的时候谁顾得上这个。"顿了一顿,又十分自然地补充道,"反正凛哥你在旁边啊……顺手的事情。"

说者无心,听者有意。对夏霜霜来说,只是一句十分随意的话,在座的各位却都听出了一股奸情的意味。

况且,哪里顺手了,你们两个撩头发,都要脱下手套的好吗?!

当然,他们是不好发作的。

一顿饭除了在座的JS战队一哥一姐吃得十分心无旁骛外,其他的三位都怀着心思，且那心思是一样的——凛哥吃错药了？对夏霜霜如此无微不至？

好不容易夏霜霜抹了抹嘴，表示一顿晚饭的结束，纪寒凛拿了手边的账单，去结账。

郑楷盯着拿了钱包去结账的纪寒凛，问夏霜霜："小夏，你有没有发现凛哥最近有点不对？"

夏霜霜偏头望了望纪寒凛的背影，反问："哪里不对？"

郑楷："对你特别宠。"

许沨补充："宠到没边儿。"

"有吗？"夏霜霜不信，转头问老实人林恕。

老实人肯定地点了点头："有，特别有。"

夏霜霜看了一眼自己跟前高高堆起的虾壳。

"也许是回光返照。"郑楷拍了拍夏霜霜的肩，"珍惜你短暂生命里最后的幸福吧。要知道，古代死囚临刑前，都会吃顿好的。"

许沨又补充："仔细想想，最近有没有做过什么掉脑袋的事情，好自为之吧！"

夏霜霜看向林恕，林恕开口："虽然我不是很想提，但是，恕我直言，霜霜，你最近跟NO战队的张大宝，走得有点近了。"

夏霜霜抬头一望正在收银台前站着的男人，他两条腿笔直修长，手肘搭在收银台上，低头在银行账单上龙飞凤舞地签着自己的名字。

"我跟宝哥，是纯洁的男女关系。"夏霜霜肯定地道。

"都男女关系了，还纯洁啊？"郑楷摇头，"小夏，比赛在即，凛哥不说，不代表不在意没放在心上。我看这几天，你还是……多和自己人走动比较好。"

结完账准备走的纪寒凛突然被刚刚那桌服务的店员叫住，店员从兜里掏出几张代金券递过去："这是送您的。先生，你女朋友很喜欢吃我们店的麻辣小龙虾啊，以后带她来可以提前预订呀！代金券上有电话的。"

纪寒凛眼神飘忽，望到夏霜霜那边，她脸上的神情略有些严肃，歪着脑袋皱着眉头好像在想什么重要的事情，他开口："她……不是……"话没说完，就顿住了，有什么好解释的，懒得解释。

然而，就是那么简简单单的一望，眼角已经不自觉地有笑意爬上。于是，在那店员的眼里，又是一把上好的狗粮。

夏霜霜还在思索自己最近是不是真的有点外交频繁引起队内局势紧张了，远处纪寒凛慢悠悠地走过来，朝自家的几个崽子招了招手："走了。"

夏霜霜伸手去拎包，突然想到出门时，二胖的郑重嘱托，遂开了口："啊——那个，我听说，负一层有家甜品店，里面的芝士蛋糕超好吃的！要不要一起去？"

"小夏，你晚上吃了那么多，还没吃饱啊？"郑楷有些怀疑。

"我吃得不多啊！嗝——"夏霜霜绝望地捂住嘴。

"嗯。去吧。"纪寒凛走在前头，郑楷一愣，纪寒凛回头，"我没吃饱，有意见？"

"当然没有！"郑楷咧嘴，露出两排整齐的白牙，十分做作，回答道，"没有意见啦！"

纪寒凛跟着夏霜霜排队，剩下三位在旁边观望。

"你从哪里听说,这家甜品店的芝士蛋糕不错的？"纪寒凛双手插在口袋，站在夏霜霜一旁，问。

夏霜霜虎躯一震，想到先前队友们提到的，她和别的战队的人走得近的问题，自然，是不能说这个消息来源于二胖了。

"哦。"夏霜霜装出若无其事的表情来，"我就在大众点评上搜到的呀，评分很高，就想来试试了。"

"嗯。"纪寒凛赞同道，"那你以后有什么想试吃的，都可以告诉我。"

夏霜霜十分狐疑，挑眉看他。

纪寒凛："有你这只小白鼠，我也不怕被刷分的水军骗了。"

……

买完蛋糕回到基地，一楼的灯已经灭了几排，二胖蹦蹦跳跳地过来给他们开门，看见夏霜霜手里拎着的蛋糕盒子，心潮已然澎湃，面子上却装作十分平静的样子："是你们啊——"一点期待的意味都没有。

见一楼灯光昏暗，夏霜霜一面在玄关处换鞋，一面问："大家今天怎么都睡这么早？"

=第十四章　背叛是啥，能吃吗？=

你的骄傲 ○

二胖的眼神不肯从蛋糕盒子上移开:"明天战队有约一个访谈,大家为了显得帅一点,都早早去睡觉了。"

夏霜霜看一眼二胖,二胖赶忙补充道:"我本来就帅,不需要任何别的做作的加持。"

夏霜霜拎着蛋糕到位子上,跟自己战队的几个人打招呼:"我再练会儿新英雄,你们先上楼睡吧。"

郑楷他们也不客气,打着哈欠上楼去了。

纪寒凛也跟着上楼,只是在楼梯转角处,眼神微微一扫,就扫到了坐在电脑前一声不吭的张大宝。

心里有点小在意哦!

纪寒凛装作无事发生,上楼去了。

二胖见几个人都走了,赶忙蹲到夏霜霜身边:"霜霜,要不是我发誓非刘亦菲不娶,我真是快要爱上你了!"

"别。"夏霜霜抬手,"你的爱还是留给天仙吧,我高攀不起。"

二胖飞快地拆了蛋糕盒子,看着里头的芝士蛋糕咽了咽口水:"等等,先不吃,我拍张照留恋一下,以后饿了还能拿出来解解馋。"伸手往口袋里一摸,"我手机落房间里了。"于是,转身就往楼上跑,路过张大宝桌前的时候,他犹豫了一秒,内心天人交战后,发出了要约邀请,"宝哥,你要和我们一起吃个芝士蛋糕吗?"

屏幕前的张大宝慢悠悠地抬起头,慢悠悠地望了眼拎着蛋糕往餐厅走的夏霜霜,对着空气点了点头:"好啊。"

于是,下楼想去冰箱拿瓶矿泉水的纪寒凛就看到这样一幕:餐厅灯光柔和温馨,少女歪着脑袋小心翼翼地把蛋糕从打包盒里一点点抽出来,一旁坐着的某网瘾少年手里端着盘子,视线却直勾勾地盯着少女的脸庞,对蛋糕是看都没看一眼。

搞清楚,这是我帅破天际拽破天的纪寒凛本人排队陪夏二霜你买的吗?不邀请我吃也就算了?深更半夜,孤男寡女,拉着别队队长一起吃,大丈夫?

纪寒凛扭头就走,连拿水这件事都给忘回了娘胎里。

上楼的时候碰到抓着手机飞驰而下的二胖,二胖礼貌地叫了句"凛哥",

被招呼的本尊理也没理，径直上楼去了。

二胖一愣，但因心系蛋糕，也没多想。坐到桌子边，先咔嚓咔嚓 360 度无死角地拍了几十张照片，一面打开修图软件，试了十几个滤镜，一面咬了一大块蛋糕，问夏霜霜："凛哥今天心情不好啊？"

夏霜霜一脸茫然："不好吗？他回来的时候，挺好的啊？"

二胖又咬了一口："哦，那可能我会错意了。刚刚我下来的时候碰见凛哥上楼，满脸写着'我在生气'四个字，我叫他，他都没搭理我。"

夏霜霜额头青筋一跳："凛哥刚刚下来过？"

二胖思索了一会儿："那不然他从哪里上去？"

夏霜霜觉得自己要完，抽身离开，急匆匆地上了楼。

张大宝的目光于是追随着少女的身影，一路往上。等见不到人影了，才听见二胖叫他："宝哥。好吃吗？"

张大宝微微愣："好看。"

二胖："……"莫名其妙，继续吃蛋糕。

第十五章　思绪凌乱

　　夏霜霜走到纪寒凛门前，伸手想敲门，又觉得如果贸然解释自己给敌军带蛋糕这事儿，简直是不打自招。在他门前徘徊了一会儿，她还是选择回了自己房间。

　　夏霜霜进门后，先拎着小龙虾叨叨了会儿："你亲爹今天好像又生气了，认识你爹之后，我的经历大概可以写一本80万字的长篇励志言情小说了，上半部是《队长每天都在怼我》，下半部逆转为《队长好像每天都在生气》。80万字，活生生的80万字，情节、对话绝对不重样。"夏霜霜叹气，"你爹也太难取悦了。"

　　扔下小龙虾，夏霜霜揣着心理负担进浴室去洗澡。

　　干发巾包着湿漉漉的头发，水声哗哗，夏霜霜站在洗手台前，伸手擦了擦被水雾糊住的镜面，看着里头渐渐清晰的一张脸。左右看了看，大概是最近太累的缘故，她眼眶下都浮起了一圈青色。她叹了口气，找眼霜出来抹了抹，又觉得脸颊上好像有颗痘印，不由得又翻出祛痘印涂厚了点。

　　都说爱美是一个女孩子陷入恋情的前兆。

　　夏霜霜仿佛受到惊吓：我这样……该是基础护肤保养吧？就跟解决三餐以确保温饱一样吧？我喜欢得这么明显，会不会被人看出来啊？

　　夏霜霜不敢多想，把护肤品都丢进化妆包里，一面拼命摇晃着脑袋，像是想把脑子里进的水都晃荡出来。

　　她扯掉浴巾，换上那套随时可以去广场上打一套太极也绝没有半点违和感的战队睡衣，倒在床上，放空大脑。

睡意上头，迷迷糊糊间仿佛听见有人敲门，夏霜霜抱着枕头，含含糊糊地应了句："来了——"

脑子里却思绪纷乱：凛哥这么晚还来干吗啊？到底让不让人睡觉啊，不会又要来实践他钟爱的教育事业吧？

打开门一看，站在门口的是张大宝。

夏霜霜整个人都清醒了，因为张大宝怀里还抱了只巨大的熊本熊。

"平时人多，没好意思拿给你。"张大宝依旧一身西装，扮相很是精英成熟。

"啊——这个。"夏霜霜望着抱着熊本熊的张大宝，不知怎么拒绝。

"是粉丝送的，我用不上。我是听说女孩子都喜欢这个的，放在我那里也是浪费。"张大宝继续，"我不是抠，你要是喜欢，我能买100个送你，1000个也行。"

在夏霜霜踌躇犹豫着到底要不要接受别队队长送来的这个超大玩偶的时候，她当然不晓得，已经听见动静的对门，这会儿正悄悄把房门拉开一小条缝，两眼视线可见的，就是一个娇羞的少女在害羞是否接受某网瘾少年的表白。

门缝后面的纪班主任果然有了学生时代躲在教室后门暗中观察学生表现的教导主任风范，恨不得拿出小本本狠狠记下这对男女的名字！

少女将身材高大的少年手中的熊本熊接过去，微笑着点头说了声"谢谢"。直到少女把门关上后五分钟，少年才一步三回头地离开。

而纪寒凛内心已经犹如一个防范学生早恋的教导主任一般，想要把夏霜霜同张大宝的爱情萌芽扼死在摇篮之中。

回到房间左右看了半天，刚把熊本熊安置在床头，房门又被敲了。

夏霜霜急吼吼地奔过去开门，刚把门拉开，纪寒凛已经神色凝重地在那儿杵着了。

"凛哥？"

纪寒凛斜了夏霜霜一眼："很意外？"顿了顿又补充，"你希望敲门的不是我？"

夏霜霜一脸黑人问号，完全不知道自己从头到尾只有把门打开这一个动作，为什么会惹得纪寒凛有这么多不相干的猜想。

= 第十五章 思绪凌乱 =

"没……"有点疑惑，于是，夏霜霜抬头问，"那个……凛哥，这么晚，有事？"

"你也知道晚？"

纪寒凛目光微微一飘，于是就看见自家亲儿子在人家床尾趴着，别人家刚送的玩偶在床头悠闲自得地躺着。他忽然就冒了火气上来，指着自家亲儿子开始数落领养人："我辛辛苦苦花98块钱生出来的儿子被你踩在脚底，别人随随便便抱养来一个女儿你给放在床头？你考虑过孩子他爸的感受吗？"

"凛哥，你冷静点！"

"冷静不了。这种事情，换了你，你能冷静吗？"

"不能、不能，绝对不能！"

果然不错，今晚的龙虾宴就是某人原地爆炸的前兆，以至于把气都撒到这些毫无生命的小可怜玩偶身上了。

"其实，凛哥，我有些不为人知的怪癖！"夏霜霜开启自黑模式，她伸手指了指床尾，"我睡觉都是头朝床尾的！"

纪寒凛的脸色由阴转晴。

夏霜霜继续发动攻势："你不知道，这些天，都是小龙虾陪我睡觉的。事实上，如果这会儿没有小龙虾的陪伴，我晚上是会失眠的。"

纪寒凛脸上终于有了笑容。

夏霜霜屎人胆壮了起来："阿熊的地位怎么可能超过小龙虾？小龙虾可是凛哥你的亲生儿子啊！"夏霜霜伸手一捞，把阿熊飞快地扔到地上，"你看！它一点都比不过小龙虾！"

纪寒凛脸上的笑容愈发清晰。

"如果阿熊是5毛钱的话，那小龙虾就是400亿！"夏霜霜气贯长虹，甚至对天起誓。

"不早了，你睡吧。"纪寒凛退出夏霜霜的房间，临走到门前，还装作无意一般，踹了阿熊一脚。

直到对面房门发出啪嗒落锁的声音，夏霜霜才松了口气，整个人呈大字摊在床上。

人被逼到极限的时候，扯谎都这么有条理了。

浑浑噩噩地躺了一晚，梦里全是纪寒凛抱着小龙虾，满脸泪痕，柔柔弱弱、哭哭啼啼，在夏霜霜面前骂她"负心婆"、见异思迁，虐待儿童的样子。夏霜霜昏头昏脑地在梦里认错，给纪寒凛和小龙虾敬茶道歉，举头三尺有神明，她对天发誓，一定不再辜负他们父子，才算完事儿。之后，又是百般讨好他们父子，带他们去美食一条街，领着他们去游乐场。连梦里残存的意识都指明了，自己和纪寒凛，真的成了一对了。

夏霜霜是被吓醒的。

日有所思，夜有所梦。难道不知不觉中，她对纪寒凛的非分之想已经到这种程度了？

夏霜霜开始慌了。

这样的思想，很危险啊！

夏霜霜不敢多想，踩上拖鞋就进洗手间刷牙洗脸去了。一顿磨蹭完后，一阵敲门声传来。

夏霜霜奔过去开门，纪寒凛已经一身运动衣站在门口，是少年独有的青春气息。

"凛哥？这么早？"

"不早了。"纪寒凛抬手看表，"已经7点钟了。"

夏霜霜转头想跑，被纪寒凛一把扣住脑袋，打了个旋儿，转了回来，和自己面对面了。

"晨跑。"语气不容置喙。

夏霜霜看了看旁边几扇关得牢牢的房门，开始卖队友："哦，那他们三个不用吗？"

纪寒凛收回手，靠到门框上："以你的速度，他们让你半小时，也足够了。"

夏霜霜："……"

在纪寒凛的胁迫下，夏霜霜换上一套运动装，跟着他一起去晨跑。

许是头天夜里下了一场雨，空气湿度很是适宜。早晨的空气清新也不是假的，翠绿的枝叶、盛开的繁花、将将升起的日头，都刻画着一幅美丽的画卷。

═ 第十五章　思绪凌乱 ═

除了，跑步本身这项体育运动很是要命。

夏霜霜觉得，虽然自己是全心全意、用尽全力在奔跑，但对纪寒凛来说，速度仿佛在遛狗？只是一条牵引绳的差距了吧？

纪寒凛跑得轻松，不时在旁边敦促夏霜霜两句，短短一公里，夏霜霜就仿佛下凡历劫一趟，快要筋疲力尽了。

她跑到一棵大树边，不顾形象气质地往地上一坐，伸手往包里去翻，眼前就出现一瓶水，她抬头，纪寒凛额头上绑着发带，手里朝她递过一瓶水。早晨的光笼在他身后，影后绰绰仿佛会发光的王子。

夏霜霜接过去，伸手在瓶盖上，还没拧，手里又是一空，纪寒凛把矿泉水抢过去，双手一拧，然后将盖子轻轻搭在上头，给递了回去。

夏霜霜仰头，咕咚咕咚喝了几大口，抹了抹嘴，把矿泉水收好："凛哥，我跑不动了。"

纪寒凛："这才是原计划的五分之一。"

夏霜霜："我觉得揠苗助长并不好，凛哥，你是不是可以适当把原计划调整一下，减一减？不然，我怕到中饭的点，我也跑不完。"

"没关系。"纪寒凛伸手把夏霜霜拎起来，"你就是跑到天黑，我也陪着你。"

夏霜霜的脸骤然一红："凛哥，你不要随便就说这种满分情话啊，我吃不消……"

纪寒凛一愣，把夏霜霜的背包也背到自己身上："都100多斤的人了，有什么好吃不消的？"

夏霜霜手脚麻利地从地上爬起来，追在纪寒凛屁股后面申辩："我99.8斤！好不好？哪里有100斤？你不要随意在我的体重上添砖加瓦啊喂！"

于是，在纪寒凛一路的言语嘲讽和侮辱下，夏霜霜前后跑跑停停，花了两个小时，终于跑完了5公里的路程。而这对于平时的她来说，是一个根本不可能完成的任务。

终点是一所中学，早晨的学校吵吵嚷嚷的，门口设了不少早点摊子，卖小笼包的、卖鸡蛋饼的，成群结队穿着校服的学生排着队买早饭，叽叽喳喳，好不热闹。

"饿了？"纪寒凛看了一眼舔嘴唇的夏霜霜问。

夏霜霜点点头。

"走。去吃早饭。"纪寒凛迈开长腿，就往街角的一家早餐店走。

夏霜霜在后头跟着，男人身材高大，身旁不时传来少女的惊呼："啊啊啊，那个小哥哥好帅啊，是我们学校的吗？！"

"胡说，我们学校哪里有这么帅的男人，不会是新来的转学生吧？"

"看年纪好像比我们大啊，是不是新来的老师啊？不知道哪个班的女生这么有福气啊！"

夏霜霜摇头，他纪寒凛，真是到哪里都有迷妹。

纪寒凛走得快，刚好一群学生买完早饭进校门，从他俩中间穿过去，夏霜霜直接被人群给冲到后边去了。隔着人群，她一蹦老高地叫他："凛哥！等等我！"

男人听见那熟悉的叫唤，顿住脚步，一回头就看见少女在那里蹦蹦跳跳，前头是几十个背着书包的学生。他无奈地摇头，绕回来，过来一把拉住那人的手臂，将她往身边一带，嘴里还念叨着："走个路都能跟不上，饭都白吃了？"

夏霜霜撇了撇嘴："人太多啊，我一个老学姐，哪里好意思欺负这些小孩子啊，当然是选择让着她们啦！"

男人将手臂握得更紧："跟牢了，再丢我可不管了。"

少女哼哼唧唧的，一个人碎碎念："什么丢不丢，又不是钱包？这么点路，我自己会过去啊。不管就不管嘛，早饭钱我还是付得起的，看不起谁呢，真是的……"当然，整个人却牢牢地跟着男人，一步也不敢落下了。

店铺1的装潢有些陈旧了，像是家老店，客人也多。门前支了个大炉子，做的是杂粮饼。做好的面糊铺在电饼铛上刮匀，打上鸡蛋再刮匀，白腾腾的雾气飘上来，放上里脊、香肠，撒上葱花、肉末，再卷起来，蘸上酱料，把薄脆放上去，卷好后从中间切开，对折。

纪寒凛拉着夏霜霜站在旁边，夏某人光靠闻，就已食欲大动。

纪寒凛看了夏二霜一眼，无奈地摇了摇头，嘴角却不自觉地勾了起来。好不容易排到，他跟老板娘说："里脊、香肠，什么都要，酱要辣的，越多越好。"

夏霜霜十分满意地点头，纪寒凛虽然平时爱怼她，但对她的口味却掌握得一清二楚。

第十五章　思绪凌乱

老板娘一面做，一面笑着说，"吃这么多，不怕胖啊？现在的小姑娘，都只吃一点点的。"

夏霜霜笑着摇头："好吃才重要啊！口腹之欲，人间美事！"

纪寒凛一面掏钱，一面漫不经心地说："丫头太瘦了，骨头都硌得慌，胖一点更好。再打两碗热豆浆。"

夏霜霜在前头拎着两袋杂粮饼，纪寒凛跟在后头端了两碗热豆浆，找了张靠角落的木桌子坐下了。

豆浆搁了会儿，上头浮起一层薄薄的面皮，夏霜霜吸溜进嘴里，又咬了一口手里的杂粮饼，裹在面糊里的热气蹿上来，夏霜霜一面用手在嘴边做扇子扇风，叫着"好烫、好烫"，一面又忍不住夸赞："好好吃！"

纪寒凛转了转勺子："废话，当然好吃。我晨跑了这么多个早上，一家家试过来的好吗？"

正在喝豆浆的夏霜霜手一抖，埋着头也不敢抬起来，就嗓音低低地问："那……凛哥，你是特意带我来的啊？"

心已经怦怦怦跳得响了。

"特意为我试的啊？"这句话她当然没勇气说出口。

"你要是能再跑十公里，我也就不带你来这里了。"纪寒凛把碗底的豆浆喝尽，问，"吃饱没？"

夏霜霜拼命啃了两口杂粮饼："饱了！"

"明天还想吃吗？"

"想！"

纪寒凛站起身，朝门外走："那好，明天记得早点起。"

夏霜霜追在纪寒凛身后："凛哥，你不厚道！你又套我！"

然而，吃完早饭、站在马路上的夏霜霜，这会儿才发现似乎有哪里不对。

"凛哥，我们怎么回去？打车吗，还是这儿附近有公交？我记得好像没有吧……"

"嗯。再跑回去。"

夏霜霜一脸"去你的，我不干了"，"凛哥，你诓我是不是？我中计了，对不对？你一开始计划的就是十公里的路程，没错吧？"

纪寒凛十分坦然："要是一早就跟你说跑十公里，你估计会扒着基地的大门死活也不跟我出来的吧？"

夏霜霜："你这么诡计多端，怎么不去写小说？"

纪寒凛："我怕我写出来，读者看不懂，还得费劲解释。你就不一样了，提点一下，还是能略通一二的。"

夏霜霜："那是，毕竟我亲身经历，没点感悟都不合适。"

夏霜霜在吃饱后，好歹有了力气，两个人一路跑回去，倒是比来时顺利得多了。

回到基地的时候，正碰上电竞圈记者的专访，张大宝坐在沙发上，模样十分周正，见到夏霜霜推门进来，他的眸光闪了闪。

记者刚好问道："宝哥你最近形象大有改观啊，跟从前判若两人，是有什么新情况吗？"

张大宝又看了一眼在玄关处换鞋的夏霜霜，以及跟在她身后帮她拎着书包的纪寒凛，不由得把目光收了回来，点了点头："嗯。遇到了一个觉得很不错的女孩子，觉得把自己打扮得清爽干净也不是很浪费时间的事情，觉得要好好对待生活。"

记者大惊："这话从宝哥你嘴里说出来也太难得，过去你可是说过，'如果不是因为坐在电脑前打游戏需要消耗能量，我绝对不会浪费一秒时间在吃吃喝喝上'的话啊！"

张大宝目光瞟了一瞟，夏霜霜一脸笑意地跟在纪寒凛身后，坐到电脑前，两个人不知说了什么，纪寒凛伸手敲了敲她的额头，她的舌头微微伸出来点，像只小狗一样乖巧听话，不再闹腾，安安静静地坐在一边认真地打起了游戏。

"就像一直相信自己会中奖、每期都买同一注数字的人始终中不了大乐透，却有路人走过随手敲几个数字就把奖金池给搬走一样，人生始终是无法预料的。"

记者："宝哥，你突然这么哲学，这个访谈可能要换频道了。"

……

坐在电脑前的夏霜霜的手一直摁在鼠标上不停地点着，目光却瞟向张大宝那边，准确地说是——是围着张大宝的摄像和记者们。纪寒凛看她眼里漾出的神情全是欣羡，于是，伸手点了点桌面的图标，随口问了句："很羡慕？"

夏霜霜点了点头："嗯，说出来你可能不信。其实，我也很想像宝哥那样，有一天，能有人来采访我。有自己的粉丝，他们会想要知道所有关于我的事情，他们会在意我的举动，而我，也努力地，不让他们失望。"夏霜霜顿了顿，把目光收回来，直直地盯着自己眼前的游戏图标，仿佛那不只是一个抽象到简单的二维平面图片，而是一个承载着她很多梦想的星舟，"也许很难，也许很遥远，但我，总有一天是会做到的。"

一旁的纪寒凛看着小丫头认真的样子，心中有些动容："我等着看那一天呢。"

夏霜霜有些不可置信，从那个人的嘴里，怎么可能吐出半句有关自己的好话？她转头去看他，他正抬着下巴歪着头，面孔清晰，侧颜俊朗。

他唇动了动，继续说话："你想清楚没？想像张大宝那样，是因为享受众星拱月、被人捧在手心、时时刻刻挂在嘴边的红了的感觉，还是……"他顿了一顿，转过头来看她，"还是你真的就只是单纯地，想要做好一件事，而这件事的附加价值是，你会收获一批忠实的粉丝，他们不时地仰望你、看重你，把你当作前进道路的风向标，是因为你值得被标榜。"

夏霜霜毫不迟疑："这件事一直很清楚明朗啊，我想要站到闪光的地方，和你和队友一起。给那些心里有梦的人希望：你看，人家夏霜霜也可以做到呢！她那样子很酷呢！我们为什么不行？就是这样。"

纪寒凛伸手拍了拍夏霜霜的肩："你有一颗为人类进步而打游戏的心，我很宽慰。"

夏霜霜："……"

时间飞快，转眼就到了校内战队决赛的那一日。

夏霜霜临赛前的反应十分平静，让郑楷他们有些讶然。

郑楷："小夏，你怎么不紧张？"

夏霜霜一面摆弄电脑，一面平静地问："我为什么要紧张？"

郑楷："难道，你已经抱着必输的信念了吗？"

夏霜霜看了郑楷一眼："我觉得输赢靠实力，实力达不到，紧张也没用，实力到了，紧张也是白瞎。"

郑楷不服，看了坐在一边事不关己的纪寒凛一眼："凛哥，你到底给小夏喝了什么过期鸡汤，她为什么变成这样了？你把从前那个有血有肉小夏还给我！"

"我才没有给她喝什么鸡汤。"纪寒凛慢悠悠地回答，"鸡汤那么贵，谁舍得给她喝？"

郑楷："……"

夏霜霜："……"

比赛顺序由抽签决定，第一轮的输家参加第二轮比赛。

夏霜霜他们抽到了第一轮，对手，NO战队。

暗战在一旁兴奋地抖腿："还担心会碰到宝哥他们呢，那不是要打两局？这下好了，坐等收割！"

许汛横了他一眼，抬起屁股把他腾挪走：."让开，你挡着我WiFi信号了。"

暗战一脸不爽站到后排围观。

大家的状态进入得很快，BO3的赛制，前两局1:1，到最后一局，夏霜霜的脸上终于露出一点凝重的情绪来。

纪寒凛伸手拧了瓶水递过去："别慌，正常打就行。"

"我没慌……"捏瓶子的手已经在发抖。

纪寒凛把只剩半瓶水的瓶子抢过来："你再暴力捏下去，这瓶子连回收利用的价值都没有了。"

"你说谁没有价值？"夏霜霜像是回过神来，话听了半句，转头怒瞪纪寒凛。

郑楷在旁边劝和："一个矿泉水瓶子而已，小夏你稍微放轻松点。"

夏霜霜更火大："凛哥你看不起人，已经到连矿泉水瓶都不放过的地步了？"

林恕在旁边游说："凛哥，霜霜是太紧张了吧，你千万冷静，别跟她呛了。"

纪寒凛唇动了动,没说话。他把目光移开,伸手在鼠标上点了点。

一直到最后一局开始,他都没再说话,任凭夏霜霜在旁边抖手抖腿,他嘴里也没蹦出一个字来。

Ban&pick环节的时候,夏霜霜还在那里牙齿打战,手冷脚冷,仿佛空调开到了零下。其实,没必要这么紧张,如同队友所言,好歹还有下一轮呢。可大概越是在意的东西越学不会伪装,脑洞还在无限大开的夏霜霜,这会儿忽然感觉手腕处一紧,温热的掌心与她的肌肤相触,她仿佛触电一般被烫过,然后,抬头,目光与那个男人相触,仿佛漫天星海揉碎在眼底。那掌心仿佛传递着安定人心的力量,目光交错间,夏霜霜好像打了一剂安定一般镇定下来,那幽深如古井的瞳眸仿佛在说:"你怕什么,我不是在吗?"

夏霜霜终于恢复了人样,在一波"全军出击"的呐喊中,操作着英雄勇往直前。

这一局打得焦灼,40分钟后,两方都只剩一个水晶。战局到了最后,两方都只剩一人,JS战队的夏霜霜和NO战队的张大宝,且都在对方的水晶点塔。夏霜霜手心都出了汗,只目不转睛地盯着屏幕,花样输出。就在张大宝连平A的伤害都比夏霜霜连招高的最后时刻,张大宝做出了一个出人意料的举动——点了回城。

进度条读到一半的时候,NO战队的水晶被爆了。直到胜利的字样跳出屏幕,夏霜霜整个人才仿佛松了口气,整个人都如拉坏的弹簧一般软在了椅背上。她当然也觉得这场胜局来得莫名其妙,还没来得及细想是为何,一旁的暗战已经炸了:"宝哥!宝哥你……"

张大宝面色平静:"哦,网络延迟。"

暗战气到蹦起来:"骗谁呢宝哥?!我们这里连的可是100M光纤!再说大家不是都连的一个WiFi吗?你延迟?你骗鬼呢?"

张大宝眼波无澜,只看了暗战一眼,他就立马闭嘴了。

NO战队的其他人也无话可说,该去洗手间去洗手间,该补水的去补水。

而在这个间隙,夏霜霜手贱地点开了视频回放,于是就看到了张大宝毫无因由地那一个回城。

她抬头,看了张大宝一眼。少年青涩的面庞映在日光中,神情淡漠并不言语。可夏霜霜却比刚刚更加泄气，坐在旁边的纪寒凛抬手揉了揉颈椎，问："怎么？赢了，不高兴？"

夏霜霜转头："你也知道我们为什么会赢，你能高兴得起来？"

纪寒凛低吟："嗯。"

夏霜霜："张大宝他看不起我们，他让着我们，他故意输给我们！"

纪寒凛："哦。"

夏霜霜："被人这样瞧不起，你给点反应啊？JS战队不要面子吗？"

纪寒凛："你赢得无可奈何，也是赢了，我能怎么办？我刚刚去拔你的电源还是断你的网络？张大宝他硬要让着你，你去跟他讲道理啊，在我这里叫唤什么？"

纪寒凛大概没能听出来，自己刚刚那番话里头，醋劲酸到让人牙疼。然而，对话的两个人却浑然不觉。

夏霜霜愣了，这确实是她赢得最心不甘情不愿的一次。

可他们就是赢了。

胜之不武，只会成为别人口中的笑柄，这样嘲讽的帽子，如果自己不摘，只能永远戴在头上。

等到NO战队2:0胜出KY战队后，夏霜霜把张大宝拖到了楼梯拐角处："宝哥，你为什么这么做？"

"如果注定要有一队人和我们一起代表学校去比赛，比起暗战他们，我更希望是你们战队。"

"宝哥，我很感激你的用心，但你这么做，和那些觉得我们战队必输的人，有什么区别？"夏霜霜目光直直地盯着张大宝，"比赛，我们可以自己赢。"

说完这番话，夏霜霜就转身回去，叫住了垂头丧气的暗战："我们再打一局，谁赢了谁代表学校去比赛。"

暗战原本垂着的头猛然抬起，眼中闪出光亮的火花，有些不可置信地握住夏霜霜的双臂："你说真的？"旋即，又看了看纪寒凛他们，"你能做得了主？"

夏霜霜被这一问，问得有些愣，转头目光似带着恳求地看了看自己的队友们。

纪寒凛这会儿才将靠在椅背上的背直起，慢悠悠地站起来，走到夏霜霜

你的骄傲 ○

身边,挥手打掉暗战握住夏霜霜双臂的手:"我队一姐,她说了不算,谁说了算?"

其他几个也很有骨气地应战。

"我们为什么要靠别人的施舍?"

"就是啊,稳住,我们能赢!"

"哦,是时候'虐虐菜'了呢!"

"以及,小夏你刚刚那个哀求的眼神是什么意思,以为我们不站你这边?你对我们的人品这么没信心?你不信他们没事儿啊,他们没节操,我还是有的啊……"

听着自家队友你一言我一语无条件地给自己打call站队,夏霜霜忽然笑了。

有什么关系呢?

输了,我们一起重回巅峰;赢了,我们一起共享荣耀。

没有什么比和自己的队友共同战斗同进退更让人心旷神怡的了!

这一局,夏霜霜再没有如之前那样紧张,她整个人都表现得很是沉稳。

她沉稳地清兵线,沉稳地补兵,沉稳地推塔,沉稳地拿人头。

直到和队友一起推掉了敌方的水晶,她才深深地舒了口气。

郑楷十分兴奋,甚至直接在暗战旁边开始尬舞。

相比于JS诸位的兴奋和喜悦,KY战队的诸位就显得很丧了。

鬼知道他们经历了什么,先是NO战队的队长带领队员故意输给JS,然后被NO战队吊打,完了之后JS的一姐又说他们可以靠自己赢,原以为是新的希望,结果又把他们摁在地板上摩擦了一顿。

尤其现在还有一个很没有眼色地在旁边尬舞,真想把显示器直接摁到他们脑门儿上。

暗战不爽,很不爽,卸了鼠标、键盘就上楼了,进门的时候还大声地把门摔了一下。二胖虽然心里也不好受,但好歹也是吃过夏霜霜外卖的人,脸色不好摆得太厉害,只跟在暗战后头上楼去了。

夏霜霜望着他们的背影,忽然沉默不言。纪寒凛偏头看她,冷不丁地问:"怎么,见不得别人输?圣母心泛滥了?"

"我们以前输比赛的时候,也是这么难过吧?"夏霜霜叹了口气,"只是有点物伤同类罢了。"

纪寒凛扯了扯衬衫领口,不在意地说道:"既然是比赛,自然会有输赢。输都输不起,还想着赢?"

夏霜霜看了纪寒凛一眼,觉得他说得十分在理,于是将她那颗刚刚显现出来的圣母心给收好。

第十六章 我有儿子了

最终代表学校参加省赛的队伍定下来是 JS 战队和 NO 战队。于是，暗战整个人仿佛消沉得失去了斗志，每天也不训练，只睡到傍晚起来，在楼下四处晃荡一圈，开了电脑刷剧，无所事事得厉害。

JS 和 NO 战队的诸位看在眼里，虽然也想给他们灌一灌鸡汤，告诉他们不过是输一场比赛而已，以后总归还是有更多的比赛要打。可每次一对上暗战那张生无可恋的脸，他们也就都不好多说什么了，只好把新鲜熬的一锅子鸡汤给生生倒了。

省赛在即，郑楷每每想出去搞事情，都会被纪寒凛和夏霜霜摁在电脑前练习。

郑楷一面假哭，一面摁鼠标、敲键盘，声泪俱下，说道："说出去谁信？要说我被人摁着做数学题倒是说得过去，现在是被人摁着打游戏。有朝一日我居然被人逼着打游戏！而我还要反抗！我家老头子要是知道了，不知道该有多欣慰！"

许泅盯着屏幕、头也不偏，给郑楷抽了几张面巾纸递过去："赶紧哭，哭完来双排。"

郑楷于是假哭得更绝望了。

这边郑楷正埋头在纸巾里洒泪，那边夏霜霜穿了一身波西米亚风的长裙，背了个小包，蹦蹦跳跳地到玄关处换鞋了。郑楷一怔，问道："小夏，你出门？"

夏霜霜一面穿鞋一面一脸无辜地反问："对啊，怎么啦？今天不能出门？"说完朝外头看了眼天，"没下暴雨啊？"

此时正是艳阳高照，晴空万里，夏霜霜看了眼鞋柜旁摆的雨伞，犹豫了一会儿，终是没拿。

郑楷不服，又问："小夏，省赛在即，你还出门？凛哥，答应了？"

夏霜霜点点头："答应了啊。冯媛的新书上了，销量不错，特意办了个庆功宴，我去祝福她一下。"

夏霜霜看了眼手机上的时间，丢下一句："来不及啦，我先走啦！"然后，就飞似的跑出了基地。

郑楷心有不满，怨愤地道："冯媛一个庆功宴，凛哥就可以给小夏放假！那我呢？今天可是我爸爸的五十大寿！"

林恕摇头道："你说这话不亏心啊？"

许沨横了一眼过来，也补刀："昨天你跟凛哥要假期的时候，理由是你爸六十大寿。我很怀疑你到底知不知道伯父今年贵庚。"

郑楷敲了敲额头："真的？"

刚从二楼下来的纪寒凛一面往郑楷他们这边走，一面说："不能更真。"说完，把凳子往过拉开一截，坐下，"来，我跟你们一起排。"

郑楷斜着脑袋看他："为什么冯媛新书大卖这种狗屁理由你都能给小夏放假，而我爸爸七十大寿你都不给我批准？"郑楷气愤地敲鼠标，开启复读机模式，"凭什么、凭什么、凭什么……"突然卡带，一脸惊诧，"我知道了！你喜欢！"

纪寒凛双眼微微眯起，脸上的表情仿佛在说"你说说看，说错了我不打死你"。

郑楷心里发怵，仍然喊出了那句——"你喜欢冯媛！"

林恕和许沨宛如看智障一样看着郑楷，而纪寒凛则一脸蔑视，仿佛在说："凡人。愚蠢。"

郑楷感觉到四周目光是对他智商的侮辱，遂不满地道："你要不是喜欢冯媛，你凭什么给小夏放假，我不管，我也要放假。"

"哦。"纪寒凛懒得看他，也不理他的胡搅蛮缠，只敲了敲键盘，"因为有人罩着她啊。"

"谁？"郑楷问道。

第十六章 我有儿子了

255

纪寒凛冷冷："我。"

郑楷委屈："那你也罩一罩我。"

纪寒凛将郑楷上下打量了一番，冷酷无情，道："罩不住。"

郑楷绝望地在游戏里直接拿了个五杀，成功地把自己所受的委屈转嫁给了他人。

冯媛所谓的庆功宴，其实只有她和夏霜霜两个人，两个人先在一家咖啡厅喝下午茶，夏霜霜要了杯卡布奇诺，拿着银勺将咖啡搅了搅，说："我还以为你的庆功宴得是人山人海呢？"

冯媛很一本正经地表达了自己对闺密的无限宠爱："我这本书讲的是闺密情，原型是你和我，当然只能有我们俩。"她吃了口芝士蛋糕，继续说道，"再说了，这种兴奋喜悦的心情，分享给不相干的人干什么？他们懂个屁！"

夏霜霜笑她："我这趟跑出来可不容易，在凛哥面前好说歹说了老半天，待不了多久，天黑前就得回去。"

冯媛摇了摇头："又是一把新鲜无害的狗粮。"

夏霜霜喝了一大口咖啡："这怎么就狗粮了？"

冯媛："天黑前就得回去，这不是担心你的表现吗？这不是怕你回去晚了有危险吗？这不是狗粮是什么？"

夏霜霜都快笑哭了："我真是搞不懂你们搞创作的，哪怕他多看我一眼，你都能曲解成他跟我缘定三生三世。"

冯媛更加兴奋："我就说凛哥喜欢你！不然他为什么要多看你一眼？"

夏霜霜："……"

于是，不得不在天黑前赶回去的夏霜霜队员，在和她的好闺密闲聊了一下午后，踏上了回基地的归程。

刚拼死拼活搭上车，太阳就匿了身形，突然下起了瓢泼大雨，期间还夹杂着电闪雷鸣。夏霜霜坐在车里，看着窗外的雨帘，捏着只剩下10%电量的手机，不由得忧心忡忡。

雨下到基地那会儿的时候，纪寒凛他们刚刚结束完一局游戏，一道闪电划过天际，紧接着就是雨落如矢，砸在窗户玻璃上，噼里啪啦地响，那阵势仿佛外星人即将入侵。

基地里一群网瘾少年纷纷讨论起这狂野的大雨来。

倒是林恕有些担忧道："小夏还在外头呢，这么大的雨，她又没带伞……"

纪寒凛看了眼手机上20分钟前夏霜霜发来的微信。

夏天一点都不热：凛哥……我手机快没电了，现在在回来的出租车上，大概半小时后能到……

夏天一点都不热：我不是故意晚回来的，别罚我跪键盘＝＝ball ball you！

嗯……算算时间，再过十分钟小丫头就该回来了。照着林恕说的，纪寒凛看了眼墙角留着的雨伞，收了手机，站起身来，往门边走。边走边丢给自己队员一句话："我出去一下。"

路过隔壁战队的时候，正在嗑瓜子的二胖有点迷茫，望着纪寒凛的背影问他的队员："你们凛哥是壮士啊，这个天出去，游泳啊？"

当然，收获的是JS战队剩下三名队员的嘲讽白眼×3。

这边夏霜霜坐在车里，已经远远望见雨幕中基地的一个影子了，雨刮器在前头不停地刮着，司机忽然一脚刹车踩下去，车子一个猛烈的刹车，夏霜霜的额头直接磕到了前座上。

她一只手揉着额头，抬头问司机："师傅，怎么了？"

"前头、前头好像有条狗。阿弥陀佛，差点杀生。"司机大概是个爱宠人士，因为没有误伤那条狗而谢天谢地了半天。

夏霜霜透过窗户玻璃，影影绰绰似乎是看见一只小奶狗缩在路中间，雨把它全身都淋得湿透了，它几乎是在雨里瑟瑟发抖。

于是，当纪寒凛撑着伞，看见那个捏着衣服挡在自己头顶上的小丫头从车上跑下来的时候，不由得皱了皱眉。

他快走了几步过去，把伞遮在小丫头头上，又不露痕迹地把伞往她那头斜了斜。

=第十六章 我有儿子了=

其实这会儿的雨势，伞已经是个挂件，纯摆设用了。

夏霜霜的头发都拧成了结，她伸手在眼前擦了一把，抹掉脸上的水珠子，仰头跟纪寒凛说话："凛哥，你不用帮我撑了，我已经淋湿了，你顾着你自己好了。"

纪寒凛看了她一眼，"为什么不带伞？为什么不看天气预报？为什么手机会没电？"

夏霜霜："……不带伞是因为我出门的时候还是晴天。至于天气预报……凛哥，据我所知，你平时也是不看的。还有，手机没电这种事情，不该是我的锅吧？我觉得很有必要和手机厂商的售后聊一聊了。"

纪寒凛深深地看了她一眼，小丫头现在连反驳都反驳得这么理直气壮了？再一看，她怀里搂着的那件外套里头，突然探出一只毛茸茸的小脑袋来。

夏霜霜低头一看，把怀里那个东西捧到他跟前，笑眯眯地道："凛哥，我刚刚回来的路上捡的。你看它，多小、多可怜啊，我们来养它吧。"

纪寒凛语音一扬："基地养宠物？你不怕把它养死？"

"可这是你儿子啊！"

"我有儿子了。"纪寒凛看着水珠从夏霜霜脸颊旁滑落，心里没来由地一阵烦躁。小丫头怎么淋雨了？这么大雨，会不会感冒，会不会发烧？"小虾虾是独生子。"

"这是你的二胎啊！"夏霜霜把小奶狗往纪寒凛跟前凑得更近，"不信，你滴血认亲！"

纪寒凛："……"

雨势越大，头顶惊雷闪过，夏霜霜连带着怀里的小东西一起缩了缩，纪寒凛瞧见小丫头这副样子，又不好再凶她，只好暂时让步，"先回去再说。"

夏霜霜赶忙狗腿地跟上，笑着一张脸，讨好地道："那你做它叔叔，就当给小虾虾找个堂弟！"

纪寒凛看着那水珠一路顺着她的脖子滚到胸口，没入衣衫不见踪迹，不由得有些心猿意马，随后极快地将目光移开，说："那你呢？"

"我？"夏霜霜一愣，然后了然，道，"我当然还是做它姐姐啦！"

纪寒凛斜了她一眼："你占我便宜。"

夏霜霜看着纪寒凛撇开头不去看她，手里的伞却依然罩着她头顶上，大意是知道纪寒凛同意收养这只小奶狗了。

她一脸兴奋地埋头跟怀里的那只说悄悄话："乖，待会儿回家了，就给你搞套豪华别墅让你住。"

纪寒凛看她跟小奶狗说话的那副劲儿，唇角微微一弯。

等两人推门进基地的时候，郑楷正在倒水，看了一眼正在收伞的纪寒凛，问道："凛哥，你怎么淋成这样？不是带了伞吗？"

话刚说完，后面的夏霜霜也一身湿答答地进来。

郑楷喝了口水，继续发问："小夏，你怎么淋成这样，凛哥不是带了伞吗？"

纪寒凛跟正在换鞋的夏霜霜嘱咐道："你先去洗个澡，别待会儿感冒发烧了……"见周围人的目光像利刃一样插过来，纪寒凛从容地补充道，"影响省赛就不好了。"

众人如利刃的目光全都收了回去，瞬间化为绕指柔。

夏霜霜点点头，乖巧地把怀里那只小狗递到纪寒凛面前："那凛哥，你先照顾下？"全然一副"你小儿子你不管我就不去洗澡我急死你"的心态。

纪寒凛犹豫片刻，接过来，夏霜霜这才蹦跶着上了楼。

一旁的郑楷忙跑过来看，见那小小一团实在可爱，不由得感叹："凛哥，你又从哪儿搞回来一个私生子？"

纪寒凛斜了他一眼，语调平静地道："我看你很闲？今天的训练加到40场。"说完，带着自家的狗儿子上楼去了。

徒留下自作自受的郑楷在原地悲伤。

等夏霜霜洗完澡、换了身干净衣服出来，下楼，左右没看见纪寒凛的身影，就问："凛哥呢？去哪儿了？"

郑楷从电脑屏幕后抬头："在院子里呢，给私生子盖房子呢！"

夏霜霜看了眼外头的天，雨已经停了，天空已经放晴，傍晚的日光仿佛是回光返照，散发着薄薄的余温。

碧叶如洗，空气清新，夏霜霜走到院子里的时候，纪寒凛正抱着小奶狗给它擦身子，一大块浴巾把它牢牢裹住，动作轻柔，仿若珍宝一般护着。

第十六章 我有儿子了

夏霜霜走过去，笑了笑，问："凛哥，你还挺喜欢宠物的嘛！"

纪寒凛抬头看她，把小奶狗塞到夏霜霜怀里，说："我家以前养了只二哈，你应该见过。"

夏霜霜想起来，高三那年，有天放学回家，展颜就坐在家里哭，说刚喂完二哈，它转脸就不认人了，从家里跑了出去。一家人都被发动着出去找，夏霜霜也跟那只二哈处过，确实二，便也帮着去找了。

夏霜霜点点头："见过啊，怎么了？"

纪寒凛站起身，将衣服拉了拉，又轻轻拍了拍："跟你挺像的。"

夏霜霜没反应过来纪寒凛这是在骂人，就见他往别墅里走，丢下一句话："既二又蠢，没心没肺。"

夏霜霜："……"

怀里的小东西也跟着嘤唔了一声，仿佛赞成自己亲爹的说法。

"没良心！"夏霜霜拿着手指点了点小东西皱皱的鼻子，低头一看，小东西的窝也已经搭好，她不由得偏头看了看纪寒凛推门而去的背影，会心地笑了笑。

隔天，夏霜霜找了针管吸了牛奶，用奶嘴套好，帮小奶狗喂奶。正预备将它放下的时候，有两个人走了过来，大概她在树丛中间，两人没看见，便开始说话。

于是，夏霜霜无意间就听见了二人如下一段对话。

一个人说："老大，只是一个省赛的名额而已，你别这样吧？以后还有更多比赛要去打啊。"

听声音，是二胖。

另一个冷笑答道："而已？你知道这个省赛意味着什么，胜利的队伍是有机会进全国赛的，甚至有机会去打国际赛，你以为呢？不然，夏霜霜、纪寒凛他们拼死拼活转职业都要进省赛，是为了什么？"

这个，自然是二胖的老大——暗战。

突然被点到名的夏霜霜一愣，原来进个省赛意义这么大？她倒是真没想那么多，只想每场比赛都打好，谁也不辜负而已。

二胖："不至于吧？我看霜霜、凛哥他们，倒是没那么大野心啊？"

"你知道个屁。谁把野心写脸上？"暗战顿了顿，"我们去省赛才是制度内的决定，他们 JS 转职业，唐问在里头不知道出了多少力，他一个退役的数据分析师，跑来大学当老师，还不明不白地要拉着一支野鸡战队上位，你没想过为什么？"

二胖摇头："为什么？"

暗战横了二胖一眼："纪寒凛到底什么来头，你想过没？"

二胖继续摇头。

暗战："他休学两年，做什么去了，你没想过？"

二胖挠了挠头："老大，你到底知道什么？都说出来啊？你这样玩猜猜猜，我智商不够，猜不到啊，你知道的，我玩橙光游戏都活不过第二关。"

暗战叹气："我也是听一个朋友说的，纪寒凛原来是星辰俱乐部的，后来被开除了。"

二胖大惊："星辰？那可是全国一流的俱乐部啊，凛哥他……"

暗战摆摆手："这种话虽说得没影，但空穴来风，未必无因。纪寒凛这人，要不不简单，要不人品有问题。"

二胖将信将疑地点了点头，暗战又说："你且等着吧，这人估计后头还能搞出事情来。我也知道比赛还是要打，训练还是要练，这种事情不能懈怠。但，我心里就是太不爽了。行了，你们几个的意思我也知道了，回去训练吧。"

说完，两个人就一前一后地回了别墅。

在一旁蹲得脚已经发麻的夏霜霜，这会儿觉得自己的脑子也麻痹了。

纪寒凛他……到底是什么人？

他为什么会被俱乐部开除？

他到底经历过什么？

为什么他从来都不说？

难怪没有人知道他休学两年到底去做了什么。

难怪她第一次输比赛的时候，纪寒凛就告诉她，一个人的厉害没屁用。

难怪他每次赛后安慰人的话都刺耳却实用。

难怪他心态从来不会崩。

他究竟经历过什么是不可与人分享的呢？

夏霜霜敲了敲发麻的腿，觉得脑子一片混沌。

她忽然觉得，她一直喜欢、在意、放在心里的凛哥，是不是从一开始，她就一点都不了解呢？

第十七章 他是你替补

纪寒凛觉得这两天的夏霜霜有些不对劲，整个人蔫蔫的，没什么精神，总是走神。甚至，对他有些排斥，只要他稍微一靠近些，她就找各种理由跑开，仿佛在躲着他。

夏霜霜倒是没想着要躲着纪寒凛，只是她到底还是没有想明白，在无意中得知他的秘密后，到底要怎样才能装作若无其事呢？

她又不是演员，总要点时间先适应吧？

可还没等夏霜霜适应完，唐问就来了基地。

他来的时候，身后还跟了个小女生，穿着一套极可爱的小裙子，人长得也很可爱，眼睛圆圆的，笑起来，颊边有两个可爱的小梨涡。

基地里的网瘾少年们揉了揉眼睛，四下交流了一下，在唐问的介绍后，终于确认，这个小女生就是咸鱼直播平台上那个人气超高的女游戏主播赵敏，粉丝们都亲切地叫她"小郡主"。

唐问把他们JS战队拉到一边："你们既然要去参加省赛，自然知道，每个战队都至少要有一名替补才可以。赵敏本身就是直播《神话再临》这个游戏，操作也算犀利，为人也很讨喜，我想，她要融入你们也不会很难。"

夏霜霜的心忽然一沉，给JS战队找个替补，那总不能是来替凛哥上场的，也不可能是另外三个，那摆明了就是来替她夏霜霜的。

夏霜霜忽然觉得自己的地位岌岌可危，内忧外患，而此时此刻，她的眼前正站着一个随时可以踏着她的"塑料操作"上位的女替补！

赵敏十分乖巧可爱地鞠了一躬，然后用极其甜美的嗓音说道："以后大家就是一个战队的了,还请各位多多指教!"

"指教、指教……"几个人随意应答了一下,转头去看夏霜霜,她果然皱着眉头,一副失魂落魄的样子。

赵敏倒是先上了前,走到夏霜霜面前,嗓音甜甜地跟她说话:"你就是夏霜霜吧?来之前就听说你很厉害啦,以后,我们两个女生,可要互相照应了。我有不懂的地方,你一定要多教教我。"

夏霜霜木木地点了点头:"哦,好啊。"想了想又恍然觉得哪里不对,"那个,互相指教,互相。"

赵敏温婉一笑,梨涡浅浅。

郑楷望着窗外正在扫树叶的夏霜霜,不由得有些忧心忡忡,托着下巴跟一边的队友交流:"你们说,小夏心里,是不是不好受啊?这都一下午了,一楼的桌子凳子、二楼的楼梯把手还有走廊,再到现在外头的院子,她都打扫了。整整4个小时了,她没歇过一下,她……会不会过劳死啊?"

林恕叹了口气:"这种事情,换谁谁心里能好受了?唐老师这么搞,摆明了是逼霜霜退位啊。"

倒是许沨的情绪没怎么太大波动:"夏霜霜又不是一定打不过赵敏,谁说她就一定要让位了?"

坐在对面正在开直播的赵敏化了个清新可爱的妆容,坐在电脑前笑得露出一排白牙,跟屏幕里的粉丝打招呼:"啊,是啊,我刚来呢。为什么转职业?嗯……大概也是有个英雄梦吧,不想一辈子做直播啊,我也想去打比赛,拿奖杯啊,给你们争光嘛!"

郑楷把头拧过来,神色哀伤:"我觉得我队要完啊,这一个两个不务正业的,不是沉迷于做清洁,就是沉迷于做直播。这会儿连队长都不见了,也不知道去哪儿鬼混了。"

赵敏:"嗯?心态?心态很好啊,不会崩的。我跟新队员的关系都很融洽也很好,战队里的小姐姐人很好,很照顾我啊,我在这里很安心,你们也不用担心啦!"

赵敏:"替补?是替补啦,哪有一来就抢人首发位置的道理啊?虽然我跟小姐姐都是打辅助的，但是也有先来后到嘛。操作？嗯，我还没有看过小姐姐的操作，不过，应该也不会差吧？一定是比我厉害才能做首发的嘛！"

赵敏："啊，你们想看？这件事情也不是我能决定的啦！那好吧，我待会儿问问小姐姐她有没有空，看晚上我能不能跟她黑一把……"

赵敏继续絮絮叨叨，背后一排三个男人面面相觑。

林恕："……"

许沨："她这话说得，是不是欺负我不看宫斗剧？"

郑楷："我靠，我算是看明白了，我队的替补，就是来个冯媛都比这位强啊？这也太能带节奏了吧？"

对此一无所知的夏霜霜拎着扫帚、簸箕进来的时候，就被赵敏给半路叫住了："霜霜，有空吗？我们俩 solo 一下？我想练个英雄。"

夏霜霜把头上的防尘帽给摘了，扫帚、簸箕靠墙边放了，点了点头，走过去："哦，好啊，你想练什么英雄？"

赵敏拉着夏霜霜在她旁边的电脑前坐下："我之前在练何仙姑，听说，新出的女娲有点克她，我就想试试，先练练手。"

夏霜霜皱了皱眉："不过，我也没玩过女娲，我先看下技能吧……"

赵敏笑嘻嘻地点了点头。

十分钟后，夏霜霜进了赵敏开好的房间，两个人对战一局，夏霜霜新英雄刚上手，比之于赵敏嘴上说的"不顺手"的英雄何仙姑，那还是要生涩得多。虽然意识不错、操作尚可，还是被赵敏在 3 分钟内解决掉了。

赵敏忽然就对着耳麦说了句："啊，也没有很快啦，三分钟呢！嗯……霜霜新英雄刚上手啊，网上攻略都还没出来呢，我这个英雄练了很长时间啦，霜霜的意识很好的，我和她打的时候就感觉到啦！"

夏霜霜也不傻，皱了皱眉头，问："你在开直播？"

赵敏脸上神色轻松，一脸坦然："对啊。"

"直播你不告诉我？"夏霜霜语调一扬。

赵敏立马做出一副"宝宝受到了惊吓"的委屈模样来："我、我不是故意的啊，我怕你知道我在直播，会影响你发挥啊……"

"影响个屁……"这句话没说出来，夏霜霜就看见赵敏屏幕上的弹幕飞快闪过。

"呵，那个夏霜霜算什么啊？就因为她是先来的，所以即使她不如我们家小郡主，也要让我们家这么厉害的小郡主坐冷板凳，看饮水机？"

"为小郡主打电话！刚刚的何仙姑玩得敲棒啊！国服第一何仙姑！"

"抱抱小郡主，小郡主不哭！"

全是一些捧赵敏、踩夏霜霜的。

人家都是粉丝，护自家爱豆是可以理解的。但问题是粉到这么没智商、这么脑残的程度，就让人看不下去了。夏霜霜也不是个好欺负的，知道赵敏刚刚那一茬儿是故意整她，遂忍了忍，把那一团熊熊燃烧的愤怒之火给生生咽了下去，然后笑着跟赵敏说道："那再来一局好了，我俩都用女娲。"

赵敏眉梢一跳，很快又笑了："哎呀，我今天的直播时间已经到了，就……算了吧。"

夏霜霜歪着嘴巴一笑："不光是你小郡主要开直播啊，我也要开，我的粉丝也想看看，我和小郡主的女娲，哪个更厉害呢。"

郑楷一愣，问："小夏开过直播？"

林恕耿直地回答："记忆中是没有的。"

郑楷："那哪里来的粉丝？"

许汛长叹："你自己看她那个眼神，还不知道粉丝哪里来？"

郑楷顺着许汛所指的方向看过去，夏霜霜正一脸期待地看着他们仨。

郑楷："……"

于是，夏霜霜的直播间里，瞬间疯狂拥入——三名粉丝！

夏霜霜很满意，之前女娲练过一遍算是上手，赵敏的打法她刚刚也有点摸了底，两个人在房间里又开了一局。

一直消失不见的纪寒凛，这会儿正在基地不远处的一家高档咖啡馆和唐问一起喝咖啡。

两个人坐在靠窗的位子，纪寒凛看了一眼坐在自己对面的唐问，开门见山，问道："为什么？"

唐问看了眼窗外，转过头来，牵着嘴角一笑："为什么这么问？"

纪寒凛神色冷冷:"那个赵敏,到底是怎么回事?"

唐问一笑:"我以为,赵敏的重要性,你比我更清楚。"

纪寒凛:"夏二霜那个家伙就是打辅助的,结果,你给搞了个打辅助的替补来,任谁都会有二心。更何况,二霜本来就不够自信,我花了这么长时间才让她稍微懂得怎么膨胀。你倒好,来拆我台?"

唐问说:"当初我说找替补的时候,你没反对。你也不能扑灭人家一个好替补想上场的心,这对别人也不公平。"

纪寒凛道:"我只知道,JS是我和我队员的心血,我不希望有任何不相干的人来横插一脚。"

唐问又笑,说:"既然你当初要走,之后又为什么要回来?既然回来了,就应该明白,有些事情,不是'意气'二字能解决的。"

唐问看纪寒凛不说话,继续讲道:"那你也应该比谁都清楚,你们战队转职业,去代表学校参加省赛,光是学校那边如何说服,还有盛世俱乐部都是个难题。更不用说,外面会有多少声音?如果想让那些刺耳的声音少一点,赵敏,是最好的选择。"唐问两条腿交叠,伸手拿了咖啡送到嘴边轻轻呷了口,继续说道,"一个年轻漂亮、有活力、有人气、有话题还有操作的女选手,即便只是个替补,好歹也能让你重新回到你该在的位置。"

"你也不至于在同一个地方摔倒两次。"唐问笑了笑,金丝眼镜后的瞳眸一闪,"我相信你。"

纪寒凛抬眼看了看唐问:"我当初为什么会走,原因你一清二楚。而我为什么回来打职业,你未必全都明白。"他顿了顿,继续说道,"我哥说过,任何圈子,都是有光就有影。如果一个人只能看到那些黑漆漆的地方,那他永远不会知道什么是光。我现在可以把目光移开,看到那些光,是因为我的队友。我回来,一是梦想,二就是他们。"纪寒凛一笑,"所以,我的光,我会自己来守护,不会让任何人伤害到他们。"

纪寒凛说完,站起身来,和唐问道别:"省赛在即,我还要回去带他们训练,就先回去了。"走了两步后,他又停下,光影将他笼罩,他没有回头,只丢下一句话,"首发就是首发。这个战队,还是我说了算。"

刚一回到基地的纪寒凛,就感觉整个屋子里都充满了硝烟的气味,然后就看见自己战队的一姐和新来的替补正在玩命 solo，一旁的郑楷拼命给他做口型："保命、保命……"

纪寒凛皱着眉头走过去，发现这两个女人纷纷拿出了抢男朋友的架势来和对方打。夏霜霜额角都出了汗，手速却飙到了纪寒凛眼见以来最快的速度，旁边的赵敏小郡主也是眉头紧锁，以至于脸上有些脱妆了都来不及补。

纪寒凛问一旁的郑楷："她们俩只是 solo 吧？为什么仿佛不把对方摁在地板上摩擦决不罢休？"

郑楷摇头："凛哥你没见过世面，女人之间的战争，比千军万马、铁蹄踏碎还可怕。"

纪寒凛看了看剩下的三个，问："那你们三个在干吗？"

郑楷："当群众演员，装粉丝，不能让一姐丢人。"

纪寒凛看了眼郑楷的电脑屏幕，是夏霜霜的直播间，在线观看人数 2568 人，直播时间……已经 4 小时 20 分钟了……

等她们一局结束，纪寒凛直接走过去摁掉了夏霜霜的电脑屏幕。

夏霜霜猛地一抬头，看见纪寒凛正居高临下地看着她，不由得叫了声："凛哥？"

一旁的赵敏也眼睛放光，眸色如水，软绵绵地叫了声："凛哥……"

纪寒凛看了赵敏一眼，然后嗯了一声，算是回应，随即又伸手去摁了摁夏霜霜的脑袋："有这个闲工夫跟人 solo，为什么不去和他们三个多练练？"

夏霜霜把头仰起来："我错了……我就多玩儿了会儿，毕竟，也是在练英雄啊……"

纪寒凛的眼神从赵敏身上扫过，然后看了眼夏霜霜："要练英雄，也该找熟手吧？他们三个，哪个不行？"

言下之意，就是嘲讽赵敏的操作垃圾？

赵敏大概平日里都是被人捧着的，头一回被人在这么多人面前驳了面子，脸瞬间就涨红了，连带着眼角都红了。

夏霜霜看了赵敏一眼，又觉得小姑娘这副样子确实楚楚可怜，就安慰她，道："你别放心上啊，凛哥说话就这样，平时我们都是这么被骂过来的，习惯就好啦！"

赵敏那险些要挂到眼角的泪瞬间就憋了回去，点了点头，哽咽地道："我没有事啊……没关系的。"

纪寒凛也不打算再多跟这两人废话，一把抓住了夏霜霜的衣领，将她提回自己电脑跟前："白天落下的，晚上全部补回来，补不回来不许睡觉。"

夏霜霜开心又难过，开心的是，凛哥好像完全没有被美色所惑，然后让自己去看饮水机的意思呢！难过的是，今晚大概又要晚睡，神仙水真的很贵！

剩下的三个也一阵哀号，然后乖乖去开比赛了。

而坐在对面的赵敏则目光微微扫过他们，眼神中透露出转瞬即逝的狠戾来。

隔天夏霜霜醒过来的时候，已经是中午了，她洗漱了一番准备下楼吃个午饭，就看见赵敏已经背对着楼梯，坐在电脑屏幕前直播了。

赵敏昨天睡得比他们几个早，起来得早也不奇怪。

就是夏霜霜还真的挺佩服她这种从早上一起来就带着妆，中途脱妆了还及时补妆，一直带到晚上睡觉才卸妆的女孩子的。反正赵敏也搬进来好几天了，夏霜霜就从来没见到过她素颜是什么样子。有机会她也是想讨教一下赵敏用的都是什么牌子的化妆品，不伤皮肤的那种。毕竟，女为悦己者容啊！

夏霜霜一顿饭吃完，走过赵敏座位旁边的时候，就看见她正抱着阿狗，在跟自己的粉丝做直播。

赵敏："啊，这是霜霜捡回来的呢，超可爱啊有没有？嗯……我也很喜欢它，像自己的亲弟弟一样啊，哈哈哈……"

然后弹幕就是一片：

"我家小郡主怎么这么善良！"

"哈哈哈哈，小郡主说阿狗是亲弟弟啊，那小郡主也是狗……单身狗？"

"啊小郡主好可爱啊，想把小郡主和阿狗一起娶回家！"

夏霜霜撇了撇嘴，不问一问狗主人亲姐姐乐意不乐意，就这么把人家弟弟给抱走了，这跟人贩子有什么区别？而且她抱着阿狗的姿势完全不对，小奶狗重量轻，骨骼都还没长好，她就这么生拉硬拽地扯着，看得夏霜霜心疼。

但她这会儿也不好发作，就走到赵敏旁边，直接把阿狗抱过来，用手托着它的屁股，说："阿狗这几天才睁眼，还困着呢，我先抱它回去睡觉了。"

赵敏看了看夏霜霜，然后娇笑着点了点头："好啊、好啊，我还准备做完直播就抱它过去的呢，那麻烦你啦！"

还真是不拿自己当外人。

夏霜霜抱着阿狗就往院子里走，刚把阿狗塞进窝里，就发现小奶狗的腿不停地打战，然后开始拉稀。

夏霜霜一愣，仿佛想起什么来，急匆匆地又奔回别墅，看见赵敏桌上摆着的那瓶纯牛奶，心里头也就了然了。

夏霜霜头一回对着个小姑娘也觉得气血上涌，厉声质问她："赵敏，你给阿狗喂什么了？！"

赵敏疑惑地抬头，一脸不解，回道："牛奶啊，我看你平时都喂的牛奶。"

夏霜霜看了看赵敏手边的那瓶牛奶，愤怒地问道："你喂的是这个纯牛奶？"

赵敏睁大一双眼，无辜且清纯地看着夏霜霜："对啊……"

"阿狗还那么小，只能喝脱脂牛奶！你给他喝纯牛奶，它肠胃不能消化，就会拉稀，会被你害死的！"

赵敏双眉微蹙："我不知道嘛，你好好跟我说啊，说了我就会记住的。"

"你不知道？你不知道你做直播的时候拿阿狗去吸什么人气，塑造自己爱宠人士的形象？你不觉得，你这么做，很过分吗？"

"反正，我不是故意的。"赵敏说完，看见有几个别的战队的人走过来，就秒变出一副泫然欲泣的模样来，"霜霜，我知道错了，我以后不再犯了，是我不好……"

夏霜霜也懒得看她这副样子，抱着阿狗就出门去了，开门的一瞬间正好撞上纪寒凛，他张了张嘴正准备要骂夏霜霜不务正业出去耍，看了一眼她怀里瑟瑟发抖的阿狗，语调立马紧张起来，问道："我私生子怎么了？"

夏霜霜也顾不上解释，拉着纪寒凛就往外走："被赵敏喂了纯牛奶，这会儿有点拉稀，先开车吧，送到宠物医院去……"

等夏霜霜和纪寒凛从宠物医院回来，已经是深夜了。两个人都显得有些疲惫，基地的灯还亮着，赵敏坐在门口的位置，看见他俩推门进来，赶忙跑过去，不住地道歉："对不起，我真的不是故意的，我没想到……"

夏霜霜深深地叹了口气："赵敏，我不是针对你。你没有知识可以有常识吧？再不济你上网查一查啊？你天天坐在电脑面前，只是让你搜索一下有那么难吗？阿狗还这么小，今天幸亏发现得及时，要是晚了怎么办？"

赵敏眼眶通红："我下次再也不会了……"

纪寒凛斜睨了她一眼："没有下次。我家狗儿子，我宝贝得跟什么似的，你拿来吸粉？除了夏霜霜，我儿子，谁也不能碰。"

说完，拉着夏霜霜的袖子就把她扯上楼了。

赵敏看着他们两个人的背影，贝齿咬唇，双手攥拳，指甲深深地嵌进掌心，双目中如燃有火焰，像是受到了巨大的屈辱。

距离省赛的日子越来越近，JS 的诸位也都全力以赴，郑楷虽然也是叫苦连天"我高考都没这么努力过"也依然坚持奋战在一线。

夏霜霜每天也仿佛是在打仗，每天早晨被闹钟叫醒，洗漱完后，推开门就能看见纪寒凛一身运动装在外头等她。为了抓紧时间训练，夏霜霜通过个人的努力，将跑五公里的时间从两个小时缩减到了一小时五十分钟，纪寒凛甚至夸赞"这虽是你夏霜霜的一小步，却是人类史上的一大步"。马马虎虎吃顿早饭后就坐在电脑前，开始打游戏。然后，吃午饭，接着，打游戏。再然后，吃完饭，继续打游戏。困了累了就趴在桌上休息会儿，但总是还没怎么睡，就已经被声响吵醒。甚至，夜里偶尔做梦，也是各种神话英雄角色拿着锣鼓在她耳边敲着让她起床。

大概唯二悠闲的人物，一是队长纪寒凛大人，二就是那新来的替补小郡主了。

纪寒凛是因为没人敢催促，小郡主是因为大家都懒得催促，于是，她就日夜继续直播她自己的，日子倒是没什么变化。

某天夜里，夏霜霜醒来，发现床头柜上的水杯里已经没了水，她翻身坐了起来，犹豫了五秒钟，终于穿着那套"老破旧"的睡衣下楼去冰箱里拿水。

夏霜霜的眼睛半闭半睁，迷迷糊糊地揉着眼走在楼道上，不远处好像隐约飘过一个白影。夏霜霜偏头往楼下看了眼,暗战那一角的电脑屏幕还亮着,人却不见了踪影。夏霜霜摇头,大概是她最近睡眠不足,刚刚看花眼了,这么多人住着呢,哪里会有什么灵异事件?

夏霜霜晃了晃脑袋,继续往前走,走到扶梯转角的地方,忽然脚下一滑,整个人宛如弹钢琴一样沿着楼梯一路琴键滚下去,等她滚到平地上的时候,再想站起来,却已经动不了了。

刚从洗手间出来的暗战正甩着手上的水渍,猛然看见躺在地上面色惨白额头冒汗的夏霜霜,先是伸手揉了揉眼睛,然后忙跑了两步过去:"夏霜霜,你怎么了?没事儿吧?"

夏霜霜只觉得脚踝处疼得仿佛要了她的亲命,只咬着唇,拼死吐出一个字来:"疼。"

暗战一愣,听出夏霜霜可能是真的出大事儿了,赶忙说:"凛哥,我去找凛哥,你等会儿。"然后,跑得连脚上的拖鞋都掉了。

等到纪寒凛神色匆匆跑下来的时候,夏霜霜已经疼得半截身子趴在地板上,听见脚步声,她只是艰难地从手臂间抬头,一抬眼就看见纪寒凛面色紧张。纪寒凛半蹲下身子,把她一把抱起,然后喊跟在后头的郑楷:"去开车!"低头去看怀里的小丫头的时候,抬手把她额前的碎发别到耳后,又尽量克制了自己的音调,沉稳中却抑制不住地颤抖,问道:"很痛吗?"

夏霜霜咬着牙点了点头:"很痛。"

纪寒凛听出她话语里的痛意,便不再多问,只小心翼翼地将她放到车后座上,然后飞快地坐到副驾上,让郑楷开车。

郑楷其实也慌了,又不知道该怎么办,只好不停地安慰夏霜霜:"小夏,你别怕,没事儿的啊。"

夏霜霜只觉得痛楚难当,不断哀号:"你们一棒子敲昏我吧,我实在受不了了。"

等送到医院,医生检查过后,是骨折,脚踝给打了石膏,需要静养。

郑楷看着夏霜霜躺在病床上,有点忧心:"之前凛哥伤了手,现在小夏你又摔了腿,这事儿是不是有点邪门啊?我是不是得给我这张脸先上个几个亿的保险?"

纪寒凛冷言冷语:"你要闲得没事儿就去外边待着。"

郑楷于是乖乖地坐在角落里不说话了。

纪寒凛转头时,看见夏霜霜愁容满面,不由得安慰她道:"就是住几天院而已,我上次不是也没事儿吗?你以后不会瘸的,就算瘸了,也是个瘸美女。"

夏霜霜两只手绞在一起,摇了摇头:"马上就要省赛了啊,我现在腿这样,会耽误练习吧?"

郑楷在旁边提议:"要不我们把电脑都挪医院来,再给拉根网线?"

纪寒凛狠狠地瞪了他一眼,他于是背过身去面壁。

纪寒凛看夏霜霜纠结成这副样子,只好说道:"你也别担心这个了,我们队现在不是有个替补吗?"

夏霜霜绞在一起的手指忽然不动了,因为心情实在复杂。从战队的角度考虑,她当然不希望因为自己而使得比赛有什么闪失,可……她也是个女孩子,心里总还是有点小心眼在的。那个赵敏,她替补一次后,会不会因为和队友配合得更好,以后自己再也没有机会上场?会不会因为表现得优秀,从而坐上首发的位子?会不会因为她的出现和存在,让自己和队友从此有了隔阂?

夏霜霜甚至委屈得想哭,为什么自己这么不争气地在赛前摔到腿,腿?

夏霜霜忽然间福至心灵,仰头对着纪寒凛略激动地道:"不用啊,凛哥,我就是腿受伤了,手还在呢!我还能再打五百年!"

纪寒凛见小丫头这副样子,只笑了笑,伸手揉了揉她的头发,道:"我怕你打起游戏来一个激动,直接踹翻桌子,这条好腿,也就保不住了……"

夏霜霜拼命摇头:"凛哥,我保证控制情绪!"

纪寒凛直截了当地拒绝:"不行。"

见夏霜霜还想开口,他就抢在她前头把结束语说了:"你好好养伤,相对于一个不听话的首发,我更喜欢不听话的替补。"

夏霜霜:"……"这意思就是,她要是继续央求、闹下去,纪寒凛就要把她摁到替补位子上去?毕竟面前这位是老大,她还是不要作天作地地自己作死了。遂点了点头,准备安安心心做一个听话的首发。

夏霜霜在医院里待了几天,队里的几个人轮流来看她,闲聊间夏霜霜得到信息——"因为省赛将近,加大训练力度,赵敏又是新来的,要磨合的地方还有很多。"虽然，听起来其实挺不是滋味，但她还是要装作很大度地宽慰队友："我很好啊，我没事儿，你们快回去吧，不用每天都来看我。"

于是，队友们在她病房里待的时间也就越来越短。

有很长一段时间，夏霜霜都会望着窗外的参天大树发愣，她也不知道自己从什么时候开始，竟然患得患失到这个地步了。

夏霜霜出院那天，看到来接她的是张大宝和二胖的时候，她的心难免还是沉了一沉。旋即又自我安慰，因为自己已经让训练拖慢进度了，怎么还好意思让他们抽空来接自己？

自欺欺人地做了一番这样的心理建设后，夏霜霜的心态才算稳了一些。

张大宝过来的时候，脸色有些抑郁，看夏霜霜腿上还打了石膏，一蹦一跳地过来，原本想她这样子挺累的，他伸手想去抱她帮她一把，但手刚递出去一半，想到纪寒凛那张阴晴不定的脸，又瑟缩地收了手。倒不是他怕了纪寒凛，只是夏霜霜这人，在纪寒凛跟前，就是容易大不一样。而那种不一样，陷入感情的人都清楚明白，而且敏感。

他知道，夏霜霜喜欢纪寒凛。

她看他时的眼神，她同他说话时的语气，她在他面前的姿态，无一不昭示了，她心里有他。

张大宝选择避开，不是知难而退，只是希望他这一生头一个爱的姑娘能心想事成。

夏霜霜回到基地的时候，队友们还在电脑屏幕前奋勇杀敌，拼死输出。赵敏坐在她的位置上，用着她的电脑，打着她的辅助位。

她抬着一只脚，默默地从他们面前走过，也没有一个人抬头看她一眼，夏霜霜仿佛喝了一大碗醋，整个人一股酸涩之味上涌。为什么仿佛有一种被人抢了男朋友的感觉？

夏霜霜在脑海里把这奇妙又诡异的想法摁下。

倒是赵敏先抬了头，看见夏霜霜有些意外，眼神甚至有些闪烁，她仰头，天真无邪地问道："霜霜，你回来啦？腿好点了吗？"

听到赵敏说话，其他几个才在百忙之中抬起了头，郑楷面露喜色："小夏，你回来啦！"林恕和许沨也是一脸欣喜。

　　夏霜霜点了点头，刚挪几步想到纪寒凛身边坐下观战，就看见纪寒凛头也不抬，只是声音稳稳地传来："伤残人士回去躺着。"顿了顿又跟自家队员说道，"你们打游戏不用看屏幕？"

　　被训的几个赶忙埋头继续操作，只有夏霜霜，在原地站了会儿，看见纪寒凛确实从头到尾都没有要抬头搭理她的意思，才悻悻然腾挪着上了楼。

　　接下来的几天都是如此，夏霜霜发现回到基地的日子比在医院的时候还要难熬。她有时候出来走两步，趴在楼梯上，就能看见纪寒凛带着他们四个在训练，或者是站在赵敏的身边伸手在她的电脑屏幕上指指点点地教育她。

　　只是，从前，坐在那个位置上的人，应该是她。

　　夏霜霜也不晓得自己怎么突然就这么感性，好像随随便便什么事情都能让她心里头觉得酸酸的，尤其是看到赵敏和她的队友们有说有笑的样子时。

　　她也曾是他们当中的一员，她也曾经言笑晏晏。

　　好像，这些离她越来越远。

　　是不是太矫情了，是不是太多虑了，只是看到队友们都这么忙碌，她也全然无心用自己的小情绪去骚扰他们。等到比赛结束，她……她一定要狠狠地撒娇，狠狠地作一通，看他们还敢不敢随随便便就不搭理自己。

第十七章　他是你替补

第十八章 王者决赛

省赛那天，夏霜霜因为腿脚不便，队里的人担心她会被来围观的群众给挤趴下，只把她安置在了后台，干待着。好在休息室里还有直播电视，夏霜霜还能看到比赛现场的盛况。

而本次决赛，所请的解说，竟然还有LPK战队的第一女选手——Sweet。

夏霜霜看过她的比赛视频，无论操作、意识，都是一流。她很少见到这么犀利的选手，更不用说是女选手了。一度怀着私心看了不少她直播的视频，发现这位不仅手法凌厉，长相更是透着一股成熟冷艳的美，从此，也就奠定了她在夏霜霜心中电竞女神的地位。

于是，这场观战，她不仅是想看自己的队友赢，多少还夹带了点私心，如果有机会，她是真的很想见一见女神本尊，给她鼓励也好，给她签名也好，哪怕只要一个眼神，也都能让她心满意足。

赛场热闹非凡，看台上不时传来因为选手操作犀利而发出的惊叹声。

夏霜霜在后台的心也被牵动着。

JS战队上场时，台上五人齐齐落座，夏霜霜微微一笑，却觉得坐在纪寒凛旁边的赵敏有些扎眼。纪寒凛只沉默地把外设装上，神情严肃，临比赛开赛前，他才低头跟其他几个交流了一下，因为听不到后台录音，夏霜霜只能从他的口型上判断他要说什么。

他好像在说——好好打，打坏了，我把你们腿都打断，跟夏二霜一起送进病房。

是很厉害的恐吓了。

夏霜霜忽然想笑，这个男人，真是无论什么时候，都毒舌得令人想死，却意外地很管用。

决赛选用的是BO5赛制，和JS对战的是Z市的"我想我很英俊"战队，虽然这个战队的名字很欠扁，且队员的颜值和队名完全不搭，但也全然不妨碍他们确实是一支很强的队伍。

赛事十分焦灼，比分已经到了2:2，夏霜霜恨不得冲进赛场，帮着自己的队友们暴打对面。

最后一波敌方团灭，推向敌人高地的时候，夏霜霜激动得心跳都快要炸了。直到游戏界面上敌方水晶爆掉的那一瞬，夏霜霜已经要哭出声了。

赢了！

他们战队赢了！

虽然没有她夏某人在场！

场内，JS战队的几个人都兴奋得跳起来，郑楷更是愉快地来了一段尬舞。

纪寒凛仿佛没有管周围人的鲜花掌声，连外设包都懒得收拾，就直奔休息室。推门进去的时候，夏霜霜正在收拾东西，看到纪寒凛过来，她扶着沙发扶手颤颤巍巍地站了起来。

纪寒凛往前走了几步，单手插在口袋里，问："看到没？"

夏霜霜点了点头："看到了。"

纪寒凛："赢给你看的。"

夏霜霜一愣，歪着脑袋有些反应不过来，但内心已经炸成了一朵巨型烟花。

纪寒凛又笑："这几天太忙了，连跟你好好说句话的时间都没有。不过看你脸都圆润了，应该没受太多累。我们几个都觉得，与其说那些没用又虚头巴脑的安慰，不如干脆赢了比赛让你高兴来得更实际。"纪寒凛顿了顿，笑道，"我们，为你而战。"

——我们，为你而战。

夏霜霜听到这句话的时候，眼里突然有了湿意，她从来没有想过，在她不知道的时候、不知道的地方，她的队友们从来没有忘记过她，只是换了一种方式，来默默守护她。

"以上的话,是他们几个让我一定要带到的。"纪寒凛停了一停,"我还有另外的话要说。"他走到夏霜霜身边,揉了揉她的头发,像是给她吃一颗定心丸一样,说道,"辅助,还是你用着顺手合心意。"

夏霜霜:"……"

这意思就是,她夏霜霜不会因此坐冷板凳了?因为她十分狗腿会讨好上峰?

不管怎么样,她很开心,巨开心!

纪寒凛把夏霜霜收拾好的包拎过来,搀着她坐到轮椅上,推着她往外走,准备跟队友们会合。

楼道里传来踢踢踏踏的高跟鞋声,由远及近,直到来人的模样一点点清晰。

纪寒凛突然脚步顿住,夏霜霜一愣,方才看清来人,正是她的女神——Sweet!

她立马弯腰去包里找自己准备好的纸笔,埋头翻包的时候,听见Sweet突然说话,嗓音轻灵好听:"好久不见啊。"

夏霜霜发誓,这句话不可能是对她说的,也不可能是对空气说的,那就只能是对纪寒凛说的。

Sweet和纪寒凛早就认识?

他从来没有说过!

夏霜霜抬头,感觉站在她面前的两个人,光是靠眼神交流都已经演了一部80集的国产电视连续剧了。

他们俩,似乎很熟?

夏霜霜觉得气氛忽然有些尴尬,她捧在手里的笔记本不知道该不该递出去。

倒是Sweet看了她一眼,径直走过来,把本子和笔接过,在上头龙飞凤舞地签了个名,然后把本子合上,递还给夏霜霜。她的眸光从夏霜霜身上淡淡扫过,看得夏霜霜一阵不自在。

Sweet皱眉,问道:"她就是唐问说的那个,改变你很多的小姑娘?"

纪寒凛看了Sweet一眼,眸色转深:"是她。"

Sweet一笑："你能回来，我很高兴。"她顿了顿，看了眼纪寒凛身后的夏霜霜，又道，"希望有一天，我们之间可以有一场万人瞩目的公平竞争。"

　　夏霜霜："……"

　　什么鬼？这是在跟我下战书？为什么我感觉Sweet的眼神里自带杀气？

　　Sweet撩了撩长发，对着纪寒凛莞尔："我还有别的事要忙，先走了。"

　　之后，便是高跟鞋踩在大理石地板上的声音，走廊里回声阵阵，夏霜霜看着她挺得笔直的脊背，可那个背影却孤绝落寞，渐行渐远之后，终是消失在光影之中。

　　夏霜霜回神，去看纪寒凛。他沉默地低着头，脸上并无喜悦之色，光影半明半灭，似乎将他浓郁的愁绪都掩藏了。

　　"你和Sweet……认识？"夏霜霜犹豫着开口。

　　纪寒凛默不作声。

　　良久，良久之后，才听到他语音沙哑，轻轻道："认识。"

（上部完）